센트 아일랜드

센트 아일랜드

김유진 장편소설

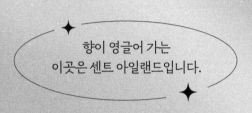

향이 영글어 가는
이곳은 센트 아일랜드입니다.

목차

◆ ◆ ◆ ◆ ◆ ◆ ◆ ◆ ◆ ◆ ◆ ◆ ◆ ◆ ◆ ◆ ◆ ◆ ◆

그날의 실험실

"센트 월드Scent world 테마파크 개장 일주일 만에 방문객 수가 십만 명을 돌파했습니다. 후각을 손상시키는 수많은 신종 바이러스의 치료제를 만들어 인류의 후각을 지켜 준 센트 그룹은 치료제를 통해 이전보다도 예민한 후각을 갖게 된 사람들에게 특별한 경험을 안겨 주고 있습니다."

흥분된 마음을 고스란히 드러내듯 단단히 마이크를 쥔 기자 주변에는 센트 월드를 찾은 방문객들이 인산인해를 이루고 있었다. 기자는 자신의 뒤에 있던 한 소년에게 다가가 인터뷰를 요청했다. 소년은 조금 전에 아이스크림을 먹었는지 입가가 번들거렸다.

"센트 월드에서 가장 기억에 남는 곳이 어디예요?"

"쿠키 하우스요. 달콤한 향, 고소한 향, 짭짤한 향이 막 섞여 있는데도 모든 향이 잘 느껴지고 신기했어요. 뭉게뭉게 떠 있는 향들이 하나씩 줄 서서 제 코로 들어오는 느낌이에요. 여기 맨날 오고 싶어요!"

소년은 잔뜩 흥분한 목소리로 말했다.

TV를 통해 그 모습을 흐뭇하게 바라보던 여자는 휴게 공간의 TV를 끄고 복도로 나온 뒤 실험실로 들어갔다. 실험실 한쪽 벽면을 채운 선반에는 색색의 향료들이 담긴 투명 플라스크가 빼곡히 놓여 있었다. 중앙에 있는 커다란 실험 도구 옆 테이블에는 하얀색 꽃잎 수백 장과 푸른 이파리들, 뭉툭한 뿌리들이 어지러이 널려 있었고, 무언가를 끄적여 놓은 듯한 종이들이 천장까지 닿을 듯 쌓여 있었다.

여자는 이 모든 게 익숙한 듯, 먹다 남은 샌드위치와 봉지들 그리고 따개비처럼 찻잎들이 다닥다닥 붙어 있는 컵을 테이블 끝 쪽으로 슬쩍 밀어 놓고 선반으로 가까이 다가갔다. 그러고는 자신의 실험 가운 끝자락에 묻어 있는 이파리를 툭 떼어 낸 뒤, 병 하나를 들어 저울에 올려놓았다.

똑똑.

그때, 앞서 들어온 그녀와 마찬가지로 가운을 입은 한 여자가 노크를 하고 실험실 안으로 들어왔다. 귀밑을 살짝 감싸는 짧은 머리를 한 여자는 그녀보다 키가 한 뼘은 더 크고, 대여섯

살 정도 어려 보였다.

"이사님, 또 향수 작업을 하시려고요? 센트 월드도 개장했는데 쉬엄쉬엄하세요. 홑몸도 아니시잖아요."

"오늘이면 다 완성할 것 같아서 마저 하고 가려고. 배합비만 조금 수정하면 될 것 같아. 늦었는데 먼저 들어가."

짧은 머리 여자는 일에 너무 몰두하는 그녀가 걱정스러운 듯 몇 번 더 입을 달싹였지만, 결국 꾸벅 고개를 숙이고는 다시 실험실에서 나갔다.

늦은 새벽까지 연구를 거듭하던 그녀는 마침내 향수를 완성했다. 그녀는 안경을 벗고 만족스러운 미소를 지은 후, 천천히 숨을 들이마시며 몸속 깊숙이 향을 밀어 넣었다. 그러다 문득 시계를 보고 놀라서 자리에서 일어나 향수병을 소중히 들고 책상 옆으로 걸어갔다. 그곳에는 그녀의 가슴 높이까지 오는 옷장과 비슷한 형태의 향 보관함이 있었다. 비밀번호를 누르자 엘리베이터 문이 열리듯 보관함의 문이 양쪽으로 열렸다. 보관함의 안쪽은 부드러운 보라색 가죽으로 덮여 있었고, 칸칸이 공간이 나뉘어 있었다. 그녀는 비어 있는 아래쪽 칸에 향수병을 넣고 보관함의 문을 천천히 닫았다.

펑.

그때, 큰 소리와 함께 돌연 알 수 없는 기체가 실험실 안으로 몰려들었다. 그녀는 비명조차 내지르지 못한 채 쓰러졌다. 충격적일 정도로 강렬하고 시큰한 냄새가 실험실을 가득 메웠다. 그녀는 눈을 떠 보려고 했지만, 도저히 눈을 뜰 수가 없었다. 얼마 후, 그녀는 완전히 의식을 잃었다.

1장

오늘은 1차 시험 결과 발표 날이니까

나의 하루는 아침 내음을 맡는 것으로 시작된다. 오늘도 잠에서 깨어나자마자 온갖 냄새들이 콧속으로 굽이쳐 들어왔다. 자기 전 뿌려 놓은 룸 스프레이의 멜론 향이 베갯잇과 이불 사이사이에 스며들어 있었다. 이윽고 주방 쪽에서 약간의 소음이 들리고 커피 향이 방으로 흘러들었다. 엄마는 아침이면 늘 원두를 갈아 커피를 내리는데 오늘 엄마가 고른 것은 과일의 향긋함이 살아 있고 산미가 강한 티티카 원두가 분명했다.

침대를 벗어나 방 창문을 열자 숲속의 향기가 콧속을 지나 폐의 깊숙한 곳까지 흘러들었다. 울창한 나무가 토해 내고 이끼 낀 흙과 나뭇잎이 받아 내는 푸르른 향. 아침의 숲속은 아직 햇빛을 충분히 받지 못해 차갑고 묵직한 흙 내음이 났다. AI 워치 '마이니'를 착용하자 마이니가 결과 발표까지 불과 30분밖에 남지 않았다는 사실을 알려 주었다. 화면 속 마이니 캐릭터의 표정은 여느 때보다도 진지했다. 나는 긴장하지 않을 수가 없었다. 오늘은 1차 시험 결과 발표 날이니까.

평소라면 반쯤 눈을 감은 채였겠지만 오늘 아침만큼은 긴장 가득한 눈빛으로 거실로 나갔다. 엄마는 여유롭게 식탁에서 커피를 마시는 중이었다.

"다린이, 일어났어? 차 마실래?"

나는 보통 아침밥 대신 따뜻한 차 한 잔을 즐긴다. 그래서 커피를 마신 후 나에게 차를 타 주는 것이 엄마의 일과였다.

"아니에요. 오늘은 제가 타 마실게요."

찬장을 열자, 찻잎이 담긴 병들이 가지런히 줄 세워져 있는 것이 보였다. 주방의 모든 식기류와 조리 도구들, 식자재들처럼 찻잎이 담긴 병들 역시 매일 같은 자리를 지키고 있었다. 바스락거릴 정도로 바싹 말린 홍차 잎과 수제 베르가모트 에센스, 보라색 잎이 인상적인 블루멜로우 꽃잎을 꺼냈다. 연기가 모락모락 나는 물을 컵에 따르고 베르가모트 에센스의 뚜껑을 열었다. 상큼한 향기가 내 코에 채 닿기도 전에 엄마가 말했다.

"베르가모트네? 오늘 마음이 싱숭생숭한가 본데? 무슨 일 있니?"

엄마는 눈이 보이지 않지만, 후각이 특출났다. 때로는 그 예리한 후각으로 내 마음까지 꿰뚫어 보는 것만 같았다.

"아니에요, 별일 없어요."

나는 고개를 젓고는 서둘러 차를 탔다.

"꽃잎은 한 김 식히고 나서 제일 마지막에 티스푼으로 한 번 더, 에센스는 두 방울 말고 한 방울만 더 넣어 봐. 그럼 오히려 홍차 향이 더 짙어질 거야."

엄마는 재료의 향만 맡고도 내 제조 방식을 파악하고서 이런 저런 조언을 했다.

"너무 많이 젓지는 말고, 호호 불어서 마셔. 뜨거우니까 조심 하고."

나도 내년이면 성인인데 엄마는 나를 아직도 어린아이처럼 대했다. 순간 짜증 섞인 말이 튀어나왔다.

"내가 알아서 할게요."

차를 한 잔 가득 다 마시고도 두근거리는 마음은 쉬이 진정되 지 않았다. 어느덧 시계는 8시 59분을 가리키고 있었고, 내 감 각은 온통 마이니에게 향했다. 결과 발표 1분 전. 1차 시험 결 과는 9시 정각에 메시지로 통보될 예정이었다.

뚜두─.

손목에 포르르 진동이 느껴지자 나는 재빨리 마이니에게 말 했다.

"마이니, 화면 띄워 줘!"

활성화된 마이니는 허공에 화면을 띄웠다. 나는 떨리는 가슴을 부여잡고 오직 '합격'이라는 두 글자만 찾았다.

센트 그룹 인턴 연구원 1차 시험 결과 발표

안녕하세요, 센트 그룹입니다.

이다린 님은 인턴 연구원 선발을 위한 1차 시험에서 합격하셨습니다.

2차 시험은 다음 달 1일, 센트 아일랜드에서 진행될 예정입니다.

자세한 내용은 홈페이지를 참고하시기 바랍니다.

— 2차 시험 안내문 : www.scent.com/intern/test2

최종 합격을 기원합니다.

감사합니다.

합격이란 글자가 보이자, 나는 소리를 내지르며 소파에 털썩 주저앉았다.

"다린아, 무슨 일이야?"

엄마가 주변을 더듬거리며 나를 불렀다. 나는 자리에서 일어나 놀란 엄마를 꼭 껴안았다. 엄마에게서 툴레 향이 났다. 바닐라 아이스크림에 꽃잎을 얹은 듯한 향. 센트 아일랜드에서 자라나는 툴레꽃으로 만든 향수 향이었다. 엄마에게 안겨 향과 온기를 느끼자 마음이 녹아내렸다.

"엄마, 나 센트 그룹 인턴 시험 1차 합격했어요."

엄마는 허리를 곧추세우더니 힘을 줘서 내 손을 풀어냈다. 그리고 매서운 목소리로 말했다.

"이다린, 엄마가 센트 그룹을 얼마나 안 좋게 생각하는지 알고 있지? 그런데 엄마 몰래 인턴 시험까지 보고 와?"

엄마는 손등으로 이마를 짚고서 깊은 한숨을 내쉬었다. 나는 거칠게 내쳐진 손을 만지작거렸다. 눈에는 곧 눈물이 맺혔다. 합격의 기쁨이 단 1분 만에 쓰레기통에 처박힌 것 같았다. 엄마가 왜 이토록 냉랭한 반응을 보이는 것인지 이해할 수가 없었다. 그래도 합격 소식을 들으면 축하해 주지 않을까 기대했는데…….

나는 실망스러운 마음에 방으로 들어와 버렸다. 마음을 달래 줄 향이 절실했다. 책상 옆 진열장에는 어린 시절부터 모아 온 향수가 종류별로 구분되어 놓여 있었다. '콧잔등에 바르는 향수, 한 모금 삼키면 말할 때마다 은은한 향이 나는 향수, 어두운 곳에 뿌리면 빛이 나는 야광 향수' 등등 수많은 향수 중에 나는 진열장 맨 앞 칸에 놓인 향수를 집어 들었다. 손바닥만 한 하트 모양 병의 양옆에는 금빛 날개가 달려 있고, 뚜껑에는 아이리스가 조각되어 있는 향수였다. 뚜껑을 열어 허공에 향수를 칙 하고 뿌리자 은은한 꽃향기와 함께 살랑살랑 바람이 이는 듯한 파우더 향이 흘러나왔다. 잔잔한 향에서 그날의 기억이 선명하게 피어올랐다.

그날은 열 살이었던 내가 엄마와 아빠에게 조르고 졸라 처음으로 센트 월드에 방문한 날이었다. 센트 월드 입구에 세워진 인공 분화구 '스톤 크레이터'에서는 향기를 응축한 연기가 매시 정각마다 뿜어졌다. 그 연기는 구름을 형성하여 센트 월드 곳곳으로 퍼져 나갔다. 크레파스의 짙은 왁스 향, 과자 봉지를 뜯었을 때 나는 달콤하고 짭짤한 향, 물감을 죽 짜냈을 때 나는 오일 향, 풍선껌의 날아갈 듯 가볍고 달콤한 향을 맡으며 나는 얇게 쌓아 올린 크레이프 케이크처럼 향도 층층이 덧입힐 수 있다는 사실을 처음 알았다. 나는 하나라도 놓칠세라 쉴 틈 없이 코를 벌렁거리며 센트 월드의 향을 맡았다.

"다린아, 저기 후각 게임 하는 곳으로 가 볼래? 상품으로 솜사탕도 준대."

아빠의 말에 따라 우리는 이벤트관으로 향했다. 서커스 공연이 열릴 법한 대형 천막 안에는 노란 등이 애드벌룬처럼 둥둥 떠 있었는데, 그것보다도 코안을 파고드는 선명하고 달콤한 향기가 내 관심을 끌었다. 한쪽에 있는 솜사탕 기계에서 노란색의 커다란 솜사탕이 만들어지고 있었고, 그 앞에 줄무늬 젤리와 막대 사탕, 구운 마시멜로 등이 놓여 있었다. 우리는 회전목마, 대관람차, 범퍼카 등의 놀이기구 모양으로 만들어진 대형 오르골들이 만들어 내는 흥겨운 리듬을 감상하다가 게임을 하기 위해 안내원에게 다가갔다.

"저, 안녕하세요."

"안녕하세요, 달콤한 하루 보내고 계신가요? 참여할 준비가 되셨으면 게임 안내를 해 드릴게요."

알록달록한 별사탕이 콕콕 박힌 옷을 입은 안내원이 양손을 활짝 펼쳐 우리를 맞아 주었다. 그녀는 곧 능숙하고 활기차게 게임 설명을 시작했다.

"자, 여기 음식 사진이 그려진 카드들이 보이시죠? 유리병 열 개의 냄새를 맡고 어떤 음식의 향인지 파악해서 해당 음식 카드 위에 병을 올려놓으면 되는 거예요. 아셨죠? 다섯 개 이상 맞히시면 특별한 솜사탕도 드려요. 그럼, 여기 옆에 놓인 물방울 시계를 뒤집으면 시작합니다. 준비됐나요?"

"네, 준비됐어요!"

나는 활짝 웃으며 대답했다.

"자, 시작!"

안내원이 외치며 물방울 모양의 시계를 뒤집었다. 모래시계처럼 생긴 시계를 뒤집자 위쪽에 있던 푸른 물방울들이 아래쪽으로 후두두 떨어졌다. 나는 유리병 하나를 들어올리자마자 카드 위에 올려놓았다. 코에 가까이 댈 필요도 없었다. 이후 다른 병들도 마찬가지였다. 안내원이 눈을 반짝거렸다.

나는 한 치의 망설임도 없이 계속해서 유리병을 카드 위에 올려놓았다. 열 개의 병을 모두 카드 위에 올리자, 안내원은 유리병과 그 아래 카드를 번갈아 보며 정답을 확인했다. 안내원만 알 수 있도록 유리병에 기호로 작게 표기가 되어 있는 듯했다.

"자, 정답은 하나, 둘, 셋, 넷, 지금까지 다섯 개 이상 맞춘 사람은 거의 없었거든요. 그런데 우리 친구는 다섯, 여섯……. 잠시만요, 열 개! 열 개 다 정답이에요!"

"와! 다린이 최고다!"

"하하, 우리 다린이 대단하네."

엄마와 아빠의 칭찬을 받으며 나는 뿌듯한 마음에 어깨가 으쓱했다. 안내원은 정말로 깜짝 놀란 듯한 얼굴이었다. 안내원이 발갛게 상기된 얼굴로 손목에 있는 AI 워치의 버튼을 눌러 누군가를 호출했다.

잠시 후 가운을 입은 여자 한 명이 등장했다. 엄마보다 머리 하나만큼은 더 커 보이는 그 여자는 높은 구두까지 신어 마치 모델처럼 보였다. 발목이 어찌나 가는지 옆으로 꺾이지는 않을지 걱정될 정도였다. 그녀는 더없이 진지한 표정으로 안내원과 대화를 나누더니 우리에게 조심스레 다가왔다.

"안녕하세요, 저는 센트 그룹 윤소민 연구원이에요."

그녀는 눈높이를 맞추기 위해 무릎을 굽히고 나에게 솜사탕을 전했다. 연구원의 몸에서는 풀 향 같기도 하고 비누 향 같기도 한 향이 맡아졌다. 나는 나중에 그 향이 아이리스 향이라는 것을 알게 되었다.

"우리 친구 솜사탕 좋아해요?"

"네, 엄청 좋아해요. 감사합니다."

노란 솜사탕에는 우뚝 솟은 산과 기다란 풀잎 모양이 갈색빛으로 새겨져 있었다. 센트 그룹의 로고인 퍼플산과 향보리 모양이었다. 자신을 윤 연구원이라 소개한 사람은 부모님과 이야기를 나누고 싶다고 했다. 내가 부모님을 가리켰을 때, 그녀는 깜짝 놀라며 엄마 얼굴에 뭐라도 묻은 양 빤히 바라보았다. 그녀가 천막 바깥에서 부모님과 이야기를 나누는 사이 나는 안내원 옆에서 솜사탕을 야금야금 맛보았다. 보기에는 여느 솜사탕과 다를 바 없이 폭신폭신한 구름처럼 생긴 그것은 한 입씩 베어 물 때마다 향 알갱이가 톡톡 입안에서 터졌다.

구운 바나나와 캐러멜 향이 사라지고 어느새 앙상한 막대기만 남았을 때 부모님과 연구원이 다시 천막 안으로 들어왔다.

"우리 다린이는 특별한 능력을 가진 아이로군요."

"제가 특별한 능력을 가졌나요?"

"네, 다린이는 후각적 능력이 매우 뛰어나요. 우리 나중에 센트 그룹 연구소에서 꼭 만났으면 좋겠어요."

그 말의 의미도 제대로 알지 못한 채, 다채로운 향기들 속에서 나는 마냥 행복해 고개를 끄덕였다.

이후 나는 내 능력에 대해 점점 깨닫게 되었다. 키도 몸무게도 성적도 평균에 가까웠지만 후각만큼은 평균보다 훨씬 뛰어나게 발달했던 것이다. 센트 그룹은 향 연구에 있어서 세계 최고의 기업이었다. 향에 대해 관심이 커질수록 센트 그룹을 선망하게 되는 건 자연스러운 일이었다. 그곳이 내가 있어야 할 곳으로 느껴졌다.

내가 중학교에 입학할 무렵, 센트 그룹에서 열아홉 살 청소년을 대상으로 인턴 연구원을 모집하기 시작했다. 스무 살 이상부터 지원 가능한 일반 전형보다는 경쟁률이 낮았지만 그렇다고 결코 합격이 쉬운 건 아니었다. 먼저, 지정된 병원에서 상위 1퍼센트라는 후각 증명서를 발급받은 학생들만 지원이 가능했다. 그리고 각 지역에서 진행되는 1차 시험과 센트 아일랜드에서 진행되는 2차 시험에 통과해야 인턴 자격을 얻을 수 있었다. 합격 정원은 겨우 다섯 명으로 합격 문턱이 높았지만 상관없었다. 1년간의 인턴 연구원 과정을 수료하고 최종 시험을 통과해서 정식 연구원이 되는 것, 센트 월드의 향을 감독하는 사람이 되는 것. 그것이 내 꿈이었다.

"다린아, 잠시 들어가도 될까?"

"네."

나는 주먹을 꼭 쥐며 짧게 대답했다. 방에 들어온 엄마는 내 방 일인용 소파에 앉았다. 탄식 소리가 조용한 방 안에 퍼졌다.

"왜 그렇게 센트 그룹 연구원이 되고 싶니?"

"그러는 엄마는 왜 그렇게 무조건 반대하시는 거예요?"

나는 따지듯 물었다. 엄마는 입술을 꾹 깨물고 잠시 침묵하더니 결심한 듯 말을 이었다.

"다린아, 엄마는 그곳에서 일했었어. 그리고 그곳에서 사고를 당해서 시력을 잃었지."

엄마가 먼저 그날의 이야기를 꺼낸 건 이례적인 일이었기에 나는 놀란 나머지 아무 말도 하지 못했다.

"엄마가 반대하는 건 그곳에서 사고를 당했기 때문만은 아니야. 센트 그룹이 겉에서 볼 때는 좋아 보이지? 하지만 회사는 겉으로 보이는 것이 다가 아니란다. 경영진의 마인드도 중요해. 센트 그룹의 김윤기 회장은 정말 가까이해서는 안 될 사람이야. 그는 레몬즙을 짜듯이 직원들을 마지막 한 방울까지 비틀어 짜내는 사람이야. 그래서 엄마도 그 사람과 꽤 마찰이 있었단다. 아주 신물이 나. 내 딸이 그런 사람 밑에서 일하는 게 싫어."

엄마는 생각만 해도 싫은지 몸을 부르르 떨며 말했다.

"하지만 엄마, 그건 아주 오래전이고 지금은 달라졌을 수도 있잖아요. 중요한 건 제가 재능이 있고 원하는 일이라는 거 아니에요?"

말을 하면 할수록 눈물이 날 것 같아 나는 숨을 크게 들이켰다.

"사람은 그리 쉽게 변하지 않아. 우리 딸이 재능이 뛰어난 건 맞지만 다른 곳에서도 그 능력을 활용할 수 있을 거야. 엄마 말 잘 생각해 봐. 알겠지?"

엄마는 내 마음에 커다란 돌덩이를 남겨놓고 나갔다. 눈물이 핑 돌았다. 엄마가 나간 자리에는 튤레 향만이 짙게 남았다. 달콤한 그 향에서 씁쓸함이 느껴졌다. 나는 가슴이 답답해져 탁 소리가 날 정도로 세게 창문을 열어젖힌 뒤, 신선한 공기를 빨아들였다. 쏟아지는 햇살을 바라보며 마음을 추스르고 눈물을 닦았다. 나뭇잎들이 잔물결처럼 반짝이고 있었다. 울음이 그친 자리에는 섭섭함이 스며들었다.

책상 의자에 앉아서 하얀 벽 앞에 덧대어진 투명하고 얇은 디스플레이에 손을 대자, 전원이 들어오며 불빛이 켜졌다. 대부분의 온라인 활동은 마이니를 통해서 할 수 있지만 마이니의 홀로그램은 크기가 작아서 영화를 보거나 숙제를 할 때는 집에 있는 디스플레이를 주로 이용했다.

센트 그룹 인턴 연구원 1차 합격 메시지로 전달받은 링크에 접속하자 화면에 센트 아일랜드의 모습이 들어찼다. 센트 그룹에서 만든 테마파크인 센트 월드는 도심에 있지만 본사는 센트 아일랜드라는 섬에 있었다. 보라색 흙으로 뒤덮인 퍼플산, 바이러스 시대에 인류의 후각 치료제가 되어 준 향보리, 일반인은 출입할 수도 없는 최첨단 연구 단지까지, 2차 시험은 센트 아일랜드의 구석구석을 볼 수 있는 기회이기도 했다.

걱정은 사라지고 기대감이 노릇노릇 익어 갔다. 그곳에 방문하는 것만으로도 내 인생에 커다란 전환점이 될 것이라 예감했다. 센트 아일랜드는 내가 오래 꿈꿔 온 곳이었다.

"마이니! 나 다음 달 1일, 2차 시험 보러 가."

―일정을 저장해 놓겠습니다. 축하드립니다, 다린 님.

마이니가 축하 메시지를 건넸다. 워치 액정 부분을 가볍게 문지르자 마이니가 눈을 지그시 감고 웃었다. 워치 연구원인 아빠 덕에 내 워치 캐릭터는 정서적 교감 민감도가 매우 높은 상위 버전이었다. 나는 곧 눈을 돌려 홈페이지 구석구석을 살펴보기 시작했다. 디스플레이 한구석에 띄워져 있는 김윤기 회장의 웃는 얼굴은 인자하기 그지없었다.

2장

네 명의 룸메이트

"이다린, 도착했다."

아빠의 말에 나는 눈을 비비며 일어났다. 차창 밖으로 여객선 터미널이 보였다. 1차 시험에 합격한 인턴 지원자들은 여객선 터미널로 오라는 공지를 받았고, 이후에는 센트 그룹에서 나온 사람들에게 안내를 받을 예정이었다. 아빠는 가방에서 작고 동그란 사탕처럼 생긴 뱃멀미 약을 꺼내 주었다. 물과 함께 그것을 꿀꺽 삼키자 입안에서 새콤한 복숭아 향이 퍼졌다.

"엄마한테는 아빠가 잘 얘기해 볼게."

"아니에요."

나는 고개를 저었다. 엄마와는 여전히 의견이 좁혀지지 않은 상태였다. 나는 오늘 아침, 죄책감과 반발심이 섞인 복잡한 마음으로 인사도 하지 않고 집을 나섰다.

터미널 안으로 들어서자 일찍 도착한 지원자들이 부산스럽게 움직이고 있었다. 층고가 높은 터미널 내부는 왁자지껄한 소음으로 가득했다. 강아지가 짧게 '앙' 하고 짖는 소리에 돌아보니 할머니, 할아버지, 강아지까지 배웅을 나온 지원자도 보였다.

"저기인 것 같은데?"

아빠가 가리킨 전광판에는 '센트 그룹 인턴 연구원 2차 시험 접수'라는 글자가 띄워져 있었다. 세 명의 직원이 앉아 있는 접수대 앞에는 이미 수십 명의 지원자가 줄을 서 있었다.

"여기서부터는 저 혼자 갈게요."

"이다린, 아빠가 응원해. 잘하고 와."

"네, 아빠. 꼭 합격해서 돌아갈게요."

아빠에게 씩씩하게 말했다. 내가 합격해서 돌아간다면 그때는 엄마도 센트 그룹을 향한 부정적인 마음을 거두고 나를 격려해 주지 않을까 기대하는 심정이었다.

"안녕하세요, 센트 그룹 인턴 시험 접수하러 오셨죠?"

줄을 서서 기다리다 내 차례가 오자 주근깨가 가득한 직원이 말했다. 그의 살가운 인사에 긴장이 사르르 풀렸다.

"신청서 보여 주시겠어요?"

그는 가슴팍에 있는 주머니에 센트 그룹 로고가 새겨진 보라색 재킷을 입고 있었는데, 재킷은 방금 다림질을 한 듯 빳빳하게 주름이 잡혀 있었다. 그가 손바닥만 한 금빛 배지를 왼손으로 들어 올렸다.

"마이니, 신청서 보여 줘."

내 말에 마이니는 홀로그램 화면을 띄워 신청서를 보여 주었다. 그가 금빛 배지를 딸깍 누르자 도장을 찍듯이 불빛이 내 신청서를 관통했다. 그러자 워치에서 마이니가 사라지고 처음 보는 캐릭터가 나타났다.

"와, 이 캐릭터는 뭐예요?"

"황금빛 액체가 용솟음치는 분수 모자를 쓴 농사꾼 K예요. 센트 그룹의 비즈니스 캐릭터죠."

"황금빛 액체가⋯⋯ 뭐, 뭐라고 하셨죠?"

나는 당황하며 되물었다.

"이름이 너무 길어서 보통은 농사꾼 K라고 부르곤 해요. 앞으로 4박 5일 여정 동안 이 농사꾼 K가 안내를 해 줄 거예요."

농사꾼 K는 정수리가 뚫린 밀짚모자를 쓰고 있었는데, 뻥 뚫린 곳으로 황금빛 액체가 끊임없이 뿜어져 나와 양 갈래로 흘러내렸다. 캐릭터의 형상도 특이했지만 그보다 워치에 캐릭터가 다운로드되는 과정이 더 신기했다.

"불빛만으로도 간단하게 새 캐릭터가 들어오네요? 처음 보는 기술인데요?"

"벌써 놀라긴 일러요. 앞으로 신기한 것들이 더 많을 거예요.

짐은 저희가 따로 발송해 드릴 거라 여기 올려 주시면 되고요. 게이트 3번으로 나가서서 배에 탑승해 주시면 됩니다."

"네, 감사합니다."

짐까지 부치고 게이트로 나가자 비로소 센트 아일랜드에 간다는 사실이 실감 났다. 바다의 짠 내가 코에 감겨 오기 시작했다. 수평선은 끝도 없이 펼쳐져 있었고, 어디에선가 끼룩거리는 갈매기 소리가 들려왔다. 그리고 나는 멀미약을 먹을 필요가 없었을지도 모른다는 생각을 하게 되었다.

눈앞에 보이는 것은 어마어마한 규모의 크루즈였다. 마치 대형 아파트 단지를 통째로 배 위에 얹어 놓은 듯한 모양새였다. 나는 태어나 처음 보는 광경에 입을 다물지 못했다. 고개를 왼쪽부터 오른쪽으로 180도 움직여야지만 크루즈 몸체를 다 눈에 담을 수 있었다. 배의 하얀 몸체에 파도가 반사되어 일렁였고, 몸체의 가운데에는 '센트 크루즈 Scent Cruise'라는 보라색 글자가 커다랗게 보였다. 글자의 아래쪽에서 기다란 사다리차를 탄 로봇들이 배에 짐을 싣고 있었다.

나는 탑승용 임시 다리를 건너 센트 크루즈에 올랐다. 딱딱한 콘크리트 세상에서 거대한 물결 위의 세상으로 들어온 것이다. 모순적이게도 내 세계는 여느 때보다 견고해지는 느낌이었다. 엄마로 인해 울적했던 마음이 시원한 파도에 싹 씻겨 내려가는 기분이었다. 가슴이 점점 벅차올랐다.

"환영합니다."

선실 승무원들이 친절하게 인사했다. 시험을 보러 가는 것이 아니라 호화로운 여행길에 오른 듯한 느낌이 들었다. 승무원들은 자주색 정장에 노란색 나비넥타이 차림이었는데 모두 한껏 빗어 올린 것 같은 깔끔한 머리 스타일을 하고 있었다.

로비로 들어서자 바닷바람으로 꽃잎을 말려 낸 듯한 아쿠아 로즈 향이 훅 밀려들었다. 곧이어 상아색 바탕에 보라색과 금색으로 포인트를 준 화려한 인테리어가 눈에 들어왔다. 바닥 카펫에서부터 천장 조명까지 화려하지 않은 곳이 없었다. 몇 시간 뒤면 이곳을 떠나야 한다는 사실이 매우 아쉬울 지경이었다.

지원자들은 계속해서 승선하는 중이었다. 1차 시험 합격자는 100명. 감각이 발달한 19세들이 모여서인지 개성 넘치는 차림새인 이들이 많이 보였다. 그 덕에 청바지에 하늘색 셔츠 차림인 내가 한없이 수수해 보였다. 내 소박함이 도통 이곳과 어울리지 않는 것 같아 어깨가 동그랗게 움츠러들었다.

─간식 드시겠습니까?

서빙 드론 하나가 날아왔다. 드론에 달린 쟁반에 물, 커피, 차, 에이드에서부터 색색의 푸딩, 윤기 나는 휘낭시에, 버터 치아바타, 계란 샌드위치까지 갖가지 다과가 놓여 있었다. 그중 무화과가 콕콕 박힌 스콘이 내 눈에 들어왔다.

"이거 먹어도 되나요?"

—네, 맛있게 드세요.

기계적인 음성이 흘러나왔다. 스콘을 들고 추가로 음료를 집으려는 찰나에 드론은 휙 날아가 버렸다. 어차피 드론은 수십 대였고, 언제든 음료를 마실 수 있다는 생각에 빵으로 눈길을 돌렸다.

"너도 입으로 먹기 전에 코로 먼저 먹는구나! 하긴 여기 있는 지원자들 대부분이 그렇겠지?"

무화과 스콘을 들고 킁킁거리는 내게 한 여자아이가 말을 걸어왔다. 그녀는 여러 지원자들 중에서도 눈에 띄는 아이였다. 분홍색 체크무늬 신발, 연분홍색 워치, 진한 분홍색 머리띠까지 모든 물건이 분홍색이었다. 긴 웨이브 머리는 반 묶음을 하고 있었는데, 움직일 때마다 묶이지 않은 머리들이 좌우로 부드럽게 흩날렸다. 눈꼬리가 올라간 큰 눈, 오똑한 콧날과 가지런한 치아까지, 스치듯 보아도 예쁜 외모였다. 그 아이에게서 이국적인 꽃향기가 났다.

"넌 이름이 뭐니?"

"이다린이야. 만나서 반가워."

"나는 천일랑이야. 같이 구경하지 않을래?"

일랑이 악수를 청했다. 나는 손을 마주 잡으며 고개를 끄덕였다. 뱃고동 소리가 크게 울리자 심장이 요동쳤다.

"출발하나 보다."

나는 들뜬 목소리로 말했다. 우리는 어느새 오래된 친구처럼 팔짱을 낀 채 크루즈 곳곳을 둘러보았다.

크루즈의 각 공간은 향이 뚜렷하게 구분되어 있었다. 바다 위에만 머무는 크루즈 여행객들이 휴식을 취할 수 있도록 조성된 산책로에는 숲속에서 나는 듯한 나무 향이 났고, 피트니스 센터에서는 시원하고 청량한 민트 향이 났다. 신간 서적이 가득한 도서관에서는 짙은 잉크 향이 물씬 났다.

'카페 PLUS'는 이름처럼 음료에 향을 더할 수 있는 곳이었다. 나는 그린티 에이드에 자몽 향을, 일랑은 아메리카노에 티라미수 향을 골라서 주문했다. 주문을 마치자 날렵하고 정교한 기계들이 쉴 새 없이 움직이며 음료를 제조했다. 조리 공간 뒤편에는 거대한 은빛 통들이 일렬로 놓여 있었는데, 제조를 마친 로봇은 마지막으로 은빛 통에 연결된 호스로 음료에 뭔가를 주입했다.

─주문하신 자몽 향 플러스 그린티 에이드입니다.

서빙 로봇이 음료를 건네주었다.

"저 통에서 향이 주입되는 건가요?"

조리대에서는 계속해서 여러 음료에 각각의 은빛 통을 연결하여 무언가를 주입하고 있었다.

─맞습니다. 향보리로 만들어진 센트 그룹만의 특제 향료입니다. 한번 드셔 보세요.

로봇은 친절히 설명해 주었다. 특제 향료? 큰 기대 없이 에이드를 한 모금 마시자 감탄사가 절로 나왔다. 자몽을 넣지 않았는데도 자몽 본연의 향이 살아 있었다. 인공적인 맛이 아니라 껍질이 완벽히 분리된 과육에서 날 법한 신선한 향이었다.

"시럽 넣은 것처럼 달콤한 향이 가득한 에이드인데 살은 안 찐다니, 이건 혁명이야."

티라미수 향을 추가한 일랑도 만족해하며 화사한 눈웃음을 지었다. 우리는 곧 한 손에 음료를 들고 갑판으로 올라갔다.

"경치 예술이다!"

바다 위, 탁 트인 전망이 장관이었다. 배 안에선 느끼지 못했던 속도감이 느껴져 하마터면 음료를 쏟을 뻔했다. 파란 바다는 물살을 가르는 뱃머리의 진격에 하얀색의 거품을 토해 내고 있었다.

"다린아, 저기 봐 봐."

일랑이 흩날리는 머리를 부여잡고 고갯짓으로 한쪽을 가리키며 말했다. 그곳에는 하늘과 맞닿아 있는 커다란 섬, 센트 아일랜드가 있었다.

"와……."

퍼플산은 센트 아일랜드 한가운데 중절모처럼 얹혀져 있었고, 오목렌즈처럼 파인 분화구로 인해 사다리꼴 형태를 띠었다. 그것은 마치 광택이 있는 실크 모자처럼 우아한 아름다움을 자아냈다. 주변에 몇 개의 섬이 보였지만, 센트 아일랜드가 유독 도드라져 보이는 것은 그 오묘한 색감 때문이었다. 햇빛에 얼굴이 타는 줄도 모르고 나는 한참 동안 그곳을 바라보았다.

"우리 사진 찍자."

혼자서 한참 사진을 찍던 일랑이 말했다. 우리뿐 아니라 다른 많은 사람들이 갑판 위에서 사진을 찍고 있었다.

우리가 센트 아일랜드를 배경으로 수십 장의 사진을 찍었을 무렵, 센트 크루즈에서 안내 방송이 흘러나왔다.

—지원자분들은 모두 객실로 들어가 하선 준비를 해 주시기 바랍니다. 객실 번호는 워치를 통해 알려 드리겠습니다.

우리는 어리둥절했다. 하선 준비를 해야 하는데 이제 객실로 가라는 것이 잘 이해되지 않았다. 그러나 승무원들은 태연한 얼굴로 우리를 안쪽으로 들여보내기 시작했다.

"다린아, 워치 한번 봐 봐. 객실 번호가 보여."

워치를 살피자 검정색 배경 위에 형광 연두색으로 세 자리 숫자가 반짝이고 있었다.

"일랑아, 나 303호야. 넌 어디야?"

"아, 진짜? 나도 303호야. 완전 운명인데?"

우리는 서로를 보며 활짝 웃었다.

✦ ◇ ✦

객실은 지금까지 가 보지 않았던 3층에 있었다. 방송을 듣고 모인 아이들로 객실 복도가 북적거렸다. 길게 펼쳐진 복도 양 옆으로 객실이 있었고, 문 앞에는 호수와 명단이 적혀 있었다.

"4인실이구나!"

낯선 이들과의 만남은 언제나 떨리는 것이었다. 방문 앞에는 김로라, 유지나, 이다린, 천일랑 이렇게 네 명의 이름이 적혀 있었다.

"안녕?"

안으로 들어가자 다리를 꼬고 새초롬한 표정으로 앉아 있던 아이가 말했다. 손가락 마디마디에 반지를 꼈고, 팔찌도 여러 개 차고 있어 팔을 움직이자 찰랑거리는 소리가 났다. 브랜드 로고가 커다랗게 새겨진 하얀색 투피스를 입고 있었는데, 위아 래로 다른 향수를 뿌렸는지 머스크 향과 페퍼 향이 동시에 풍겨 왔다.

짙은 향에 나도 모르게 코를 막을 뻔한 것을 참아 냈지만, 그 아이는 눈치를 챘는지 우리에게 말했다.

"아, 미안. 오늘 내 향수가 좀 과하지?"

"괜찮아. 내 이름은 이다린이야."

내가 어색하게 인사를 건넸다. 뒤이어 일랑도 명랑한 목소리로 자기소개를 했다.

"나는 천일랑이야. 만나서 반가워."

"나는 김로라야."

객실에 어색한 분위기가 가득할 무렵, 문밖에서 요란한 발소리가 점점 가까워졌다.

"안녕, 내가 제일 늦었네. 나는 유지나야."

마지막 룸메이트가 수줍게 인사를 하며 들어왔다. 지나는 편안해 보이는 면 원피스를 입고 있었는데, 체격이 매우 커서 그녀의 원피스로 문이 전부 다 가려질 정도였다. 그녀의 배낭 주머니에는 드론에서 봤던 간식들이 가득 들어차 있었다.

"우리 이렇게 만난 것도 인연인데, 어떻게 지원하게 된 건지 간단히 이야기라도 나눠 볼까?"

일랑이 활기차게 말했다. 밝은 에너지가 느껴져 나도 모르게 웃음이 나왔다.

"나는 감기 때문에 병원에 갔었는데 큰 병원에서 정밀 후각 검사를 받으면 좋겠다고 하더라. 받고 나니 인증서가 날아오는 거야. 그 인증서가 있으면 센트 그룹 인턴 시험에 지원할 수 있다고 해서 신청한 거야. 그런데 덜컥 1차에 합격했지, 뭐야. 아직 이곳에서 뭐를 해 보면 좋을지 잘 모르겠어. 4박 5일의 시간 동안 그 답을 찾으면 좋겠어."

일랑의 소개를 들은 로라의 미간이 작게 찌푸려졌다. 그 모습을 보지 못하고 일랑은 옆에 있는 지나를 빤히 바라보았다. 지나는 손에 쥔 초콜릿 음료를 쭉 들이켠 뒤 말했다.

"내 꿈은 센트 푸드 연구원이야. 먹는 것에 누구보다도 진심이거든! 나는 요리의 화룡점정이 향이라고 생각해. 연구원이 되어 음식과 향에 대해 깊이 배우고 싶어."

지나는 조용조용 말했지만 두 눈은 이글거리고 있었다.

"센트 푸드 연구원?"

그게 무엇인지 모르겠다는 듯 일랑이 되물었다.

"센트 그룹의 향 연구소는 푸드, 스페이스, 오리지널, 뷰티 총 네 개로 나뉘어 있어. 어차피 이번 시험에서 연구소별로 사람을 뽑는 건 아니니까 일단 합격하는 게 중요하지만 지망하는 분야가 있으면 좋겠지?"

나는 일랑에게 친절히 설명해 주었다.

"아, 그렇구나. 아직 못 고르겠어."

일랑이 고개를 갸웃하며 말했다.

"차차 알아 가면 되지, 뭐. 나는 열 살 때 센트 월드에서 내 후각이 남들보다 뛰어나다는 사실을 알았고, 그날부터 스페이스 연구원을 꿈꾸며 여기까지 오게 되었어! 너희들처럼 후각이 남다른 아이들을 만난 것만으로도 기뻐."

스페이스를 말했을 때 로라가 처음으로 관심을 보였다. 그녀가 잠시 눈을 빛내더니 입을 열었다.

"내 꿈도 스페이스 연구원. 내가 볼 때는 공간을 디렉팅하는 게 향 연구의 정점이 아닐까 싶어. 그럼 더 궁금한 거 없지? 나는 이만 좀 쉴게."

로라는 이 모든 것이 지루하다는 듯 짧게 이야기하더니 침대로 가 버렸다. 나와 꿈이 같다는 로라와 좀 더 이야기를 나눠 보고 싶었으나 그녀는 더 이야기를 나눌 생각이 없는 듯했다.

그 순간, 에어컨 온도를 10도나 더 낮춘 것처럼 공기가 서늘해졌다. 천장에서는 하얀 연기가 뿜어졌다.

"이게 뭐지?"

침묵을 깬 것은 로라였다. 나는 소름이 돋은 팔을 어루만지며 무슨 상황인지 파악하려 애썼다. 불이 난 건 아니었다. 방 안에 흘러든 연기가 매캐한 유독가스가 아니라는 것쯤은 파악할 수 있었다.

"무슨 냄새가 나는 것 같은데?"

새어 나오는 연기에서 어떤 향이 맡아졌다. 내 기억 버튼은 시각적인 것보다 냄새에 더 빨리 반응하는데, 불현듯 그 기억이 떠오른 건 이 때문이었다.

그날 엄마는 한 손에는 우산, 한 손에는 지팡이를 들고 나를 기다리고 있었다. 정문 앞 도로에는 차들이 쌩쌩 달리고 있었고, 여기저기 물구덩이가 생겨서 차가 지나가면 흙탕물이 위로

솟기도 했다. 나는 정문까지 우산을 씌워 준 친구에게 고맙다는 인사를 하고 엄마에게 달려갔다.

"엄마, 여긴 뭐 하러 왔어요. 친구랑 가면 되는데."

"우리 딸, 비 맞을까 봐 엄마가 왔지."

엄마는 꽤 오랜 시간 서 있었는지 우산을 쓰고 있는데도 바지가 다 젖어 있었다. 하얀 운동화가 시커멓게 변색된 것이 눈에 들어왔다.

"아침에 엄마가 우산 가져가라고 할 때 가져갔어야 하는데…… 엄마, 미안. 얼른 가요."

나는 엄마가 들고 있던 우산을 받아 들었다. 집에 가는 길, 이런저런 수다를 떨면서 가느라 어깨 한쪽이 다 젖는 줄도 몰랐다. 그날의 추억, 그 촉촉한 비 냄새가 연기를 타고 흘러내렸다.

"저게 뭐야? 벽이 움직여!"

지나가 소리치며 벽을 가리켰을 때, 나는 그 기억에서 빠져나왔다. 그림 장식 하나 없이 텅 비어 있던 벽은 순식간에 홀로그램 모니터로 변해 있었다. 모니터에 농사꾼 K의 모습이 나타났다. 그리고 심장을 쿵쿵 울리는 북소리가 들렸다. 북소리의 박자는 점점 빨라졌고, 당장이라도 무슨 일이 벌어질 것 같은 느낌이 들었다.

―지금부터 크루즈 미션을 시작하겠습니다.

우리 모두의 눈이 휘둥그레졌다.

"미션? 벌써 2차 시험 시작인 거야?"

지나가 놀라 소리를 지르자, 로라가 딱딱하게 외쳤다.

"쉿! 잘 들어 봐."

로라의 말에 우리는 농사꾼 K의 입에서 나오는 말을 하나라도 놓치지 않기 위해 집중했다.

─지원자 여러분, 2차 시험 종료 전까지 추가 미션이 있을 수 있다는 내용은 모두 홈페이지 공지 글에서 확인하셨지요? 자, 이번 미션은 팀별 미션입니다. 현재 같은 객실에 배정된 룸메이트 네 명이 함께 진행해 주셔야 합니다. 미션은 다음과 같습니다. 지금 나온 연기의 향을 맞혀 주세요! 탁자 위에 있는 태블릿에서 보기를 보시고 정답을 고르시면 됩니다. 단, 정답이 아닐 시 5분간 태블릿이 잠기기 때문에 신중히 고르셔야 합니다. 정답을 맞히시면 태블릿에 비밀번호가 나타납니다. 그 번호로 금고를 열고 안에 있는 옷으로 갈아입은 뒤, 로비에 도착하면 미션 성공입니다. 제한 시간은 20분입니다. 바로 시작하겠습니다.

농사꾼 K가 사라지고, 홀로그램 모니터는 다시 투명해졌다. 천장에 설치된 환풍기는 방금 전 흘러나온 연기를 세차게 빨아들였고, 냄새는 흔적도 없이 사라져 버렸다. 아직 상황 파악이 안 된 나와 달리 로라는 잽싸게 테이블로 뛰어갔다.

"태블릿 찾았어."

우리 셋은 로라에게 달려갔다. 그녀가 보기를 보여 주었다. 조금 전 흘러나온 연기는 특정 시간대, 날씨, 장소에서 포집한 향이었고, 우린 이 조합을 맞춰야만 했다.

시간대	날씨	장소
이른 아침	비 오는	도로변
한낮	맑게 갠	숲속
늦은 저녁	화창한	바닷가

"이거 너무 쉬운데? 한낮의 비 오는 숲속 냄새 아니야?"

"그런 것 같기도 하고……."

로라가 말하자 일랑이 동조했다.

"나는 잘 모르겠어. 난데없이 연기가 나서 이게 미션일 거라고는……. 우리 이거 떨어지면 집에 가야 하는 거야? 아니겠지?"

지나는 예상치 못한 미션에 당황했는지 얼굴이 창백해졌다.

"아직도 모르겠어? 이거 통과 못 하면 다 같이 짐 싸야 해."

로라는 지나를 보며 날카롭게 말했다.

"벌써 3분이나 지났어. 여기서 뛰어가도 로비까지 족히 5분은 걸릴 거야."

일랑이 말했다. 워치에는 남은 시간이 표시되었다. 줄어드는 숫자를 보니 마음이 조급해졌다. 나는 '숲속'이 아니라 '도로변'이라고 생각했지만, 로라가 너무 확신에 찬 목소리로 외쳐 일단 그 의견대로 진행해 보기로 했다.

"로라 말대로 해 보자. 보기 선택해 봐."

내가 말했다. 로라는 내 말이 끝나기도 전에 보기에서 답을 선택한 후 확인 버튼을 터치했다.

삐—.

높은 기계음이 짧게 울리더니, 태블릿이 잠겨 버렸다.

"어? 이거 맞는데? 이게 왜 아니지?"

로라는 믿을 수 없다는 듯 자리에 털썩 주저앉아 태블릿을 바라보았다. 남은 시간은 11분. 옷을 갈아입고 로비까지 달려간다면 아예 불가능한 시간은 아니었다.

"얘들아, 내 생각에는 '숲속'이 아니라 '도로변'인 것 같아."

나는 용기를 내서 의견을 말했다.

"글쎄, 내가 볼 때 '숲속'은 맞아. '한낮'이 아니라 '이른 아침'인 것 같은데?"

일랑도 의견을 냈다. 지나는 갈팡질팡하며 누구의 의견에도 동의하지 않은 채, 애꿎은 물만 들이켰다.

시간은 계속 흘러갔다. 잠금이 해제되기 1분 전인데 좀처럼 의견이 좁혀지지 않았다. 가위바위보를 하자고 해야 하나? 그러기에는 내 생각이 너무 확고했다. 다수결로 해야 하나? 아니, 이번에는 절대 양보할 수 없었다. 또 틀리면 이대로 집에 가야 할지도 모를 일이었다. 여기까지 오기 위해 엄마의 반대도 외면하고 왔는데, 바로 탈락을 하게 된다면⋯⋯. 차마 거기까지 상상하고 싶지 않아 나는 로라와 일랑의 얼굴을 번갈아 보며 말했다.

"애들아, 숲속이 아니라 도로변이 맞는 것 같아. 비를 머금은 냄새는 물비린내가 나고, 흙냄새가 올라와. 그래서 숲이랑 도로랑 헷갈릴 수밖에 없는데, 아까 맡은 향에서는 나무 냄새보다 아스팔트의 화학적인 냄새가 더 진했어. 나 한번 믿어 줄래?"

나는 진심을 다해 피력했다.

"음, 화학적인 냄새⋯⋯. 맞아, 다린이 말이 맞는 것 같아."

잠시 생각하던 로라가 내 의견에 동의했다. 일랑이 태블릿을 잡았다.

"잠금 풀리기까지 20초 남았어. 나도 다린이 의견에 따를게. 그게 더 가능성이 높은 것 같아."

일랑은 잠금이 해제되자마자 보기에서 도로변으로 선택을 바꾸고 확인 버튼을 터치했다.

—정답입니다.

태블릿에서 또랑또랑한 음성이 흘러나왔다. 그리고 네 자리 숫자 '0, 3, 0, 3'이 화면에 떠올랐다. 우리는 환호했다.

"비밀번호야. 우리 객실 번호랑 똑같아."

일랑이 말했다. 비밀번호가 생각보다 쉬운 탓에 놀랐지만, 그런 쓸데없는 생각에 빠져 있을 때가 아니었다. 로라는 이미 금고를 열어 그 안에 있는 네 개의 상자를 꺼내고 있었다. 우리는 각자의 이름이 쓰인 상자를 빠르게 열었다. 상자에는 얇은 갈색 재킷, 흰 티셔츠, 면바지 그리고 목에 걸 수 있는 금빛 배지가 들어 있었다. 배지에는 각자의 이름이 새겨져 있었다.

나는 바지를 입는 동시에 티셔츠에 머리를 쑥 집어넣은 뒤 재킷을 입었다. 처음 만난 아이들 앞에서 옷을 갈아입어야 하는 부끄러움 따위는 생각할 여유가 없었다. 가장 빠른 사람은 일랑이었고, 로라는 액세서리가 많아 걸리적거리는 듯했지만 그럼에도 빠르게 옷을 갈아입었다. 문제는 지나였다. 그녀는 우리가 옷을 다 갈아입는 동안 자신의 원피스조차 벗지 못한 채였다.

"아, 좀 빨리."

로라는 잔뜩 찡그린 얼굴로 지나를 다그쳤다. 일랑도 지나를 보며 한숨을 내쉬었다. 나는 긴장한 지나를 돕기로 했다. 어깨에 걸려 있는 원피스를 같이 내려 주고 지나가 바지를 입는 동안 재킷을 입기 좋게 펼쳐 주었다.

지나가 옷을 갈아입자마자 우리는 객실 밖으로 뛰쳐나갔다. 엘리베이터를 기다릴 여유도 없어 가까운 에스컬레이터로 달려갔다. 그리고 그대로 3층에서 2층까지 달려 내려갔다. 지나가 제일 느렸지만 한 층만 더 내려가면 되는 상황이기에 문제가 될 것은 없었다. 그렇게 안도하는 사이, 뒤따라오던 지나가 크게 소리 질렀다.

"얘들아, 나 배지 떨어뜨린 것 같아."

"뭐?"

한참 앞서가던 일랑은 그 소리를 듣지 못했고, 나와 로라만 뒤돌아봤다. 지나는 하얗게 질려 있었다. 시간이 없어 배지를 목에 걸지 않고 손에 들고 온 것이 화근이었다. 이대로 지나를 돌려보냈다간 제시간에 도착하지 못할 것 같았다.

"내가 찾아볼게. 먼저들 가 있어."

나는 거의 반사적으로 말을 내뱉었다. 그러고는 뒤를 돌아 어디에 떨어져 있을지 모를 배지를 찾아 바닥을 살피며 올라갔다. 계속된 뜀박질에 숨이 턱까지 차올랐지만, 어서 배지를 찾아야 한다는 생각뿐이었다.

"어! 저건가?"

3층 에스컬레이터 앞에 반짝이는 물체가 보였다. 넘어질 듯 달려가서 낚아채듯이 그것을 손에 쥐고 다시 내려가기 시작했다. 로비로 가는 마지막 에스컬레이터만을 앞두고 있을 때 나는 워치로 시간을 흘끗 보았다. 남은 시간은 단 10초였다. 여기만 내려가면 성공이었다. 로비에서 애타게 내 이름을 부르는 소리가 들려왔다.

"이다린!"

"다린아, 빨리!"

나는 한 번에 두 칸씩, 에스컬레이터를 미친 듯이 뛰어 내려 갔다. 10초, 9초, 8초…….

쾅!

미션 종료 시간이 다 되자, 곳곳에서 차단 벽이 내려왔다. 로 비로 이어지는 모든 통로는 차단 벽으로 막혔다. 차단 벽을 두 고 들어오지 못한 많은 지원자들이 있었지만, 나는 3초를 남겨 두고 가까스로 들어왔다. 일랑이 활짝 웃으며 나를 껴안았다.

"고마워, 정말…….

지나는 울먹이고 있었다.

"수고했어."

로라의 말은 짧았지만 진심이 느껴졌다.

"이거 후각 테스트가 아니라 체력 테스트 아니니?"

나는 바닥에 쓰러지듯 주저앉은 채 웃으며 말했다. 한숨 돌 리자 서로의 옷차림이 눈에 들어왔다. 얼마나 급박했는지 여실 히 보이는 매무새였다. 나는 재킷 단추를 잘못 잠가 옷이 비뚤 어져 있었고, 지나는 티셔츠를 거꾸로 입고 있었다. 일랑은 반 묶음이었던 머리가 완전히 풀어져 헝클어졌고, 로라는 팔찌들 이 팔뚝 위쪽까지 올라가 있었다. 우리는 서로를 보며 웃음을 터뜨렸다. 경쟁자보다 친구에 더 가까워졌다는 걸 모두 느끼고 있었다.

그때 한 남자아이가 소리쳤다.

"아니, 저라도 도착했으니까 합격시켜 주셔야 하는 거 아니에요? 나가라니요! 이렇게 갑자기 떨어뜨리는 법이 어디 있어요!"

그 아이는 네 명 중 혼자서만 로비에 도착한 것 같았다. 가슴팍에 센트 그룹의 로고가 새겨진 보라색 재킷을 입은 남자에게 핏대를 세우고 있었는데 감독관처럼 보이는 남자는 차분하게 대응할 뿐이었다.

"이번 미션은 팀전이었습니다. 객실의 네 명이 모두 도착하지 못하였다면 규정에 따라 탈락입니다."

그 소란스러운 상황에 한 여자아이가 들으라는 듯이 큰 소리로 말했다.

"아, 시끄러워. 조용히 좀 했으면 좋겠네!"

일순간 모든 시선이 그녀에게 쏠렸다. 보라색 머리에 까만 눈썹, 삶은 달걀처럼 매끈한 피부가 굉장히 눈에 띄는 아이였다.

"넌 뭔데?"

따지던 아이가 보라색 머리 여자아이를 노려봤다.

"시끄러우니까 좀 나가 줄래? 늦게 온 주제에 혼자 왔나 봐."

그녀는 코웃음을 치며 말했다.

"뭐? 네가 그렇게 잘났어?"

남자아이는 입고 있던 재킷을 벗어 던지더니 그녀에게 성큼 성큼 다가갔다. 여자아이는 눈 하나 깜빡하지 않았다. 내 앞쪽에 있는 아이 둘이 소곤거리는 것이 들려왔다.

"쟤, 걔 맞지? 강리애. VON 학원 전액 장학생."

"아, 그 맨날 1등 한다는 엄청 독한 애? 합격자 자리 하나는 쟤가 차지하겠네."

VON은 The Value Of a Nose의 약자로 센트 그룹 합격자를 가장 많이 배출하는 학원이어서 나도 익히 들어 본 곳이었다. 거기서 전액 장학생이라는 것은 이미 실력이 검증된 학생이라는 것이었다.

"어, 우리가 1등으로 왔어."

피식 웃으며 강리애가 말했다. 그러고 보니 모두 숨을 헐떡이고 있는데 강리애와 주변의 세 명은 여유로워 보였다. 그들은 옷매무새가 모두 깔끔했는데, 세 명이 떠받들듯이 강리애의 주변에 둥글게 서 있었다.

"이게 진짜 보자 보자 하니까."

모두의 따가운 시선에도 아랑곳하지 않고 남자아이가 강리애에게 손을 치켜올렸다. 그러나 바로 감독관의 제지를 받아 어딘가로 인도되었다. 수군거림은 곧 잦아들었다. 탈락자에게 오래 관심을 가지는 사람은 없었다.

나는 몇 명이나 도착했는지 세어 보기 시작했다. 이곳에 온 100명 중 남은 인원은 겨우 40명, 열 팀뿐이었다. 센트 아일랜드에 가기도 전에 탈락자가 발생하자 잔인한 방식이라는 생각이 들면서도 합격에 가까워졌다는 사실에 기분이 좋아졌다.

"우리 모두 다 합격할 수도 있겠어!"

나는 들뜬 표정을 감추지 못했다. 그러자 일랑이 말했다.

"이제 시작인 것 같은데?"

"아니, 아직 시작도 안 했어."

로라의 말은 냉수를 끼얹은 것처럼 차가웠다.

나는 둘을 보며 들떴던 마음을 가라앉혔다. 그들의 말처럼 사실상 본시험은 센트 아일랜드에서 치러질 예정이었다.

"미션에 통과하신 지원자 여러분, 축하드립니다. 곧 하선할 예정이니 6번 게이트 앞에 모여 주시기 바랍니다.

미션을 통과한 지원자들은 승무원의 인도하에 6번 게이트가 있는 공간으로 들어갔다. 사방이 막혀 있는 그곳에는 조명 하나만이 고요하게 빛을 내고 있었다. 곧 센트 아일랜드 땅을 밟을 수 있다는 생각에 심장이 떨려 오기 시작했다.

문 앞에 서 있던 감독관이 입을 열었다.

"문이 열리면 이곳에 배지를 태그하고 밖으로 나가시면 됩니다."

잠시 후 거대한 문이 열리고, 엄청난 양의 빛이 배 안으로 들어왔다.

"긴장돼."

나는 눈을 감으면 모든 게 꿈처럼 사라져 버릴까 봐 눈을 마음껏 깜빡이지도 않았다. 앞쪽에 서 있던 지원자들이 먼저 땅을 밟기 시작했다. 나는 거의 마지막 순서였다. 나가기 전 문앞에 있는 기둥 같은 기계에 배지를 태그하자 농사꾼 K의 유쾌한 음성이 흘러나왔다.

—웰컴 투 센트 아일랜드!

나는 빛을 향해 걸어 나갔다. 불어오는 바닷바람에서는 풀과 흙과 과일의 향이 느껴졌다. 불볕더위로 인해 콧잔등에 금세 땀이 맺혔지만, 무엇 하나라도 놓칠세라 코에 향을 가득 담았다. 눈앞에는 거대한 분수가 있었다.

"저거 농사꾼 K 머리에서 나오는 액체 아니야?"

내가 분수를 가리키며 물었다.

"맞아."

로라는 언제 챙겨 왔는지 얼굴을 반이나 가리는 큼지막한 선글라스를 쓰며 말했다.

커다란 나무만 한 분수의 바닥에서 엄청난 세기로 황금빛 물이 솟구치고 있었다. 물줄기가 워낙 높게 솟아 폭포처럼 보일 정도였다.

"세상에! 얘들아, 여기 천국이니?"

일랑이 멍하니 말했다.

"아마도?"

지나는 들고 있던 초콜릿이 녹는 줄도 모르고 이 광경을 바라보았다. 내 눈, 코, 입은 한껏 크게 벌어져 있었다. 센트 아일랜드를 온몸으로 받아들이기 위한 조치였다. 분수 뒤쪽의 야트막한 둔덕 위에는 큼지막하게 홀로그램 글씨가 띄워져 있었다. 나는 그것을 한 글자 한 글자 또박또박 읽어 내려갔다.

"향이 영글어 가는 이곳은 센트 아일랜드입니다."

3장

센트 아일랜드의 낮과 밤

우리는 원형 버스를 타고 이동했다. 마치 원형 무대처럼 좌석이 중앙을 중심으로 빙 둘러서 있는 버스였다.

"안녕하세요. 4박 5일간 여러분의 인솔을 맡은 고도명입니다."

무대에 오른 듯이 버스의 중앙에 선 인솔자가 허리를 숙여 정중히 인사했다. 그러자 그의 목에 걸린 배지가 허공에서 대롱대롱 흔들렸다. 그의 목소리는 우락부락한 몸과는 어울리지 않게 가늘었는데 머리에는 스프레이 한 통을 다 뿌린 듯 머리카락이 한 가닥도 흔들리지 않았다. 그 역시 다른 센트 그룹 직원들이 그렇듯 보라색 재킷을 입고 있었다.

"안녕하십니까, 6기 인턴 지원자 여러분. 여기까지 오시느라 고생 많으셨습니다. 여러분은 7,000대 1의 경쟁률을 뚫고 이 자리에 온 분들입니다. 센트 그룹에 지원해 주셔서 감사합니다."

"1차 시험에 7,000명이나 지원한 거야? 미쳤다. 여기까지 온 나를 칭찬할래."

일랑이 자신의 머리를 쓰다듬으며 말했다. 나 또한 스스로가 자랑스러웠다.

"본격적인 시험에 앞서 센트 아일랜드에서 꼭 지켜야 하는 몇 가지 수칙에 대해 말씀드리도록 하겠습니다. 첫째, 여기 있는 동안 사진 및 동영상 등의 모든 촬영이 금지됩니다. 만약 이를 어길 시 어떠한 경우라도 바로 불합격 처리가 될 것입니다."

그가 두꺼운 뿔테 안경을 추켜올렸다. 따로 마이크를 사용하지는 않았기에 모두 조용히 그의 말에 집중하고 있었다.

"둘째, 외부와의 연락은 금지되며 서로 간의 연락은 '세넥트'를 통해서만 가능합니다. 세넥트는 센트 그룹 자체 커뮤니케이션 시스템으로 이 섬에 도착했을 때 이미 워치에 다운로드되었습니다. 셋째, 여러분의 안전과 시험의 공정성을 위해 시험장에서의 활동은 녹화될 수 있습니다. 미성년자인 지원자분들의 보호자분들께도 긴급한 일이 생겼을 시 연락 가능한 연구소 연락처를 안내해 드렸습니다."

인솔자가 말한 내용들은 2차 시험 안내문에 고지된 내용이었기에 덤덤하게 받아들였다. 다른 아이들도 고개를 끄덕이고 있었다.

"마지막으로 여러분이 가지고 계신 배지는 출입증이기 때문에 잃어버리지 마시고 잘 간직해 주시기 바랍니다. 이상으로 제가 전달해 드려야 할 내용은 다 말씀드렸고요, 버스는 여러분이 묵으실 호텔로 이동하고 있습니다. 가는 동안 쉬시면서 센트 아일랜드의 경치를 감상해 주세요."

전달 사항을 모두 이야기한 그는 좌석으로 돌아갔다. 나는 차창 밖으로 고개를 돌렸다. 푹신한 의자에 앉아 있으니 피곤이 몰려왔지만 창밖을 보자 눈이 번뜩였다. 눈부신 센트 아일랜드가 그 모습을 밝게 드러내고 있었다.

"어떻게 저런 색이 나오지? 다린아, 저 색감 좀 봐 봐."

옆에 앉아 있는 일랑이 들뜬 목소리로 말했다.

이곳에서는 화산 폭발 후 발생한 특이 기체로 인해 특유의 보랏빛 흙이 생성되었다고 한다. 곳곳에 보라색 흙이 페인트처럼 깔려 있었다. 파스텔로 쓱싹쓱싹 문질러 놓은 듯한 연보랏빛 모래사장에는 짙은 노란색 파라솔 수십 개가 펼쳐져 있었고, 선베드 위에 누워 낮잠을 자거나 모래찜질을 하는 사람들이 보였다. 그 너머 바다 위에는 하얀 요트들이 유유히 떠다녔다.

"저 요트, 떠 있는 게 꼭 마시멜로 같지 않니?"

지나는 입맛을 다시더니 가방 속에서 진짜 마시멜로를 꺼내 나눠 주었다.

"난 괜찮아. 넌 모든 게 먹을 거로 보이는구나?"

일랑은 마시멜로를 사양하더니 해맑게 말했다. 그 말에 지나는 머리를 긁으며 멋쩍은 미소를 지었다.

어디를 가든 퍼플산이 보였다. 산 정상으로 갈수록 털 뭉치처럼 복슬복슬한 구름이 많아져서 산을 감싸고 있었다. 산 정상 분화구 옆에는 아찔한 높이를 자랑하는 유리 전망대와 케이블카가 있었다. 케이블카는 제각기 다른 향수병 모양이었고 애니메이션 효과 덕분에 그 안에 향수가 들어 있는 것처럼 찰랑거리는 듯이 보였다.

"너무 행복해."

퍼플산의 절경을 보자 행복하다는 말이 절로 나왔다.

"나도. 여기 오기를 진짜 잘한 것 같아. 관광지에 놀러 온 것 같아."

일랑이 흡족한 미소를 지으며 말했다.

"오기 힘들지만 관광지 맞지. 관광객 제한을 두고 있어서 벌써 3년 후까지 예약이 꽉 찬 상태야."

로라가 시큰둥하게 말했다. 그녀는 다른 아이들과 달리 퍼플산을 동네 뒷산 보듯 보고 있었다. 그 모습에 지나가 확신한 듯 말했다.

"로라야, 너 여기 와 본 적 있지? 언제 와 봤어? 부럽다."

지나가 말할 때마다 폭신폭신한 마시멜로의 향이 흘러나왔다.

"응? 어, 어렸을 때 와 봤어. 너희 저게 뭔지 아니?"

로라는 말을 더듬더니, 주의를 돌리려는 듯 손가락으로 하늘을 가리켰다. 그곳에는 새싹 모양의 로봇 수만 개가 두둥실 떠다니고 있었다. 투명한 색감이 꼭 비눗방울 표면 같았다.

"저거? 스프라우트 로봇이야. 센트 아일랜드 전역을 날아다니면서, 불어오는 바람에 실린 향을 수집하고 향 수치를 분석한다고 알고 있어."

내가 말했다. 어릴 적부터 센트 그룹에 관한 정보라면 무엇이든 읽었기에 나는 센트 아일랜드와 센트 그룹에 대해 상당한 양의 지식이 있었다.

"오! 이다린."

일랑은 멋지다는 듯이 나를 바라보았다.

그렇게 이야기를 나누기를 잠시, 우리는 금세 다시 바깥 경치에 홀려 버렸다. 센트 아일랜드는 기이한 자연경관 위에 센트 그룹의 첨단 기술이 융화되어 어디에서도 본 적 없는 독특한 풍광을 이루고 있었다. 산 밑자락에 있는 거대한 홀로그램 광고판이 모두의 이목을 끌었다. 광고판에서는 신기술을 도입한 통화 장치인 '센트 에브리웨어' 광고가 흘러나오고 있었다.

—여러분은 이제 수천 킬로미터 떨어진 해외에서 통화를 하더라도 서로의 냄새를 맡으며, 안부를 주고받을 수 있습니다. 센트 그룹이 당신 곁에 함께합니다.

센트 아일랜드를 둘러볼수록 인턴 연구원 시험에 합격해서 이곳을 오래 누비고 싶다는 마음이 강해졌다. 이곳은 모든 아름다움이 빼곡히 응축된 장소였다. 어디에서나 탐스러운 과일 향과 울창한 숲의 향, 보랏빛 대지의 독특한 향이 진동했다.

"저게 뭐지?"

갑자기 버스 안이 웅성거리기 시작했다.

"또 미션인 거야?"

누군가가 외친 그 말에 나는 화들짝 놀랐다. 바닥에서 수증기처럼 희멀건 연기가 피어오르고 있었다. 동시에 발바닥 밑에서 미세한 진동이 느껴지며 분수 소리가 들려오기 시작했다. 버스 바닥에 설치된 거대한 스피커에서 흘러나오는 소리였다. 아직 크루즈에서 내린 지 얼마 되지도 않았는데 또 시험인 걸까? 긴장감에 손끝이 저릿했다. 곧 천장의 빈틈으로 연기가 빠져나가고 원형 공간에 홀로그램 농사꾼 K가 그 모습을 드러냈다. 워치에서 본 모습과 비슷했지만 눈가에 주름살마저 보일 만큼 훨씬 선명한 모습이었다.

─여러분, 안녕하세요. 정식으로 인사드리겠습니다. 황금빛 액체가 용솟음치는 분수 모자를 쓴 농사꾼 K입니다. 그냥 농사꾼 K라고 불러 주시면 돼요. 센트 아일랜드에 오시느라 매우 고생하셨습니다.

그의 머리에서 흘러나오는 분수를 따라 청록빛 향이 새어 나왔다. 장미 뿌리만 긁어모아 즙을 낸 것 같은 향이었는데 쌉쌀하면서도 묵직한 꽃 내음이 났다. 버스에 있는 모두는 언제 시험 이야기가 나올지 몰라 바짝 긴장하고 있었다. 나는 아주 추운 곳에 있는 것처럼 몸을 잔뜩 움츠렸다.

―여러분께 시험 관련 내용을 말씀드리겠습니다.

나는 침을 꿀꺽 삼켰다. 무심코 옆을 보자 지나는 울 것 같은 표정을 짓고 있었다.

―센트 그룹 인턴 선발을 위한 2차 시험은 총 네 번에 걸쳐 진행됩니다. 시험 방식은 매년 바뀌는데요. 올해는 시험마다 탈락자가 발생하게 됩니다. 시험은 하루에 한 차례씩 치르게 되고, 최종 합격자 5인은 마지막 날 발표할 예정입니다.

"시험마다 탈락자가 발생한다고?"

원래도 큰 일랑의 눈이 더욱 커졌다.

"너무 긴장돼. 내가 여기 5일간 머물 수 있을까?"

지나가 침울하게 말했을 때, 농사꾼 K가 웃음기가 전혀 없는 진지한 표정으로 말을 이었다.

―잘 알고 계시겠지만 노파심에 한 번 더 말씀드립니다. 집으로 돌아가시면 절대 시험 내용이나 방식에 대해 누설하시면 안 됩니다. 만에 하나 그런 일이 발생한다면 법적 책임을 물을 수 있으니 이점 유념해 주시기 바랍니다. 마지막으로 여러분들이 가장 궁금하실 첫 번째 시험은…… 오후 3시에 진행될 예정입니다. 자, 그럼 호텔에 도착하면 짐을 정리하시고, 로비로 다시 모여 주시기 바랍니다.

나는 긴장감을 떨쳐 내려고 숨을 내쉬었다. 한편으로는 앞으로 겪을 일들에 대한 기대감도 피어나고 있었다.

숙소에 다다르자 고도명 인솔자가 바삐 움직이기 시작했다.

"여러분, 내리셔서 체크인 절차를 밟아 주세요. 사용하실 객실의 호수는 크루즈에서와 동일합니다. 체크인을 마치시면 호텔 로비에서 간단히 후각 검사도 진행하겠습니다."

버스에서 내리자 목조탑처럼 고즈넉한 분위기를 풍기는 센트 호텔이 보였다. 인솔자의 안내에 따라 지원자들은 나무 울타리가 쳐진 길을 따라 로비로 들어갔다. 길 옆으로 보라색 자갈밭이 꽃밭처럼 펼쳐져 있었다. 대청마루와 나무를 덧대 만든 샹들리에, 곳곳에 놓인 도자기가 인상적인 한옥형 로비였다. 짐은 로봇들이 날라 주었고, 체크인을 마친 지원자들은 대청마루에 앉아 후각 검사를 기다렸다.

"이다린 지원자."

내 이름이 불리자 자리에서 벌떡 일어나 로비 한쪽에 있는 후각 검사실로 향했다.

"안녕하세요. 오늘 검사는 1차 지원 시 제출한 후각 증명서가 위조된 것은 아닌지 한 번 더 확인하는 절차입니다. 금방 끝날 거예요."

나는 의자에 앉아 콧구멍이 잘 보이도록 고개를 젖혔다. 검사는 빠르게 끝이 났고 나는 일랑, 로라, 지나와 함께 객실로 올라갔다. 우리가 머물게 된 방은 널찍한 거실에 화장실이 딸린 방이 두 개나 있는 최고급 스위트룸이었다.

"다린아, 나랑 방 같이 쓸래?"

"그래, 좋아."

일랑의 제안에 따라 나와 일랑, 로라와 지나로 나뉘어 한방을 쓰게 되었다.

"애들아, 우리 밥 먹으러 갈 시간이지? 빨리 가자!"

지나는 오늘 들었던 것 중 가장 들뜬 목소리로 말했다. 시계는 어느덧 오후 1시를 가리키고 있었다.

센트 뷔페에서 든든하게 점심을 먹은 우리는 다른 지원자들과 첫 번째 시험장으로 향했다. 인솔자를 따라 버스를 타고 이동하며 창문을 열자 여름의 향이 거세게 밀려들었다. 입에 침이 고일 만큼 상큼한 향이 났다가 고소한 우유 향이 났다가 달콤한 리치 향이 풍겼다가 노르스름한 백단의 향, 수국과 작약의 향이 요리조리 몰려들었다. 바람은 수억 개의 향 분자를 실어 나르는데도 가볍고 상쾌했다.

보랏빛 대지는 계절을 타지 않았다. 씨앗만 던지면 무엇이든 잘 자라는 남다른 기운을 가졌다. 그 덕에 센트 아일랜드에서는 어느 곳에서도 본 적 없는 식물들도 관찰되었다. 어떤 공원에서는 팔뚝만 한 버섯과 산호초처럼 생긴 기이한 풀들이 보였고, 어떤 숲에서는 모과나무, 레몬 나무, 자몽 나무, 귤나무 등이 탐스럽게 자라나고 있었다. 생명력 있는 덩이뿌리는 그 크기가 남달랐는데 커다란 호박만 한 고구마나 감자가 자라나고 있었다.

"여러분 도착했습니다. 내리세요."

인솔자의 안내에 따라 도착한 곳은 푸르른 찻잎이 펼쳐진 차밭이었다. 찻잎이 뿜어내는 신선한 향 덕에 코가 뻥 뚫렸다. 드론이 날아다니며 사방으로 물을 뿌리고 있었다. 차밭 서쪽으로는 검정 비닐하우스와 둥글고 하얀 온실이 설치돼 있어 얼핏 바둑판에 놓인 바둑알들처럼 보였다. 관리하기 어렵거나 희귀한 식물들은 온실에서 로봇이 재배하고 비닐하우스에서는 수확된 찻잎을 말리는 중이라고 했다. 비닐하우스 위로 환풍기가 세차게 돌아가고 있었다.

"이쪽입니다."

고도명 인솔자는 시험 진행 요원들이 있는 곳까지 지원자들을 안내했다. 차밭의 옆쪽에는 보라색 벽돌로 지어진 커다란 건물이 하나 있었는데 그 안팎으로 보라색 조끼를 입은 진행 요원들이 돌아다니고 있었다. 건물 안으로 들어서자 각기 다른 색깔의 손잡이가 달린 문이 수십 개가 있었다. 지원자들은 황토색 손잡이가 달린 문 앞으로 인도되었다.

"나 떨려."

지나가 시험장 문 앞에 서서 말했다. 나도 선뜻 문을 열지 못했다. 숨을 고르고 천천히 안으로 들어가자, 다양한 식물들로 잘 꾸며진 실내 정원이 보였다. 울창해서 깊은 산속에 들어온 것 같은 느낌이었다.

정중앙에 있는 단상 위에는 콧수염과 희끗한 머리를 깔끔하게 정돈한 한 남자가 서 있었다. 그는 구두를 신고 넥타이를 매고 있었을 뿐 아니라 선글라스까지 착용하고 있었다. 진행 요원이 마이크를 전해 주자 그가 인사를 했다.

"아아, 안녕하십니까. 센트 오리지널 소장 구신섭입니다. 여러분을 만나 뵙게 되어 매우 반갑습니다. 오늘 시험에 앞서 몇 가지 말씀을 드리고자 이 자리에 왔습니다."

지원자들은 박수로 응답했다.

"감사합니다. 여러분들께서 어렵게 이곳에 오셨으니 센트 오리지널에 대해 말씀을 드리도록 하겠습니다. 제가 말씀드리고 싶은 사실이 무엇인가 하면, 센트 오리지널은 센트 그룹에서 가장 먼저 설립된 연구소라는 것입니다. 즉, '우리 연구소가 센트 그룹 연구소의 기둥이자 역사와 전통을 자랑하는 곳이다'라고 말할 수 있겠습니다."

자부심 넘치는 구신섭 소장의 말에 오리지널 연구원을 꿈꾸는 아이들은 눈을 빛내며 고개를 끄덕였다.

"본론으로 들어가겠습니다. 센트 오리지널은 센트 아일랜드만의 고유한 자연환경을 바탕으로 향을 연구하고 있습니다. 향보리와 퍼플산을 연구하고 이곳 차밭과 온실까지도 운영을 합니다. 그렇기 때문에 오늘 이 자리에서 치러지는 시험은 '저희 센트 오리지널이 주관하는 시험이다'라는 점을 알아주시면 되겠습니다."

나는 다른 시험들도 각 연구소에서 주관하리라는 것을 예상할 수 있었다.

"지원자 여러분, 우리 연구소에서 특히 중요하게 여기는 것은 자연입니다. 여러분의 후각이 얼마나 자연에 민감하게 반응하는지 알아보고자 이 시험을 준비했으니 모두 최선을 다해 주시기 바랍니다. 감사합니다."

그는 그 말을 끝으로 가볍게 목례를 하고는 느긋하게 단상에서 내려와 자리를 떠났다.

지원자들 사이에 긴장감이 감돌았다. 지나는 긴장을 풀기 위해서라며 초콜릿을 까먹었고, 일랑은 머리를 빙빙 꼬고 있었다. 나는 마사지하듯 코를 살살 어루만졌다. 때마침 천장에서 내려온 커다란 모니터에 농사꾼 K가 등장했다. 그와 동시에 크루즈 미션에서 들었던 북소리가 들려왔다. 덩덩덩. 둥둥 탁탁.

느리다가 번개처럼 빨라지는 박자, 조용하다 태풍처럼 커지는 소리. 긴장감을 자아내기에 더없이 효과적인 소리였다.

"또 그 북소리야."

일랑이 진저리를 치며 말했다.

"시험을 알리는 소리야!"

로라가 말했다. 그녀도 긴장한 듯했다. 나는 이 소리를 앞으로도 세 번 더 들을 수 있기를 간절히 바랐다.

—여러분! 대망의 첫 번째 시험입니다. 10분간 자유롭게 네 명씩 팀을 정해 주세요. 시험의 진행 형태는 팀전이지만 크루즈에서의 미션과 달리 평가는 개별적으로 진행될 예정입니다.

농사꾼 K의 말이 끝나자 시험장 안이 소란스러워졌다. 지원자들은 빠르게 팀을 짜기 시작했다. 원래부터 알던 사이인 아이들도 꽤 있는 듯했다.

"같은 학원 애들인가 봐. 이미 알고 있는 애들끼리 팀을 짜는 것 같아."

지나는 한데 몰려 있는 아이들을 보더니 우울한 어조로 말했다.

"우리 그냥 같이 하는 게 어때?"

내가 말했다. 이미 함께 미션을 통과했었기 때문에 이번에도 팀을 이룬다면 합이 잘 맞을 것 같았다.

"좋아, 나도 같이 하고 싶었어."

지나는 단번에 좋다고 해 주었다. 일랑은 내 어깨에 손을 두르고 활짝 웃으며 답했다.

"좋지."

로라는 다른 지원자들과 팀을 이루고 싶은지 계속 주변을 두리번거렸으나, 선뜻 다가오는 지원자가 없자 실망한 눈빛이었다. 나는 로라에게 물었다.

"로라, 너는? 너도 찬성이지?"

"그래…… 찬성."

로라는 마지못해 대답하는 투였다. 그렇게 우리 넷은 또다시 한 팀이 되었다.

─자! 제한 시간이 끝났습니다. 팀끼리 모여 앉아 주세요.

진행 요원들이 분주히 움직이기 시작했다. 한 진행 요원이 손가락을 튕기자 대형 카트 여러 대가 회의실 안으로 들어왔다. 카트 위에는 크기도 모양도 똑같이 생긴 컵들이 올려져 있었다.

─자! 이번 시험의 재료가 등장했습니다. 왼쪽부터 한 명씩 컵을 가져가 주세요. 아직 뚜껑을 열지는 마시고요. 뜨거우니 모두 조심하세요.

컵을 가지고 돌아와 진행 요원에 신호에 맞추어 뚜껑을 열자 향긋한 과일 향과 풀 향이 적절히 섞인 상큼하고도 씁쓸한 향이 흘러나왔다. 찻잎은 보이지 않고 연녹색 차만 가득 담겨 있었다. 나는 자신감이 붙었다. 어려서부터 차를 좋아했기 때문에 이 시험은 잘 풀어낼 수 있을 거라는 생각이 강하게 들었다.

—차가 식을 테니 거두절미하고 바로 말씀드릴게요. 첫 번째 문제는 방금 나눠 드린 차에 사용된 찻잎을 따 오는 것입니다. 차는 네 가지 찻잎을 배합해 만들었습니다.

농사꾼 K가 드디어 시험 문제를 제시했다.

"찻잎을 따 오라고?"

"저 넓은 차밭에서?"

놀란 지원자들이 웅성거렸다.

—제한 시간은 60분입니다. 시간이 지나서 들어오면 무효 처리가 되니 이 점 유념하시기 바랍니다. 그럼 행운을 빌겠습니다.

농사꾼 K는 말을 마치고 홀연히 사라졌다. 지원자들은 손에 든 차를 흘리지 않기 위해 조심하며 시험장 밖으로 걸어 나갔다.

"이거 하나씩 받아 가세요."

진행 요원은 향보리를 엮어 만든 노란 바구니와 챙이 넓은 모자를 하나씩 제공했다.

우리는 차밭 입구까지 걸어갔다.

"찻잎이 네 개라고 했지? 일단 찻잎은 다 같이 맞추고, 각각 찻잎 하나씩 가져오는 거 어때?"

로라가 뚜껑을 열어 차를 한 모금 음미하더니 말했다.

"그러자."

일랑이 고개를 끄덕였다.

"찻잎을 안다고 해도 이 넓은 곳에서 어떻게 찾지?"

내가 물었다. 가까이 다가갈수록 차밭은 바다처럼 광활해 보였다. 엷은 한숨이 나왔다. 그러나 그 말을 한 지 1분도 안 되어 우리는 힌트를 발견했다. 구식이지만 차밭 입구에 안내 지도가 있었다. 대형 나무판에 글자를 입혀 만든 안내판으로 요즘에는 찾아보기 어려운 구식 지도였다. 아마도 지원자들을 위해 준비하여 준 듯했다.

"이게 우리 희망이네."

로라가 나무판을 가리키며 말했다. 우리는 흡족한 미소를 지으며 지도를 바라보았다.

"상의를 좀 해야 할 것 같은데?"

일랑은 말하면서 앉을 만한 곳을 찾아보았지만 주변은 온통 흙바닥뿐이었다.

"그냥 여기 앉자."

나는 평평해 보이는 흙 위에 앉으며 말했다. 조금 전 드론이 물을 뿌려서 젖어 있었던 바닥은 뜨거운 햇볕에 어느새 바싹 말라 있었다. 일랑은 바지가 더러워진다며 쪼그려 앉았지만, 1분도 안 되어 땅바닥에 털썩 주저앉았다.

"마셔 봐야겠어."

지나가 두 손으로 컵을 꼭 쥐고 차를 마셨다. 나도 본격적으로 차를 음미하기 시작했다. 천천히 마시며 향이 내 코에 가득 들어오게 했다.

"루이보스가 들어간 것 같아."

내 후각과 미각은 단번에 잎 하나를 찾아내었다. 그러자 로라가 기다렸다는 듯 말했다.

"나도 루이보스가 맞는 것 같아. 그리고 뭔가 청량감 있는 시트러스 향이 느껴지거든?"

나 역시 시트러스 향을 찾아내긴 했지만, 문제는 그 잎을 모른다는 것이었다. 감귤이나 오렌지라고 해서 잎이 상큼한 것은 아니었으니까.

"레몬머틀 아닐까? 라임 향도 나면서 뒷맛은 쓸쓸한 게 레몬머틀인 것 같아."

지나가 콧구멍을 벌렁거리며 말했다.

"레몬머틀? 맞는 것 같은데?"

내가 조금 높은 목소리로 말하자 로라가 침착하게 주의를 주었다.

"쉿! 조용히. 다른 애들한테 들릴 수 있어. 나머지 두 잎도 맞혀 보자."

나는 유심히 컵 속을 들여다보았다. 먼지처럼 작디작은 찻잎

조각이 보였다. 그 조각을 꺼내 입안에서 사라질 때까지 잘근 잘근 씹어 보았다. 이렇게 하면 아주 작은 단서라도 찾을 수 있을 것 같았다. 과연 이 과정을 여러 번 반복하자 혀끝에서 상쾌하면서도 매콤한 향이 머무는 것을 발견하였다.

"매콤한 향을 가진 잎이 있나? 박하잎인가?"

내가 물었다.

"딜일 수도 있을 것 같아."

지나가 바로 대답했다. 지나는 온갖 풀 이름을 줄줄 꿰고 있는 듯했다.

"대박! 지나야, 너 왜 이렇게 잘 알아?"

"아휴, 아니야. 이거 가지고, 뭘."

내 말에 지나는 흥분해서 들고 있던 컵을 놓칠 뻔했다.

"마지막 향은 내가 알 것 같아. 라벤더. 은은한 꽃 향이 나면서도 보드라운 질감이 느껴져. 내가 뿌리던 향수에도 라벤더가 들어가서 익숙해."

일랑은 아까부터 신중하게 향을 맡더니 확신에 찬 어조로 말했다.

"와, 우리 다 맞힌 것 같아."

나는 벌어진 입을 다물지 못했다.

"좋아! 그럼 루이보스, 레몬머틀, 딜 또는 박하, 라벤더 맞지? 내 생각에는 딜이 맞는 것 같아. 지나가 딜을 따 오고, 다린이 루이보스, 일랑이 라벤더, 내가 레몬머틀을 따 오는 게 어때?"

로라는 차분하게 정리했다. 그녀의 진두지휘 아래 모든 것이 착착 진행되고 있었다.

"그래, 내가 딜을 따 올게."

지나가 고개를 끄덕이며 대답했다.

"로라야, 너 진짜 똑 부러진다."

일랑은 로라를 치켜세웠다. 나는 이대로만 가면 1등은 우리 팀이지 않을까 하는 기분 좋은 상상을 하기 시작했다.

"이제 30분 남았거든? 15분 전까지 건물 앞에서 만나자."

일랑이 워치를 바라보며 말했다.

"난 자신 있어."

나는 당장이라도 뛰어나갈 기세로 말했다.

"그럼, 우리 찻잎을 찾아서 저기서 만나자."

로라가 벽돌 건물 입구를 가리키며 말했다.

"알겠어."

나는 대답을 마치고 루이보스가 심어져 있는 곳으로 뛰어갔다.

차밭은 넓었지만 구획이 잘 정리되어 있어, 지도로 파악한 길을 찾기는 어렵지 않았다. 하지만 생각지 못한 어려움이 있었다. 날씨였다. 지원자들은 농사용 모자 하나로 뙤약볕을 견뎌야 했는데 살며시 불어오는 바람조차 후덥지근하게 느껴질 정도였다.

나는 땀을 뻘뻘 흘리며 목적지에 도착했다. 그런데 눈앞에 있는 것이 루이보스가 맞는지 긴가민가했다. 내가 알고 있는 것은 잘게 쪼개진 루이보스 찻잎 모양이었다. 그러나 앞에 보이는 건 땅속에서부터 줄기가 갈라져 나와 머리털처럼 이파리가 나 있는 덤불 같은 식물이었다. 나는 줄기에 코를 대고 향을 맡아 보았다. 거친 줄기에서 풀 내음과 약간의 쿰쿰한 향이 흘러나왔다. 손으로 잎을 살살 흔들자 향은 더 진해졌다. 그제야 루이보스라는 확신이 들어 초록빛 줄기를 똑 뜯었다.

땀이 비 오듯 흘러내려 이제는 닦아 내는 것조차 포기할 정도였지만, 시험을 잘 풀어냈다는 생각에 체력이 솟아났다. 돌아가는 길에는 아직 상의를 하고 있는 듯한 팀도 보였고, 네 명이서 다 같이 몰려다니며 찻잎을 뜯는 팀도 보였다. 우리 팀은 상대적으로 합이 잘 맞는다는 생각에 나는 어깨를 으쓱하며 벽돌 건물로 앞으로 갔다. 로라는 이미 도착해 있었다.

"왔어?"

"빨리 왔네?"

곧이어 일랑이 먼발치에서 뛰어오는 모습이 보였다.

"괜찮아, 시간 많아. 천천히 와."

나는 일랑을 향해 큰 소리로 말했다. 건물 앞에 모인 우리 셋은 돌아가며 서로의 바구니 속 찻잎을 확인했다.

―제한 시간 15분, 15분 남았습니다.

농사꾼 K가 시간을 알려 주었다.

"왜 지나가 안 오지?"

내가 물었다. 조금 전까지 화기애애하던 우리의 얼굴에 그늘이 졌다.

"혼자 보내는 게 아니었어. 크루즈에서도 느렸잖아."

일랑이 걱정하며 말했다.

"휴, 어쩔 수 없어. 너희 아까 들은 말 기억나? 팀전이지만 평가는 개별로 한다는 말? 크루즈 미션 때처럼 모두가 탈락하는 건 아니라는 얘기야."

로라가 건조한 말투로 이야기했다.

"그래, 늦게 오면 어쩔 수 없지. 우리 날도 더운데 안에 들어가서 기다릴까?"

일랑이 체념한 듯 말했다. 나는 둘의 태도에 의아했다.

"아니, 그래도 데리러 가야 하는 거 아니야? 한 팀인데……."

내가 조심스레 물었다.

"데리러 가자고? 길이 엇갈릴 수 있어."

로라가 단호히 말했다.

"지나가 길을 헤매고 있을 수도 있잖아. 혼자라도 다녀올게. 못 찾더라도 시간 맞춰 돌아올 테니까 걱정 안 해도 돼."

"찻잎 바구니는 놓고 다녀와."

로라가 차가운 목소리로 말했다. 가볍게 가라는 뜻일까. 나를 배려해서 한 말은 아닌 것 같았지만 좋게 생각하기로 했다. 시험 중에 날카로운 감정싸움을 하고 싶은 생각은 없었다.

"가지 말지……."

일랑이 내 어깨를 붙잡고 걱정스럽다는 눈빛을 보냈지만, 나는 바구니를 내려놓았다.

"금방 다녀올게."

나는 곧장 딜이 심어져 있는 곳으로 달려갔다. 위치는 아까 파악해 둬서 금방 찾을 수 있었다. 그러나 건물을 향해 돌아오는 아이들과 반대로 향하자 압박감이 상당했다. 크루즈에서의 시험에 이어 벌써 두 번째였다.

나는 아직은 시간적 여유가 있다며 나 자신을 달랬다. 하지만 딜이 있는 곳에서도, 박하가 있는 곳에서도 지나가 보이지 않자 불안감은 자꾸만 커져 갔다.

"유지나! 지나야!"

주위를 둘러보며 지나의 이름을 외쳐 보았지만, 지나는 푸르른 차밭 그 어디에도 보이지 않았다.

—제한 시간 10분, 10분 남았습니다. 모든 지원자분들은 제한 시간 안에 찻잎을 가지고 모여 주시기 바랍니다.

농사꾼 K의 알림에 마음이 급해졌다. 나는 익숙한 방식을 택하기로 했다. 지나의 향을 찾기로 한 것이다. 늘 초콜릿 간식을 달고 사는 지나에게선 달콤하고 진한 초콜릿 향이 풍겼다.

나는 실오라기 같은 단서에도 좌절하지 않고 자랑거리인 후각을 활용해 달콤한 향을 찾아 헤매었다. 바람에 실려 오는 향을 놓치지 않고 모조리 맡으려고 노력했다. 빗방울처럼 떨어지는 땀을 닦지도 않은 채 차밭을 굽이굽이 돌아다녔다. 폐까지 깊게 숨을 들이마신 어느 순간, 가시처럼 향이 걸렸다. 찾고 있던 초콜릿 향이 내 후각 그물망에 걸린 것이다.

나는 그곳을 향해 달렸다. 그리고 마침내 지나를 발견했다. 그녀는 땀내 가득한 모자를 벗어 던지고 두리번대며 헤매고 있었다. 머리는 축축이 젖어 이마에 착 달라붙었고, 티셔츠는 땀에 절어 말리지 않은 빨래처럼 무거워 보였다.

"지나야, 왜 여기 있어? 여기는 완전 반대 방향인데?"

"아니, 그게, 잠깐 바구니를 내려놓고 잎을 땄는데, 집으려고 보니까 바구니가 안 보이는 거야. 겨우 찾아서 돌아가려는데 당황해서 그런지 방향을 잃었어. 다른 아이들도 안 보이더라고."

지나는 나를 보자 안심이 되었는지 횡설수설 말을 쏟아냈다. 나는 그녀가 안쓰러우면서도 답답했다.

"그래? 바구니는 굳이 필요 없지 않았을까? 어차피 잎만 찾아오면 되잖아."

"진짜? 내가 쓸데없이……."

"찻잎은 잘 딴 거야?"

"응, 딜이 확실해. 내가 맡아 보고 땄어."

그녀는 자신의 바구니를 보여 주었다. 소나무 잔가지처럼 생긴 이파리가 있었는데, 줄기는 퍽 두꺼웠으나 잎은 깃털처럼 가느다랬다. 알싸하면서도 시원한 향이 났다.

"알겠어, 늦었으니까 어서 가자."

남은 시간은 5분이었다.

"고마워, 다린아. 진짜 고마워."

우리는 한 번도 쉬지 않고 건물을 향해 달렸다. 지나는 가쁘게 숨을 몰아쉬면서도 속도를 늦추지는 않았다.

"헉헉."

제한 시간 안에 도착하고 나서도 우리는 한동안 숨을 골랐다.

"시원한 물 드세요."

로비에는 얼음물이 준비되어 있었다. 지나는 물 한 통을 다 마신 뒤, 초코바 하나를 꺼내 먹기 시작했다.

"딜 따 왔어?"

로라가 우리를 보고 달려와 물었다.

"응, 따 왔어. 늦어서 미안해."

지나가 초코바를 먹다 말고 로라에게 답했다. 일랑은 에어컨 밑에서 땀을 식혔는지 발개졌던 얼굴이 하얘진 상태였다.

"너, 혹시 일부러 늦게 온 건 아니지? 우리 떨어뜨리려는 스파이 아니야?"

일랑이 지나를 보며 농담조로 말했다.

"어? 그건 아닌데⋯⋯. 미안해."

뼈 있는 그 말에 지나는 풀이 죽어 버렸다. 나는 고개 숙인 지나가 안쓰러워 엉겁결에 한마디를 보탰다.

"일랑아, 지나가 바구니를 잃어버렸대. 그래서 헤맨 거였어."

"아, 그래? 나도 그냥 장난친 거야. 그만 들어가자."

일랑은 무심하게 대답했다.

회의실에 40명의 지원자가 모였다. 한 시간 동안 이리 뛰고 저리 뛰느라 지원자들은 녹초가 되어 있었다.

"한 팀을 제외하고 모두 시간 내에 들어오셨습니다! 그 팀을 제외하고 나머지 분들은 개별 평가를 진행하겠습니다. 팀원끼리 따 온 찻잎을 나눠 가지세요."

진행 요원의 말에 우리는 루이보스, 딜, 레몬머틀, 라벤더를 공평하게 나눴다.

"쟤네 봐. 잎을 따 오랬더니 잔뜩 수확을 해 왔어."

일랑이 옆 팀을 가리키며 말했다. 그들은 바구니마다 이파리가 수북이 쌓여서 네 명이 나누는 데도 애를 먹고 있었다. 아무리 생각해도 찻잎의 양은 중요하지 않을 것 같았다.

"호명된 지원자는 바구니를 들고 나와 주세요."

진행 요원은 지원자들이 각각의 방으로 이동한 후 개별 평가를 진행할 예정이라고 안내했다. 나도 곧 한쪽에 있는 방으로 안내되었다.

층고가 매우 높은 방 안에는 2층 높이는 되어 보이는 높다란 수납장이 삼면 가득 방을 두르고 있었다. 나무로 만들어진 수납장은 직사각형의 서랍에 금색 손잡이가 달려 있었는데 얼핏 한약방을 떠올리게 했다. 수납장에서는 바싹 말린 잎차 향이 났다. 곡물의 구수한 향, 포슬포슬한 쑥 향, 들꽃의 화사한 향, 솔잎의 시원한 향 등이 풍겼다. 그 앞에는 적갈색 테이블이 가로로 길게 놓여 있었다.

"이다린 지원자, 어서 오세요. 센트 오리지널 허승지 연구원입니다."

흰 가운을 입은 연구원이 인사를 했다. 새까만 눈과 정돈된 눈썹, 가느다란 손가락이 차분한 인상을 주었다.

"안녕하세요."

나는 인사를 하고는 잠시 테이블로 눈을 돌렸다. 널따란 테이블 위에는 질감이 살아 있는 나무 쟁반, 핀셋, 티스푼, 도자기로 만들어진 접시들, 찻잔, 찻주전자, 하얀색 요리용 저울 등이 있었다. 새빨간 열선 위에 놓인 황동 주전자 안에서는 물이

끓고 있었다.

"담아 온 잎을 접시에 종류별로 담아 주시겠어요?"

그녀가 다소곳한 몸짓으로 나지막이 말했다. 도자기 접시는 칸이 네 개로 나뉘어 있었다.

"네, 알겠습니다."

당장이라도 잠에 빠질 듯한 그녀의 나지막한 목소리에 덩달아 나도 차분해졌다. 나는 조용히 찻잎을 접시에 나눠 담았다.

"잠시만 기다려 주세요."

연구원은 잎을 담은 접시들을 코 근처에 가져가더니 그 향을 하나하나 주의 깊게 들이마셨다.

"루이보스, 딜, 라벤더, 레몬머틀이네요?"

"와! 네, 맞아요."

나도 모르게 목소리가 커졌다. 연구원의 후각은 한 치의 오차도 없었다. 그녀는 내 말에 아무런 대꾸도 없이 약장처럼 생긴 서랍장을 한번 휘 둘러보고 곧이어 서랍을 하나둘 빼내기 시작했다. 어떤 건 너무 높아 사다리를 타야 했고, 어떤 건 발밑에 있었다. 그녀는 네 개의 서랍을 빼내 테이블 위로 가지고 왔다. 나는 그 모습을 빠짐없이 지켜보며 만약을 대비해 서랍을 빼낸 순서도 기억해 두었다.

"이 서랍에 담긴 이파리들은 이다린 지원자가 뜯어 온 잎과 종류는 동일하지만, 세척부터 건조까지 완료된 잎들입니다."

잘개 쪼개진 마른 잎들은 본래보다 어둡고 탁한 색을 띠고
있었다.

"그럼, 시험 방식에 대해 말씀드리겠습니다."

그녀가 내 눈을 똑바로 바라보며 말했다. 나는 긴장감에 침
을 꼴깍 삼켰다.

"방법은 간단합니다. 이다린 지원자가 마신 차의 배합 비율
에 맞게 차를 우려 주시면 됩니다. 최대한 그 맛을 재현해 주세
요. 제한 시간 10분 드리겠습니다."

단조로운 설명과 함께 시험이 시작되었다. 차를 좋아하는 내
게 이 시험은 쉬운 편에 속했다. 예상했던 시험 방식이기도 했
다. 그러나 아직 안도감에 취하긴 일렀다. 순간 지나를 데려오
지 않았으면 어떻게 됐을까 하는 생각이 머리를 스쳤다. 만약
내 앞에 겨우 세 개의 찻잎밖에 없었다면 얼마나 아찔했을까!

서랍에서 검푸른 잎을 꺼내 접시에 옮겨 담았다. 루이보스,
레몬머틀, 라벤더, 딜 순으로 찻잎의 양을 조절하며 소분했다.
가장 향이 진했던 루이보스 잎을 손가락 마디만큼 담고, 딜은
새끼손톱 길이 정도로 잘게 잘라 넣어 향이 진하지 않게 만들
었다. 세밀한 양 조절을 위해 핀셋과 티스푼을 번갈아 가며 사
용했다. 다음으로 거름망이 있는 찻주전자에 접시에 담았던 잎
들을 꼼꼼하게 집어넣었다. 조심스럽게 흔들어 낸 뒤, 향을 맡
자 흡족한 웃음이 새어 나왔다.

그동안 연구원은 아무 말도 하지 않았고, 조금도 움직이지 않았다. 지원자에게 어떠한 영향도 미치지 않으려는 듯했다. 그 덕에 나는 혼자만의 세계에 몰두했다. 나는 황동 주전자를 가져와 끓인 물을 찻주전자에 천천히 부었다. 쪼로록, 물 따르는 소리와 잎차에서 풍기는 향이 마음을 평온하게 해 주었다. 차가 우러나는 것을 3분 정도 지켜보자 바라던 연한 녹빛 색상이 되었다.

"마셔 봐도 괜찮나요?"

"네, 최종 제출 전까지는 무엇을 하든 상관없습니다."

"감사합니다."

찻잔에 차를 따라 입에 머금어 보았다. 그리고 나는 얼굴을 찌푸렸다. 이상하게도 아까 마셨던 깔끔한 맛이 나지 않았다. 뭐가 문제일까? 좀 더 우려내야 할까? 그렇게 고민하다 보니 어느새 1분이 지나 있었다. 또 한 잔 따라 마시자 떫은맛이 강하게 났다. 계속 우리다가는 오히려 더 쓴맛이 강해질 것 같았다. 차 색상도 짙어지고 있었다.

나는 처음부터 하나하나 되짚어 보았다. 가져온 찻잎? 정확하다. 찻잎의 비율? 문제없다. 물? 물양은 문제가 없는 것 같은데……. 온도가 너무 높았나?

"아! 한 번 더 우려내 볼까?"

불현듯 떠오른 생각에 심히 기쁜 나머지 소리를 질렀다. 그

바람에 허승지 연구원이 놀랐는지 들고 있던 대나무 붓을 떨어뜨리고는 한 손으로 가슴을 쓸어내렸다.

"죄송합니다."

나는 급히 사과를 하고서 차에 집중했다. 우러난 찻물을 따라 버리고, 찻주전자를 시계 방향으로 조금씩 돌려 가며 잎차 향이 번지도록 따뜻한 물을 부었다. 그러고 나서 향을 맡아 보았다.

"그래, 이거지."

두 번 우려낸 차의 맛과 향은 내가 느끼기에 아까 마신 차와 정확히 일치했다. 마음이 후련해졌다. 찻잔에 차를 천천히 붓고 연구원에게 말했다.

"이걸로 제출하겠습니다."

시험은 동시에 종료되었고 지원자들은 다시 처음에 모였던 넓은 공간에서 대기했다. 30분 후, 바로 시험 결과 발표가 있을 예정이었다.

"완전 어려웠어. 나 떨어지면 어쩌지? 넌 어땠어?"

일랑이 불안해하며 말했다.

"나는 그냥 괜찮았던 것 같아."

시험을 잘 본 것 같았지만, 별다른 내색은 하지 않았다. 이곳은 내로라하는 후각 능력자들이 가득한 곳이기 때문이었다.

"너 아니었으면 큰일 날 뻔했어."

지나가 말했다. 그러자 일랑이 한마디 더 보탰다.

"지나야, 너 다린이한테 진짜 고마워해야 해. 다린이 혼자 너 데리러 간 거잖아. 그리고 다린아, 아까는 같이 못 가서 미안해."

나는 칭찬에 쑥스러워 작게 고개만 끄덕였다.

"그런데 일랑아, 아까부터 저 남자애가 너 쳐다보는 것 같아."

지나가 일랑에게 말했다. 일랑은 계속해서 남자아이들의 시선을 받고 있었다. 시선을 보내던 남자아이가 일랑에게 다가왔다.

"안녕, 난 이우석이야. 우리 저녁에 같이 산책할래?"

일랑은 무서울 정도로 차갑게 대꾸했다.

"너, 나 아니? 귀찮게 하지 마."

남자아이는 얼굴이 새빨개져서는 되돌아갔다. 일랑의 옆에 선 로라는 극도로 예민해 보였다. 그녀는 입을 꾹 다문 채 결과 발표만 기다리고 있었다.

조명이 한 차례 어두워지더니, 농사꾼 K가 중앙 모니터에 얼굴을 드러냈다. 그의 손에는 보랏빛 봉투가 들려 있었다.

─드디어 첫 번째 시험 결과가 나왔습니다. 여러분도 궁금하시죠?

드디어 결과 발표 시간이 되었다. 농사꾼 K는 세차게 분수를 뿜어내며 즐거운 기분을 드러냈다.

"누가 1등일까?"

일랑이 조용한 목소리로 내게 속삭였다.

"글쎄, 나는 1등은 바라지도 않아. 그저 붙기만 하면 좋겠어."

"나도 그랬으면 좋겠다."

우리는 탈락하지 않기만을 바라며, 초조하게 발표를 기다렸다.

—센트 오리지널에서 주관한 첫 번째 시험에서 당당히 1등을 한 지원자를 호명하도록 하겠습니다. 이 카드에 이름이 적혀 있는데요. 첫 번째 시험 1등은…….

농사꾼 K가 보랏빛 봉투에서 빳빳한 카드를 꺼내 읽고서 호명했다.

—이다린 지원자입니다. 네 개의 잎을 다 맞힌 팀은 총 다섯 팀이었는데요. 그중에서도 이다린 지원자는 찻잎의 배합 비율을 거의 정확하게 맞혔을 뿐만 아니라 차 우리는 방법도 적절했습니다. 심사 위원들도 예상치 못한 발군의 실력이었지요. 모두 축하해 주시기 바랍니다.

나? 내가 1등이라고? 감정 조절 능력을 상실했는지 주책맞게 눈물이 날 것 같았다. 나는 손톱으로 손가락 끝을 누르며 가까스로 눈물을 참았다.

"다린아, 완전 멋있어."

일랑은 나를 안아 주며 축하해 주었다. 뒤이어 지나와 로라 그리고 주변 아이들까지도 축하의 한마디를 건넸다. 하늘 위를 나는 듯한 기분이었다.

─다음으로 열 명의 탈락자를 호명하겠습니다. 탈락한 분들은 숙소로 이동해 짐을 싸 주세요.

무거운 공기와 함께 열 명의 이름이 불리었다. 다행히 일랑, 지나, 로라의 이름은 불리지 않아서 우리는 계속 함께할 수 있었다. 몇몇 탈락자들이 이의를 제기했지만, 결과는 바뀌지 않았다. 사십 명 중 열 명 탈락. 센트 아일랜드에서 첫 번째 시험을 치르고 남은 지원자는 단 서른 명이었다.

숙소로 돌아가는 길, 내 발걸음은 너무나 가벼웠다. 조금 떨어져 있는 원형 버스 앞에 우리를 기다리는 인솔자가 보였다. 그곳으로 가는데 갑자기 톡 쏘는 듯한 말투가 내 걸음을 붙잡았다.

"이다린!"

"어? 나 부른 거야?"

"그래, 맞아. 안녕?"

강리애였다. 보라색 머리가 조명을 받아 유난히 밝아 보였다.

"너 어디 학원 다녀? 오리엔탈 퍼퓸Oriental perfume 학원? 아니면 더 노즈 스쿨The nose school?"

강리애는 다짜고짜 학원 이름을 댔다.

"아니, 나는 학원 안 다니는데……."

"아, 그래?"

그녀의 얼굴에 실망한 빛이 역력했다. 학원도 안 다니는 내가 1등을 해서 언짢은 것인지 그 속을 알 수 없었다.

"왜?"

나는 태연히 물었다.

"아니, 그냥. 만만해서 좀 지겹던 차였는데, 앞으로 재미있겠네."

툭 던지듯 말을 뱉은 그녀는 휙 가 버렸다. 처음 보았을 때도 느꼈지만 별로 친해지고 싶지 않은 아이였다.

일과를 마친 저녁, 머리를 말리고 있는 와중에도 자꾸만 웃음이 났다. 1등이라니! 7,000대 1의 경쟁률을 뚫은 것을 넘어서 내가 1등이라니! 그때 거울에 비친 편지 봉투들이 보였다. 일랑의 침대 머리맡에 쌓여 있는 편지들이었다. 그녀가 오늘 하루 동안 받은 편지는 얼핏 봐도 십여 개는 되어 보였다.

센트 아일랜드 커뮤니케이션 시스템인 세넥트는 시험 관계자들이 볼 수도 있기 때문에 남자아이들이 일랑에게 손 편지를 보내온 것이다. 호텔 편의점에 파는 편지지는 죄다 일랑에게 왔거나 올 예정인 것 같다고 나는 생각했다. 때마침 일랑이 수

건으로 머리를 김밥처럼 돌돌 말고서 화장실에서 나왔다.

"일랑아, 편지 안 읽어 봐?"

"응. 뻔한 얘기들이지, 뭐. 별 관심 없어."

그녀는 한 번도 누군가를 좋아해 본 적이 없다고 했다. 일랑은 일곱 가지도 넘게 챙겨 온 기초화장품을 화장대 위에 올려 놓고 하나하나 꼼꼼히 발랐다. 로션 하나 달랑 바른 나는 그 귀찮은 과정을 묵묵히 수행하는 그녀를 신기하게 바라보았다.

"다린아! 근데 여기 애들 진짜 장난 아니야."

일랑이 스포이드로 짜낸 묽은 세럼을 얼굴에 살살 펴 바르며 말했다.

"왜?"

"너 오기석이라고 알아?"

"아니."

일랑은 가만히 있어도 남학생들이 찾아왔지만, 나는 별다른 눈길 한번 받지 못했다. 그러니 내가 다른 아이들을 알 리 없었다.

"걔가 아까 차밭에서 잎 하나를 더 따서 룸메이트들을 헷갈리게 했나 봐. 그것 때문에 걔네 룸메이트 애들이 두 명이나 떨어졌대. 일부러 그런 거래. 방 비좁다고."

"뭐? 걔 진짜 못된 애구나. 그건 어떻게 알았어?"

"최우준이라는 애가 알려 줬어. 팀을 짤 일이 있으면 걔는 조심하라고. 같은 학원 다녀서 잘 아나 봐."

"아, 내일도 팀전으로 하려나? 랜덤으로 이상한 애랑 짝이
되면 어쩌지?"

"다린이 너 쓸데없는 걱정이 많은 타입이구나?"

일랑이 초록색 팩을 얼굴에 붙이며 말했다.

"응, 내가 좀 상상력이 풍부해. 그래서 너 지금 헐크 같아."

일랑은 새침하게 나를 흘겨보더니, 팩을 하고 있어 웅얼거리
며 내게 팩을 건넸다.

"나 혼자만 헐크가 될 수는 없지!"

나는 팩을 건네받아 얼굴에 붙이며 일랑에게 물었다.

"일랑아, 너 무슨 향수 써? 뭔가 일랑일랑 향이 나는 것 같은
데?"

"맞아, 엄마가 생일 선물로 사 준 일랑일랑 향수야. 우리 엄
마가 제일 좋아하는 꽃이 일랑일랑인데, 나한테도 그 꽃향기가
나면 좋겠다면서 이름도 일랑으로 지어 주셨어."

"아, 진짜?"

그녀와 어울리는 향이라고 생각하며 나는 웃었다.

"내 이름은 귤, 만다린에서 따왔어. 엄마가 임신했을 때, 귤
을 하도 많이 찾으셔서 아빠가 다린이라는 이름을 지었대."

"나도 귤 좋아하는데. 우리 좀 통한다?"

일랑이 말했다. 그녀는 웃다가 마스크 팩이 구겨지지 않도록

끝 쪽을 꼭꼭 당겼다.

"그나저나 나 어쩌지? 내일 연구소 탐방이잖아. 어디를 가야 할지 모르겠어."

저녁 식사를 마친 후, 지원자들은 내일 일정에 대한 안내를 받았다. 내일 오전에는 각자 원하는 연구소를 선택해 탐방할 예정이었고, 오후에는 두 번째 시험이 예정되어 있었다.

일랑은 아직 네 개의 연구소 중 어디를 방문할지 결정하지 못했다. 나는 그녀 앞에 늘어져 있는 화장품 더미를 보자 답이 떠올랐다.

"일랑아, 센트 뷰티 어때? 내 생각에 넌 센트 뷰티랑 찰떡일 것 같아!"

"센트 뷰티? 흠, 괜찮을 것 같은데."

그녀가 눈썹을 찡긋했다. 일랑이 머리를 말리는 사이 심심해진 나는 야경을 보기 위해 창가로 다가갔다. 창밖에는 숨 막히게 아름다운 밤의 센트 아일랜드가 보였다. 나는 일랑에게 얼른 오라며 손짓했다.

"일랑아, 일랑아! 여기 와 봐."

"왜?"

"빨리."

밤하늘에는 낮에 봤던 스프라우트 로봇이 별처럼 가득했다. 투명했던 그 로봇은 밤이 되자 어떤 것은 노란빛, 어떤 것은 보랏빛을 발산하며 흩뿌려 놓은 젤리처럼 은은한 빛과 향을 내고 있었다. 그것들은 퍼플산을 가득 뒤덮고 있었는데 그 광경을 본 일랑이 말했다.

"와, 나 여기 살고 싶어."

퍼플산 언저리에 자리한 용암 온천도 보였다. 돌담과 조명으로 둘러싸인 온천장은 몽글몽글 수증기를 뿜어 대며 묘한 신비로움을 자아냈고, 향수병 모양의 케이블카는 청포도 같은 빛을 발하며 공중에 주렁주렁 매달려 있었다. 가로세로 정렬된 구역 위에 세워진 건물들은 마치 케이크에 꽂아 놓은 초처럼 각각의 거리를 밝혀 놓았다. 저 멀리 보이는 바다에서 구슬처럼 하얗고 둥글게 포말이 생겨났다.

센트 아일랜드의 첫날 밤은 눈부시고 향기로웠다.

4장

툴레 향의 비밀

달빛이 사라지고 아침이 밝아 왔다. 일랑은 이불을 머리끝부터 둘둘 감은 채 맨발만 삐죽 내밀고 있었다. 거실로 나가 커튼을 열자 빛이 숙소 구석구석 들어왔다. 나는 이 시간을 즐겼다. 살갗을 바삭바삭 구울 것처럼 아침부터 햇볕이 뜨거웠지만 온몸을 세탁하는 것처럼 정화되는 느낌이 들어 좋았다. 나는 오늘 센트 스페이스를 갈 생각에 기대감이 차올랐다. 센트 아일랜드에서의 두 번째 날이 시작되었다.

"여러분! 아침 식사는 모두 잘 하셨나요?"

두꺼운 뿔테 안경을 낀 고도명 인솔자는 버스에서 우리를 반갑게 맞이해 주었다. 하루가 지나서 긴장감이 줄어든 덕분인지 오늘은 어제보다 많은 아이들이 눈에 들어왔는데, 잠을 못 자

눈이 퀭한 아이들이 더러 보였다. 머리만 대면 자는 내 수면 습관이 이곳에선 썩 괜찮은 능력이구나 싶었다.

"저 에메랄드빛 귀걸이 보여? 저 남자애가 오기석이야."

일랑이 한 남자아이를 가리키며 말했다.

"아! 쟤구나?"

오기석은 온몸을 보석으로 도배하고 있었다. 반지와 팔찌뿐 아니라 워치도 양손에 차고 있어 가느다란 손목으로 무겁지는 않을까 하는 생각이 들 정도였다. 왜 이제야 그를 알아본 걸까 싶을 만큼 튀는 차림새였다. 그림자가 드리워진 그의 얼굴은 턱선이 날렵하고 코가 화살표처럼 내려가 있어 생쥐를 떠올리게 했다.

버스는 유리처럼 투명한 다리를 건너고 있었다. 다리 아래에는 보드라운 꽃잎을 가진 하얀 꽃이 잔뜩 피어 있었다. 그 꽃을 보자 굳어 있던 내 얼굴에 미소가 지어졌다.

"저게 뭔지 알아, 일랑아?"

"아니."

일랑이 고개를 저었다.

"어? 저 꽃, 꼭 커피 위에 올려놓은 휘핑크림처럼 생겼다."

다리 밑을 보던 지나가 말했다.

"듣고 보니 그런 것도 같은데? 저건 튤레꽃이야. 오직 센트 아일랜드에서만 피는 꽃인데, 향은 꼭 수만 개의 꽃잎을 바닐라 아이스크림 위에 시럽처럼 뿌린 듯한 향이야."

나는 튤레를 보자 신이 나서 말했다. 사진이 아닌 실물로 본 것은 처음이었다.

"완전 향기롭다. 왜 튤레 향은 향수로 안 나오지? 오늘 처음 맡아 봐."

일랑이 창문에 코를 쿵쿵대며 물었다.

"그러게, 나도 의문이기는 해."

나도 엄마가 사용하는 향수 외에는 튤레 향을 맡아 본 적이 없었다. 그것은 시중에서 파는 향수가 아니라 누군가가 직접 만들어 엄마에게 가져다주는 향수였다.

"다린이 네가 튤레를 어떻게 알아?"

무심하게 창문만 바라보던 로라가 이상하다는 듯 나를 쳐다보며 말했다.

"아, 그냥 책에서 봤어."

나는 로라에게 얼렁뚱땅 대답했다. 사실대로 말하면 또 다른 질문이 이어질 것 같아서 엄마 이야기는 쏙 빼 버렸다.

"여러분! 오늘 탐방에 앞서 간략하게 연구소 소개를 해 드리도록 하겠습니다."

고도명 인솔자가 원형 버스의 중앙에 서자, 와글와글 소란스럽던 버스가 서서히 조용해졌다.

"이 다리는 연구 단지로 향하는 다리입니다. 경비가 삼엄해

보이진 않죠? 하지만 허락되지 않은 그 무엇도 들어갈 수 없는
곳입니다."

그는 사뭇 진지한 표정으로 말했다.

"이게 연구소라고?"

연구 단지에 들어서자 일랑의 눈이 휘둥그레졌다. 연구소 건
물들은 일반적으로 떠올릴 만한 네모난 형태의 진회색 건물이
아니었다. 다채로운 색상이 섞인 상징적인 외관들은 하나의 미
술 작품과도 같았다.

"센트 그룹 연구소는 처음에 향보리 연구만 시작했습니다.
시간이 지나고 그 가치가 증명되면서 전 세계 연구원들이 모여
들기 시작했죠. 향에 대해 더 넓고 깊은 연구를 하기 위해 연구
소는 계속 분할되고 커졌습니다. 옆에 보이는 센트 오리지널
연구소부터 얘기해 볼까요?"

버스는 어느새 센트 오리지널 연구소 옆에 세워져 있었다.

"어제 구 소장님 말씀처럼 이곳은 센트 아일랜드의 자연환경
을 바탕으로 향을 연구하고 있습니다. 가장 모태가 되는 연구
소이기에 오리지널이라는 이름을 붙였습니다. 건물 모양이 좀
특이하죠? 초창기에 향보리 향을 물병에 담아 놓은 것에서 착
안한 디자인입니다."

센트 오리지널 연구소는 뚜껑이 달린 하나의 큰 물병처럼 보
였다. 우리의 방문을 환영이라도 하듯 길쭉한 천장 위에 T자

형의 뚜껑이 공중 부양을 하듯 올려져 있었고, 그 사이로 자연광이 영롱하게 내려앉았다. 나는 건물 내부에서 바라본 하늘은 어떤 모습일지 궁금해졌다.

이야기를 듣다 보니 버스는 센트 뷰티 연구소가 잘 보이는 곳에 다다랐다. 아이들의 나지막한 탄성이 이어졌다.

"저거 봐, 건물이 아니라 무슨 화장품 같아."

일랑이 외쳤다. 그녀의 말처럼 센트 뷰티 연구소는 건물 창문이 동글동글하게 디자인되어 건물 전체가 하나의 아이섀도 팔레트처럼 보였다.

"저기가 센트 뷰티인가 봐. 내가 말했지? 넌 여기랑 진짜 잘 어울려."

내가 어깨를 으쓱하며 말했다.

"다린아, 네 말이 맞는 것 같아. 내 취향 저격이야. 이 센트 뷰티 건물부터가 마음에 들어."

일랑은 혀를 내둘렀다. 몇몇 남학생들은 센트 뷰티 연구소가 아니라 일랑이 마음에 드는지 오늘도 그녀를 흘끔흘끔 바라보고 있었다.

"다음은 미적인 가치를 추구하는 센트 뷰티 연구소입니다. 이해를 돕기 위해 간략히 말하자면 화장품이나 향수 등을 연구하는 곳이지요. 센트 뷰티 연구소의 외벽은 특수 물질로 마감되어 바깥 온도에 따라 색이 변한답니다. 언제 봐도 색조 화장을 한 듯 팔색조 매력을 선보이는 건물입니다."

"진짜 예쁘다. 나 같은 사람은 들어가기도 어려울 것 같아. 나는 여기 말고 무조건 저기야."

지나는 저 멀리 보이는 센트 푸드 연구소를 가리키며 말했다.

"그래! 너는 딱 센트 푸드지. 난 저기는 관심 없어."

일랑이 그렇게 말하자 지나는 입을 씰룩이며 어색한 웃음을 만들어 냈다.

"센트 스페이스가 제일 궁금하긴 한데, 다른 곳도 한 번씩 가 보면 좋겠다. 나중에 인턴이 되면 다 둘러볼 수 있겠지?"

"아마 그럴걸?"

로라가 심드렁하게 말했다.

"우리 다 같이 인턴이 되면 좋겠다."

내가 바람을 담아 말했지만, 로라는 냉정하게 대꾸했다.

"그게 말이 되니?"

그녀는 따분한지 한쪽 턱을 괴고 멍하니 창밖을 바라보았다. 시험을 볼 때와 아닐 때의 온도 차이가 극명한 아이였다.

"네, 다음으로는 최근 인기가 많아진 연구소죠? 센트 푸드입니다. 센트 푸드 연구소는 요리의 맛과 향을 연구하고, 음식과 관련된 다양한 상품을 개발하는 곳인데요. 5년 전부터 발간한 〈플레이트 TOP 100〉 때문에 더욱 큰 관심을 끌고 있습니다."

센트 푸드 연구소 앞 대형 모니터에는 〈플레이트 TOP 100〉

광고가 나오고 있었다. 센트 푸드 연구소만의 향 분석법을 기반으로 하여 식당에 점수를 매기는 인기 있는 잡지였다. 지나는 그 식당들을 다 방문해 보는 것이 버킷리스트라고 했다.

잠시 후 나는 가슴이 벅차올랐는데, 그것은 꿈에 그리던 센트 스페이스가 앞에 있기 때문이었다.

"센트 스페이스 연구소는 공간의 향을 연구하는 곳으로 여러분이 좋아하는 센트 월드도 스페이스 연구원들에 의해 꾸며졌습니다. 이곳 외벽은 거대한 특수 스크린으로 감싸져 있는데요, 이 스크린은 스물네 개로 분할되어 지구 곳곳의 모습을 보여 주고 있습니다."

스크린에는 붉은 사막 위를 유유자적 걸어가는 낙타와 마천루가 빼곡히 들어선 도시의 야경, 끝도 없이 쏟아져 내리는 폭포수 등이 나타났다.

몇 마디 설명이 이어진 뒤, 지원자들은 모두 버스에서 내렸다. 각자 탐방하기를 희망하는 연구소로 흩어질 시간이었다. 일랑은 센트 뷰티, 지나는 센트 푸드, 나와 로라는 센트 스페이스로 향했다.

"안녕하세요, 오늘 여러분의 안내를 맡은 선호원 인턴입니다."

계란형의 얼굴에 밤색 머리카락, 큰 키에 작은 얼굴, 서글서글한 눈매까지 그는 호감 가는 외모의 표본이었다. 음계로 치면 '도'인 낮고 굵은 목소리까지 소유하고 있었다.

"안녕하세요."

일곱 명의 센트 스페이스 탐방 지원자들은 한목소리로 화답했다.

"만나 뵙게 되어 반갑습니다. 사실 어제부터 무척 설렜어요!"

그의 상냥한 목소리는 누군가의 마음에 날아가 꽂혔다.

"나 오늘 연구원이 돼야 할 이유가 하나 더 생긴 것 같아."

연녹색 야구 모자를 쓴 여학생이 홀린 듯 옆의 아이에게 말했다. 그녀는 선호원 인턴에게서 눈을 떼지 못했다.

"오늘 예비 인턴분들을 위해 연구소 일부 공간을 소개해 줄 거예요. 오픈 가능한 범위 내에서 자세히 안내해 드리도록 하겠습니다."

"에취."

아까부터 한 아이가 계속 재채기를 하고 있었다. 감기에 걸렸는지 마스크를 쓰고 있었는데, 수시로 콜록거리는 소리가 들렸다.

"지원자분, 괜찮아요? 이름이 어떻게 돼요?"

선호원 인턴은 그 아이의 상태를 체크했다.

"노규리입니다. 괜찮습니다. 이러다 금방 또 그치더라고요."

"노규리 지원자, 많이 힘들면 진료실 다녀오세요."

"아닙니다. 약 잘 챙겨 먹고 있어요. 신경 써 주셔서 감사합니다."

선호원 인턴은 고개를 끄덕이고는 지원자들을 다시 안내했다. 로비에 들어서자 코코넛, 파파야, 망고스틴 등을 모조리 모아 놓고 파는 푸드트럭 같은 냄새가 났다. 진한 열대과일의 향이 나서 그런지 센트 스페이스는 어딘가 흥겨운 분위기를 풍겼다. 1층 카페에서는 연구원들의 왁자지껄한 웃음소리가 들렸다. 탐방을 하며 부러운 마음이 피어올랐다.

선호원 인턴은 매우 매끄럽게 안내를 하며, 우리를 3층으로 이끌었다.

"이곳은 웨더 컬렉션입니다. 저희 스페이스 연구원들이 아, 물론 저는 아직 인턴 연구원이지만, 가장 사랑하는 공간이지요. 웨더 컬렉션은 사계절의 향을 포집해 놓은 곳입니다. 가령 비의 향을 포집한다고 하면 봄비, 여름비, 가을비, 겨울비 이런 식으로요."

"여기 굉장하겠는데?"

나는 로라에게 속삭였다. 그녀도 기대하는 눈치였다.

"웨더 컬렉션에서 영감을 받은 연구원들은 센트 월드의 새로운 공간을 조성하고 기존에 없던 향을 만들어 내고 있습니다."

선호원 인턴은 말을 마침과 동시에 웨더 컬렉션의 첫 번째 테마인 '봄'으로 우리를 안내했다. 그곳은 찬란한 봄 햇살을 압축해 놓은 공간이었다. 한쪽에는 무지개 색감의 꽃들이 빼곡하게 심어져 있었고, 다른 공간에는 초록 풀들이 얼기설기 깔려 있었다. 공기는 방금 쪄 낸 떡처럼 따뜻하고 습했다. 꽃봉오리 수백 개가 천장에 쭈욱 달라붙어 있었는데, 선호원 인턴이 일부러 살짝 건드리자 체에 쌀가루를 거른 듯이 꽃가루가 흩날렸다.

공간은 봄, 여름, 가을, 겨울까지 계절 순으로 이어졌다. '겨울'로 들어가기 전 선호원 인턴은 비치되어 있던 패딩 점퍼를 하나씩 나눠 주었다.

"이곳에는 세계 각지의 추운 지방에서 수집한 겨울 향이 가득합니다."

겨울 테마 공간에 들어가니 냉장고에 들어온 것처럼 몸이 으슬으슬 떨렸다. 방에 들어온 지원자들은 모두 패딩을 입고 지퍼를 목까지 잠갔다. 눈 덮인 바닥을 밟으니 뽀드득뽀드득 소리가 들려왔다. 무심코 천장을 보자 송곳처럼 뾰족한 고드름들이 무수히 달려 있었다. 당장이라도 뛰쳐나가 만지고 싶어졌다.

"저건 너무 위험한 거 아니에요?"

나는 마냥 웃고 있는 선호원 인턴에게 조심스럽게 물었다.

"괜찮습니다. 천장에 달린 고드름은 진짜 고드름이 아니고, 센트 바운드라는 향 저장소입니다. 겨울 분위기에 맞게 고드름 모양으로 제작한 거예요. 절대 떨어질 일은 없습니다."

"와, 신기하네요."

"그럼 향을 맡아 볼 수도 있는 건가요?"

내 말이 끝나기도 전에 야구 모자를 쓴 아이가 질문을 던졌다. 그녀는 그렇게 말하면서도 센트 바운드가 아닌 선호원 인턴을 빤히 바라보고 있었다. 관심을 끌려는 행동처럼 느껴졌다.

"안 그래도 보여 드리려고 했는데요. 잠시만요, 이 워치 컨트롤러를 이용해서 향을 맡아 볼 수 있습니다."

그의 팔목에는 황갈색 워치가 채워져 있었다. 그가 워치에 대고 "센트 바운드 컨트롤러!" 하고 말하자 허공에 계기판처럼 생긴 홀로그램이 나타났다. 그 홀로그램에 대고 손을 위아래로 움직이자 가장 큰 고드름 하나가 빗물 떨어지듯 톡 하고 내려왔다. 그 고드름에서 차갑게 얼어붙은 흙 내음이 흘러나왔다. 눈 내리는 겨울 숲의 냄새였다. 나는 향을 수집하고 배합하는 연구원들의 능력에 실로 감탄하지 않을 수 없었다.

겨울 테마 방까지 안내해 준 선호원 인턴은 우리를 휴게실로 이끌었다.

"여러분, 20분간 쉬겠습니다. 화장실 다녀오실 분들은 다녀오시고요. 그 외 공간에는 절대 들어가시면 안 됩니다."

그가 자리를 비우자 나는 로라와 푹신한 의자에 앉아 쉬었다. 열린 창문으로 들어오는 바람에 블라인드가 흔들거렸다.

"어, 배지가 어디 갔지?"

로라가 당황한 얼굴로 말했다. 그녀는 부산스럽게 손을 움직이며, 온몸을 뒤지기 시작했다. 먼지가 일 정도로 거세게 바지 뒷주머니까지 탈탈 털었지만 배지는 보이지 않았다.

"잃어버린 거야? 목에 없어?"

로라에게 물었다.

"나 원래 목에 안 걸고 주머니에 넣어 놨어. 액세서리가 많아서."

"주머니? 여기 들어올 때까지는 있었을 텐데……."

센트 스페이스에 들어올 때 배지를 태그하고 왔으므로 없어졌다면 이곳 어딘가에 있을 것이었다. 내 말에 로라가 오른손으로 이마를 짚으며 말했다.

"아! 생각났어."

"진짜? 어디?"

"나 아까 패딩 주머니에 넣어 둔 것 같아. 금방 다녀올게."

그녀의 얼굴이 다시 무덤덤하게 바뀌었다.

"아! 웨더 컬렉션에서? 내가 같이 가 줄까?"

"아니야, 금방 다녀올게. 쉬고 있어."

로라는 폐를 끼치기 싫은 듯 손사래를 치며 말했다.

"나 지루할 것 같은데……. 알겠어."

로라가 내키지 않아 하는 것 같아 나는 그녀를 따라가지 않았다. 그런데 로라가 나가자마자 기다렸다는 듯이 두 명의 여자아이가 나에게 다가왔다. 슬금슬금 다가온 아이들은 선호원 인턴에게 관심을 보였던 모자 쓴 아이와 그녀의 친구였다. 둘은 무척 친한 사이인지 팔짱을 끼고 있었다.

"안녕, 나는 박세란이야."

모자 쓴 아이가 불쑥 말을 꺼냈다.

"나는 김경아야. 너도 스페이스 연구원이 꿈이구나?"

"어, 안녕⋯⋯."

김경아는 내 옆자리에 밀착해 앉았다. 여드름이 얼굴 전체를 뒤덮고 있어 얼굴이 석류처럼 붉게 보였다.

"우리 다음 시험 때 같이 팀 하는 거 어때?"

박세란이 말했다. 이 제안을 내가 거절할 리 없다고 생각하는 듯한 당당한 말투였다.

"어?"

나는 갑작스러운 제안에 당혹스러웠다. 지난 시험에서 내가 1등을 했기에 나에게 이런 제안을 하는 것이 분명했다.

"다음에 또 팀전으로 하게 될 수도 있는 거니까. 너랑 같이 했으면 해서. 이따가 같이 밥 먹을래? 시험 얘기도 좀 하고."

"싫은 건 아니지?"

세란이 모자를 벗고 얇은 머리카락을 쓸어올렸다. 내가 선뜻 답을 하지 않자, 이해할 수 없다는 듯한 눈빛이었다. 나는 그녀들의 행동 하나하나가 왠지 모르게 불편했다.

"아니, 그건 아닌데…… 한번 생각해 볼게."

원하는 답변을 듣지 못한 그녀들은 실망한 기색이 역력했다. 나는 슬그머니 일어서서 화장실을 가는 척 복도로 나와 버렸다. 그들에게서 벗어나자 마음이 한결 편해졌다.

로라는 아직 돌아오지 않았다. 이왕 이렇게 된 김에 로라를 찾아 나서기로 했다. 웨더 컬렉션은 복도 맨 끝에 있으니, 길을 헤맬 염려도 없었다. 로라에게 가는 길이지만 센트 스페이스를 누비고 있다는 생각에 기분이 퍽 좋아졌다. 진짜 연구원이라도 된 것 같았다. 나는 어깨를 쫙 펴고, 한 발 한 발 당당하게 걸었다. 목에 건 배지까지 완벽했다. 그때 아주 익숙한 향이 코에 묵직하게 내려앉았다.

"뭐지? 이 향이 왜 여기서 나지?"

달콤한 향 속에 감춰진 풍부한 꽃향기. 홀린 듯 그 향을 따라 발걸음을 옮겼다. 채 몇 걸음 가지 않은 곳에 아치형 입구가 있었고, 향은 입구 안쪽에서 흘러나오고 있었다. 나는 그곳이 원래 목적지였던 것처럼 거침없는 걸음으로 안으로 들어갔다.

다행히 안에는 아무도 없었다. 중앙에는 박물관처럼 진열대가 있었고, 그 위에 센트 스페이스 모형이 전시되어 있었다. 나무 막대기가 꽂혀 있는 그것은 향기를 발산하는 디퓨저였다. 내 콧방울에 향이 눅진하게 달라붙었다.

"엄마에게서 나는 향이야."

이 향은 틀림없이 틀레 향이었다. 고개를 들고 주위를 살폈다. 벽면에는 다섯 개의 액자가 걸려 있었는데, 하나의 액자가 일렬로 놓인 네 개의 액자 위에 걸려 있어 삼각형의 꼭짓점처럼 보였다. 그리고 그중에 아주 익숙한 얼굴이 보였다.

"엄마?"

액자 속에는 젊은 시절의 엄마가 있었다. 나는 미동도 하지 않고 엄마의 사진을 뚫어져라 쳐다보았다. 시력이 온전할 때 찍은 사진인지 안경을 끼고 있는 모습이었다. 액자 밑 투명 명판에는 "한주혜, 센트 스페이스 창립자, 제1대 연구소장 역임"이라는 글씨가 새겨져 있었다.

"창립자? 연구소장?"

나는 너무나 놀랐다. 엄마는 나에게 센트 그룹 연구원이었다고만 말했었다. 머릿속에 온갖 의문들이 떠올랐다. 엄마는 왜 말해 주지 않았을까? 혹시 내 꿈을 반대한 이유와 관련이 있는 걸까?

가장 높이 달린 액자에는 김윤기 회장의 사진이 있었다. 환하게 웃는 얼굴, 총명해 보이는 눈빛, 모든 향을 감지할 것 같은 두툼한 콧방울. 엄마는 내가 김윤기 회장 밑에서 일하는 게 싫다고 했지만, 사진으로는 너무나 푸근해 보이는 인상이었다.

"거기서 뭐 해?"

갑자기 들려온 소리에 소스라치게 놀라 뒤를 돌아보니 로라가 입구에 서 있었다.

"어? 아니, 그게……."

나는 놀라고 당황하여 말을 잇지 못했다.

"왜 여기 있는 거야?"

로라는 나를 미심쩍다는 눈빛으로 쳐다보았다. 그녀의 손에는 황금빛 배지가 들려 있었다.

"네가 안 오길래 찾으러 가려다가 여기에서 좋은 향이 나서……."

"향? 여긴 센트 그룹의 창립자들을 기리는 '기념의 방'이야. 이 향은 센트 스페이스 창립자가 만든 향이고."

나는 소스라치게 놀랐지만, 겉으로 내색하진 않았다.

"정말?"

"어, 연구소마다 이런 방이 하나씩 있어."

"넌 어떻게 그렇게 잘 알아?"

그렇게 물으면서도 내 머릿속은 온통 다른 의문들로 혼란스러웠다.

"그냥 뭐, 공부를 많이 했어."

나는 말없이 고개만 끄덕였다. 엄마는 왜 내게 자세히 말해 주지 않았을까? 창립자면 대단히 영예로운 일인데, 왜 언급조차 하지 않았을까?

"일단 나가자."

로라가 나가자고 했을 때, 순간적으로 입에서 말이 튀어나왔다.

"이분, 우리 엄마야."

내가 액자를 가리키며 말했다.

"뭐? 진짜?"

로라는 깜짝 놀라 양손을 입에 갖다 대었다.

"엄마가 창립자였다는 걸 나도 조금 전에 알았어."

"조금 전? 방금 알았다고?"

그녀는 전혀 이해가 안 된다는 표정으로 나를 바라보았다.

"응."

머릿속이 복잡했다. 나는 뒤쪽에 있는 스크린으로 시선을 돌렸다. 스크린에는 센트 그룹의 일대기가 전시되어 있었다. 창립 연도부터 향보리 치료제 개발, 센트 연구소 설립, 센트 월드 개장 등 연도별 굵직한 사건들이 그래프로 그려져 있었고, 손을 대면 자세한 글이 영상과 함께 이어졌다. 나는 엄마의 일기장을 뒤적이는 심정으로 '한주혜' 세 글자를 찾아보았지만, 엄마의 이름은 겨우 한 군데에서만 발견할 수 있었다. 로라는 아무 말 없이 나를 지켜보았다.

김윤기 회장을 주축으로 최이창, 한주혜, 정윤경, 송철원은 각각 센트 오리지널, 센트 스페이스, 센트 뷰티, 센트 푸드를 설립했다. 이곳 센트 스페이스의 창립자인 한주혜는 센트 그룹을 떠났지만, 그녀의 마지막 업적인 툴레 향(미공개 향수)은 이곳에 남아 기념의 방을 채우고 있다.

센트 그룹 연혁에는 대부분 김윤기 회장만 언급되어 있었다. 실로 회장이라는 직급에 걸맞은 화려한 이력이었다. 내 시선은 미공개 향수라는 글자에 가 닿았다. 엄마가 날마다 뿌리는 향이지만 세상에 공개되지 않은 이 향수. 이 또한 김윤기 회장과의 마찰로 인한 결과였을까? 당장 엄마에게 연락을 하고 싶었지만, 2차 시험 기간 동안 외부와의 연락이 금지되어 있기에 궁금증을 묻어 둘 수밖에 없었다.

"난 엄마처럼 위대한 연구원이 되고 싶어."

로라에게 말했다.

"맞아, 넌 꼭 될 수 있을 거야. 엄마가 자랑스러워하시겠다."

로라는 나를 부러운 눈빛으로 쳐다보았다. 평소와 다른 모습이었다. 그런 그녀에게 엄마가 내 꿈을 반대한다고 말할 수 없었다. 나는 그저 "너도 잘될 거야." 하는 단순한 말로 화답했다.

"그리 쉬운 문제가 아니야."

로라가 기운 없는 목소리로 말했다. 나는 그런 로라의 기분을 풀어 주기 위해 웃으며 말했다.

"에이, 지금까지 잘했잖아. 앞으로도 잘할 수 있을 거야."

그러나 내가 던진 그 말은 로라의 마음에 닿지 못한 듯했다.

"내 주변에 늘 대단한 사람들만 있어서 잘 모르겠어. 떨어질까 봐 겁나. 나 꼭 붙어야 해. 절대로, 절대로 떨어져선 안 돼!"

그녀는 사뭇 진지하게 말하고 있었다.

"나도 붙어야 해. 우리 둘 다 붙으면 좋겠다. 그냥 여기 있는 사람 다 뽑아 주면 좋겠다."

"그럴 리 없잖아. 사실 나도, 음……."

그때 누군가의 목소리가 들렸다.

"여기서 뭐 하시는 거죠? 한참 찾았습니다. 제가 분명 화장실 외에는 아무 데도 가지 말라고 했을 텐데요."

선호원 인턴이었다. 그가 정색하며 말하자 나는 혹여 이 일을 문제 삼을까 봐 조마조마했다. 우리는 죄송하다며 황급히 그곳을 빠져나왔다.

남은 시간 동안 나는 그의 시선 언저리를 벗어나지 않으려 했고 착실하게 탐방을 마쳤다. 그러나 기념의 방, 센트 스페이스 창립자, 미공개 툴레 향 향수까지 짧은 시간 알게 된 많은 사실이 머릿속을 끈질기게 따라다녔다.

탐방을 마치고 버스에 앉자마자 농사꾼 K의 영상이 나왔다. 갑작스러운 등장에도 놀라지 않을 만큼, 지원자들은 하루 사이 많은 것에 적응해 있었다.

—각자 탐방은 잘하고 오셨나요? 두 번째 시험은 아시다시 피 오후에 진행될 예정이에요. 이번 시간에는 향보리에 대해 알아보도록 하겠습니다. 여러분 향보리는 모두 들어 보셨죠?

곁눈질로 일랑을 보자 그녀는 모처럼 아는 내용이 나왔는지 고개를 격하게 끄덕이고 있었다. 그녀의 분홍색 리본 머리핀이 덩달아 흔들렸다.

—후각을 잃게 하는 끔찍한 바이러스가 퍼졌던 시대에 향보 리가 인류의 후각을 지켜 주었다는 사실은 아마 다들 아실 겁 니다. 향보리를 가공해서 뽑아낸 황금빛 액체가 향보리 추출물 이지요.

그때 농사꾼 K가 사라지더니 김윤기 회장의 인터뷰 영상이 재생되기 시작했다.

화산지대인 이곳에 풀이 자라나기 시작하면서 향보리가 드문드 문 자라고 있었어요. 이곳에 정착한 사람들은 색이 개나리처럼 노 랗다는 것 외에 일반 보리와 외관상 전혀 다를 바 없는 향보리로 농사를 지었습니다. 1년에 세 번이나 수확이 가능해 엄청나게 경 제성 있는 보리였지요.

문제는 향이었어요. 수확했을 때까지는 별다른 향이 안 나더니 막상 그 보리로 밥을 짓자 밥에서 온갖 향이 나더라고요. 시큼하고 달콤한 향이 나고 어떤 때는 덜 익은 과일처럼 풋내가 나기도 했답니다. 민감한 사람들은 아예 밥 짓기를 꺼렸어요. 밥이 식으면 식을수록 그 향은 더 강해졌습니다. 결국 대부분의 농사꾼들이 센트 아일랜드에서 농사짓기를 포기하고 육지로 가게 되었지요. 그러나 저는 향보리도 센트 아일랜드도 포기하고 싶지 않았습니다.

어느 날 향보리로 지은 밥을 먹으며 이 향을 다른 곳에 쓰면 어떨까 하는 생각을 하게 되었습니다. 향보리를 압착도 해 보고 끓여도 보고 증류도 해 가며 연구하기 시작했어요. 그러다 향보리를 먹고 나서 후각이 예민해지는 경험을 하게 되었어요. 저는 향보리가 후각에 영향을 준다는 가설을 세우고 연구를 거듭하게 되었습니다. 그리고 마침내 향보리 추출물을 활용해 후각 수용체를 활성화하는 후각 치료제를 만들게 되었지요. 그게 이 센트 그룹의 첫걸음이었습니다.

김 회장의 얼굴은 농사꾼 K로 서서히 바뀌고 있었다. 그러더니 시끌벅적한 목소리로 농사꾼 K가 외쳤다.

—여러분, 그게 바로 저예요! 제가 바로 센트 그룹의 창립자이자 농사꾼입니다. 저는 센트 아일랜드 농사꾼이던 시절을 기억하고 초심을 잃지 않기 위해 농사꾼 K를 만들었습니다. 저는 앞으로도 계속 농사꾼으로 남고 싶어요.

우리는 잠시 어리둥절했으나 농사꾼 K가 김윤기 회장 캐릭터라는 사실을 깨닫고 박수를 치며 환호하기 시작했다. 나는 세계적인 회사를 설립한 입지적 인물이 스스로를 희화화하는 모습에 다소 의아해했지만, 초심을 잃고 싶지 않다는 그의 말과 캐릭터를 만들어 친근함을 유지하려는 그의 모습에서 열정이 대단하다고 느껴 존경심이 일었다. 엄마가 그에 대해 했던 말들 때문에 마음 한쪽에 있었던 부정적인 마음이 모조리 씻겨 내려가는 듯했다. 계속해서 박수가 이어지자 농사꾼 K는 황금빛 분수를 끊임없이 위로 뿜어냈다. 그 바람에 그의 밀짚모자가 벗겨져 황금색 물에 푹 잠겨 버렸다.

오후에 시험을 치르기 전까지 휴식 시간이 주어졌다. 점심 식사를 마친 우리는 방 거실에 깔린 주황색 물결무늬 카펫에 앉았다. 카펫 색감이 밝은 주황색에서부터 서서히 짙어지는 것이 꼭 노을 지는 해변의 모습 같았다. 먼저 이야기를 시작한 것은 일랑이었다.

"내 센트 뷰티 탐방기 들어 볼래?"

아까부터 입이 근질근질했는지 일랑은 센트 뷰티 연구소가 자신의 건물이라도 되는 양 마구 자랑을 쏟아 냈다.

"너희 향수에서 가장 많이 쓰이는 재료가 뭔지 알아?"

일랑의 물음에 내가 답했다.

"꽃?"

"정답. 센트 뷰티에서는 꽃을 키우고 있는데 온실에서 보던 거랑은 차원이 다르더라. 수경 재배를 통해 키우는데, 놀라지 마! 그 물이 그냥 물이 아니고……."

"향수."

로라가 대답해 버리자, 일랑은 김이 샌 듯 입만 벙긋거렸다.

"향수? 그럼 꽃이 죽는 거 아니야? 하암……."

지나는 피곤했는지 소파에 등을 대고 하품을 했다.

"지나야! 관심 좀 가져 줘."

일랑은 지나를 장난스레 노려보며 말했다. 지나는 잠을 깨기 위해서라며 가방에서 주섬주섬 쿠키를 꺼냈다.

"나도 하나 줄래?"

일랑이 지나에게 말하자 지나는 깜짝 놀랐다.

"쿠키? 이런 거 안 먹는 거 아니었어? 내가 줄 때마다 거절하더니."

"가끔 먹고 싶을 때가 있어. 체리 향이 나는 것 같은데?"

"응, 이거 건체리가 들어간 쿠키야."

"고마워, 아무튼 그냥 향수가 아니고 향보리 추출물을 넣은 향수래. 그 향수로 꽃을 재배하면 훨씬 풍부한 향이 나는 거지. 원하는 향을 주입할 수도 있나 봐."

"와, 대단하다!"

내가 말했다. 엄마의 '과거'에 갇혀 있던 내 머릿속은 일랑의 이야기를 들으며 '현재'로 빠져나왔다.

"그 꽃들은 워터플라워, 줄여서 '워터플'로 불린대. 워터플로 향수나 화장품을 만들면 원재료부터 급이 다른 제품이 탄생하는 거지. 너무 신기하지 않니? 나 진짜 센트 뷰티 연구원이 되고 싶어졌어."

일랑은 신이 나서 말을 이어 갔다. 목표가 생긴 그녀의 눈은 밝게 빛나고 있었다.

"일랑아, 너 주머니에 그건 뭐야?"

지나는 일랑의 재킷 주머니에서 튀어나온 하얀색 봉투를 가리키며 물었다.

"아, 이거? 이거 편지야."

"오늘 또 편지 받은 거야? 나는 한 번도 편지 못 받아 봤는데."

지나는 부러운 듯 관심을 보였다. 나는 실실 웃으며 지나의 말에 맞장구를 쳐 주었다.

"지나야, 나도."

"누구한테 받은 거야?"

지나가 말했다. 그녀는 졸음이 달아난 듯 호기심 가득한 얼굴이 되었다.

"몰라, 그걸 내가 어떻게 알아."

일랑은 귀찮은 듯 편지봉투를 꺼내 바닥에 툭 내려놓으며 말했다.

"네가 받은 건데 모르면 어떻게 해."

지나는 조용히 속삭였다. 그러고는 아쉬운 듯 멀뚱멀뚱 그 편지를 바라보았다.

"나 그런 애들 딱 질색이야. 여기 시험 보러 온 거지 무슨 연애하러 온 것도 아니고."

일랑이 정색하며 말했다.

"그, 그래."

지나는 무안한 듯 겸연쩍게 웃으며 쿠키를 입에 넣었다.

"그나저나 센트 푸드는 어땠어?

나는 지나에게 물었다.

"진짜 어메이징한 장소가 있어."

쿠키를 다 먹은 지나가 말했다.

"어디?"

"쿠킹 실험실. 요리하면서 발생하는 향을 모두 흡수시키고 분석 프로그램을 활용해서 요리의 향, 온도, 시간, 색깔 또 뭐더라? 아! 열량, 영양 성분 등을 다 연구한대. 천장에 카메라처럼 보이는 기계 장치들이 붙어 있었어."

"그래서 센트 푸드 연구원을 연구원이면서 요리사라고도 하지."

로라가 은근슬쩍 말했다.

"응, 난 그 모습이 너무 멋있었어. 그분들과 나란히 설 수 있다면 진짜 행복할 것 같아. 센트 푸드의 요리는 과학이고 그들의 요리는 맛있을 수밖에 없어."

지나는 두 손을 모으고 기도하듯 말했다. 그녀의 눈이 설탕 코팅한 도넛처럼 반짝거렸다.

"그게 아니어도 넌 다 맛있지 않아?"

일랑이 조그만 쿠키의 귀퉁이를 베어 물며 말했다. 무심코 내뱉은 그녀의 말에 지나의 얼굴이 붉게 달아올랐다. 지나는 폭발하고 말았다.

"너, 왜 자꾸 그래?"

"뭐가?"

일랑은 도통 이유를 모르겠다는 표정이었다.

"내가 혹시 너 불편하게 한 거 있어?"

지나의 목소리가 염소 울음처럼 떨렸다. 분위기가 순식간에 굳어졌다. 나는 안절부절못했다.

나는 어색한 표정으로 지나의 등을 다독였다. 일랑은 잠시 머뭇거리더니 곧 또박또박 사과를 했다.

"의도한 바는 아니었지만 상처받았다면 미안해."

지나는 대답이 없었다. 나는 분위기를 전환하고자 내 이야기를 시작했다.

"우리는 웨더 컬렉션에 갔었어. 사계절의 향을 포집하고 저장해 놓는 공간인데, 각 계절에만 맡을 수 있는 향들이 정말 섬세하게 배합되어 있더라. 그 향들이 연구원들에게 엄청난 영감을 주나 봐. 난 나중에 거기 있는 향들로 향수를 만들어 보고 싶어."

내 말에 여태 조용히 있던 로라가 반응하기 시작했다.

"나는 나중에 기념일 향수를 만들 거야. 이를테면 크리스마스나 밸런타인데이 아니면 생일을 기념하는 향수."

"와! 그거 진짜 신기하겠다. 나 나중에 그거 살게. 예약!"

일랑은 당장이라도 살 것처럼 손을 들며 말했다. 지나와의 일은 벌써 신경도 쓰지 않는 듯했다.

"나도 크리스마스 향 예약! 겨울에도 좋지만 여름에 그 향 맡으면 엄청 설렐 것 같아. 난 여름에도 종종 캐럴을 듣거든!"

"진짜? 나도 나도. 캐럴은 여름에 들어야 제맛이지!"

일랑이 내 어깨에 팔을 두르며 말했다.

어느새 우리는 크리스마스 이야기에서 음악 이야기로, 음악 이야기에서 향수 이야기로 주제를 바꾸며 한참을 이야기했다. 입을 꾹 다물고 있는 지나가 한편으론 마음에 걸렸다. 그리고 잠시 잊고 있던 현실을 상기시키듯 경쾌한 목소리로 안내 방송이 흘러나왔다.

─아아! 지원자 여러분, 20분 뒤까지 모두 로비로 나와 주시기 바랍니다. 잠시 후 두 번째 시험 장소로 이동하겠습니다.

5장

뜻밖의 냄새

두 번째 시험은 센트 스페이스 꼭대기 층에 위치한 홀 안에서 진행될 예정이었다. 탐방 때는 방문하지 못한 공간이었다. 홀 내부는 불이 꺼져 있어 어두웠다. 대형 단상 앞쪽에 다섯 줄로 의자가 놓여 있다는 것만 겨우 알 수 있었다. 지원자들은 바닥을 비추는 핀 조명 하나에 의지해 무대 앞쪽 의자에 앉았다. 시험을 위해 향을 모조리 없앴는지, 어떠한 향도 맡아지지 않았다.

"센트 스페이스 시험장에 오신 여러분을 환영합니다."

어두컴컴한 무대 위에서 목소리가 들려왔다. 곧 모든 조명이 켜지고, 순식간에 홀이 밝아졌다. 눈이 부셔 눈을 두어 번 깜빡이자 무대 위 여성의 얼굴이 점차 또렷이 보였다. 나는 입을 크게 벌렸다. 내가 센트 그룹에 들어가야겠다는 꿈을 갖게 해 준 그 연구원이 분명했다.

"안녕하십니까, 센트 스페이스 소장 윤소민입니다. 오늘 이 곳에서 여러분을 만나 뵙게 되어 반갑습니다."

나는 그녀의 얼굴을 뚫어지게 보았다. 윤소민 소장의 얼굴에서는 진주처럼 광이 났다. 차르르 떨어지는 새틴 원피스를 입고 에나멜 구두를 신은 그녀는 풍성하고 짧은 단발머리를 하고 있었다. 그녀가 나를 알아볼 리 없지만 이 자리에 함께 마주하고 있다는 것만으로도 행복했다. 일말의 기대감도 생겼다. 이번 시험에 합격하면 나를 소개할 기회가 있을지도 모른다는 희망. 내 목표에 가까워졌다는 느낌에 마음이 잔뜩 부풀었다.

"우리 센트 스페이스는 여러분이 제일 사랑하는 공간인 센트 월드를 기획하는 곳입니다."

센트 월드라는 말에 지원자들은 크게 환호했다.

"와."

"저 센트 월드 매년 놀러 가요."

그 환호성이 잠잠해지길 기다린 뒤, 윤 소장은 마이크를 잡았다.

"모든 공간에는 향이 있고, 그 공간을 구성하는 사람이나 물건을 통해 그 향은 더욱 풍부해집니다. 음표 하나에 여러 악기가 더해져 풍성한 소리를 내는 것처럼 공간 역시 마찬가지죠. 저희는 그 포개진 향을 분할하여 악보로 만드는 사람들입니다.

그리고 다른 공간으로 악보를 옮겨 더 극적으로 향을 연주하는 사람들이죠."

윤 소장의 격조 높은 말투에 나는 감동했다. 그녀는 온몸으로 품위를 발산하고 있었다.

"이번 시험은 저희 센트 스페이스에서 주관했습니다. 자세한 시험 내용은 농사꾼 K를 통해 들어 주시면 될 것 같고요. 저희는 심사를 통해 여러분의 향 연주를 들어 볼 예정입니다. 그럼 파이팅입니다."

—파이팅!

윤 소장이 무대 아래로 내려가자 누군가의 목소리가 크게 울렸다. 파이팅을 외친 이는 다름 아닌 농사꾼 K였다. 덩 덩 덩. 둥둥 탁탁. 북소리와 함께 그가 무대 중앙 스크린에 나타났다.

"나 '파블로프의 개'가 됐나 봐. 저 소리만 들으면 심장이 조여 와!"

일랑이 말했다.

"곧 시작하나 보다."

내가 말했다. 나는 심호흡을 하며 진정하려 애썼다.

—인턴 선발을 위한 두 번째 시험을 시작하겠습니다. 오늘 시험은 개인전입니다. 지원자들은 스크린에 보이는 세 가지 제시어 중 하나를 선택해 주시기 바랍니다. 제시어 하나당 인원 제한은 열 명입니다. 한 제시어에 열 명 이상이 몰리면, 지금까

지의 시험 결과를 기준으로 인원을 자르고 다른 제시어에 인원을 재분배하겠습니다.

무대 위 스크린에는 '음식, 물, 동물' 세 가지 제시어가 떠올랐다. 각 제시어 앞에 진행 요원이 한 명씩 자리했다. 지원자들은 자신이 희망하는 제시어 앞에 줄을 서면 되는 것이었다. 선착순도 아닌데 몇몇 아이들이 급히 뛰어가기 시작했다.

"나는 무조건 음식."

우리 중에서는 지나가 제일 빨랐다. 그녀의 표적은 오로지 음식이었다. 지나는 고민 없이 뛰어갔다.

"좀 더 신중할 필요가 있어."

로라는 지원자들이 벌떼처럼 몰려가는 상황을 지켜보며 말했다. 나도 같은 생각이었다.

"다린아, 넌 뭐 할 거야?"

일랑이 물었다.

"글쎄, 물을 해 볼까?"

그렇게 말했지만 당장 움직이지는 않았다. 나는 지난 시험에서 1등을 했기에 상황을 지켜보다 선택해도 아무 문제가 없었던 것이다. 어느 정도 아이들이 줄을 섰을 때, 로라는 음식으로 걸어갔다. 나는 일랑과 함께 유유히 물로 걸어갔다. 섬에 왔으니 물을 고르고 싶었고, 맑고 깨끗한 느낌이 나는 단어라서 좋았다. 가장 줄이 긴 곳이기도 했다. 물 제시어 줄에 서자, 앞에

선 아이의 보라색 머리칼이 보였다.

"너, 물 고른 거니?"

강리애였다. 그녀는 잠을 잘 못 잤는지 얼굴이 푸석푸석해 보였다.

"응, 너도 물을 골랐구나."

나는 덤덤한 말투로 대꾸했다.

"그래, 오늘 시험 진짜 재밌겠는데? 안 그래?"

강리애가 머리칼을 쓸어올리며 툭툭 내뱉는 듯한 말투로 말했다. 아니꼽다는 표정을 전혀 숨기지 않은 채였다.

"어? 뭐라고?"

"아니, 이번 시험에서 진짜 실력이 판가름 날 것 같아서. 팀전이 아니고 개인전이니까."

그녀는 마치 나랑 일대일 대결이라도 하겠다는 것처럼 말했다. 당황했지만 나는 차분하게 생각을 정리했다. 첫 번째 시험에서 1등을 했으니 이번 시험에서도 잘하면 되는 것이다.

"그래, 잘해 보자."

강리애는 찬바람을 일으키며 쌩 뒤돌아섰다. 잠자코 있던 일랑이 내 귓가에 대고 소곤소곤 말했다.

"뭐야, 쟤 왜 저래? 재수 없어."

"몰라, 내가 같은 제시어를 고른 게 싫은가 봐."

"다 네가 잘해서 그러는 거야."

일랑과의 몇 마디 대화에 다시 내 기분이 풀렸다.

정해진 시간이 끝난 후, 진행 요원은 제시어 하나당 인원이 열 명이 되도록 인원을 재분배했다. 안타깝게도 일랑은 제시어 '동물'로 이동하게 되었고, 로라와 지나는 원하는 대로 음식에 머무르게 되었다.

—제시어 선택이 끝났습니다. 자리로 돌아가서 앉아 주시고요. 모두 웨어러블 헬멧을 착용해 주시기 바랍니다. 제가 착용하고 있는 것처럼 써 주시면 됩니다.

농사꾼 K는 웨어러블 헬멧을 착용하는 법을 보여 주었다. 뒤이어 보라색 조끼를 입은 진행 요원들이 커다란 상자를 들고 와서 헬멧을 나눠 주기 시작했다.

"이게 헬멧이라고? 엄청 가벼운데?"

일랑이 헬멧을 흔들면서 말했다. 웨어러블 헬멧은 복면이나 두건처럼 느껴질 정도로 흐물거리는 가벼운 소재였다. 머리를 단단하게 보호해 주는 일반적인 헬멧과는 전혀 달라 보였다. 투명하게 비치는 재질이라 얼굴까지 덮어쓰더라도 시야 확보는 어렵지 않을 것 같았다. 빨리 쓰면 가산점이라도 있을까 싶어 나는 받자마자 그것을 머리에 둘렀다. 그러나 앞뒤가 헷갈려 두어 번 다시 고쳐 써야 했다. 옆쪽에서 로라와 지나가 헬멧을 착용하는 것이 보였다. 로라가 매우 빠르게 헬멧을 착용한 것과 달리 지나는 이번에도 잔뜩 헤매고 있었다.

로라는 답답했는지 그런 지나에게 한마디 했다.

"지나야, 오늘 안에는 쓸 수 있겠어?"

보다 못한 일랑이 지나를 도와주려 했으나 아직 불편한 감정이 남아 있는지 지나는 혼자 하겠다며 일랑의 도움을 거부했다. 결국 지나는 내가 도와주고 나서야 헬멧 착용을 완료했다.

―자! 다들 착용을 완료하셨으면 헬멧 왼쪽을 두 번 두드려 보세요. 그리고 프로그램을 진행하시기 바랍니다.

농사꾼 K는 왼손을 이용하여 헬멧 왼쪽을 톡톡 두드리는 시늉을 했다. 그 모습을 보고 별생각 없이 왼쪽을 두 번 두드렸는데, 놀라운 일이 일어났다.

순식간에 눈앞에 보이는 공간이 달라졌다. 마치 다른 세상 속으로 빨려 들어온 기분이었다. 한참을 어리둥절한 뒤에야 헬멧에 VR 기능이 있다는 것을 깨달았다. 나는 가상 공간을 보고 있었다. 다시 왼쪽을 두 번 두드리자, VR 화면이 꺼지고 옆쪽에 앉은 일랑의 얼굴이 보였다. 그녀는 큰 눈을 더욱 크게 뜨고 입은 헤벌쭉 벌리고 있었다. 나와 마찬가지로 매우 놀란 듯한 얼굴이었다.

그간 경험한 기기와는 차원이 달랐다. 기존 VR 기기가 눈앞에 영상만 펼쳐지던 것이라면, 웨어러블 헬멧은 후각과 촉각 자극까지 전달해 실제 다른 공간에 있는 것 같은 생생한 경험을 하게 해 주었다.

나는 마음을 다잡고 다시 가상 세계에 입장했다. 헬멧을 톡톡 두드리자 광활한 화면과 함께 사람 모습을 한 캐릭터가 보였다.

"안녕? 센트 스페이스 공간 기획 프로그램에 온 것을 환영해. 이 프로그램은 공간에 향을 입힐 수 있어."

그 얼굴을 보자 놀라지 않을 수가 없었다.

"와! 나야?"

캐릭터의 외형이 나와 같았다. 내 얼굴을 인식해 아바타로 구현한 듯했다. 이 헬멧의 기능이 어디까지인지 가늠할 수조차 없었다.

"놀랄 것 없어, 이다린! 자, 여길 주목해 줘. 프로그램 사용법을 알려 줄게. 이 공간에 울창한 숲이 보이지? 지금은 아무 향도 나지 않을 거야. 이제 이 공간에 향을 입히는 걸 보여 줄게. 우선 원하는 단어를 말해야 해. 나는 세상의 모든 단어를 가지고 있으니까 무엇이든 상관없어. 일단 내가 예시를 들어 볼게. 네가 나무를 말했다고 해 보자."

그 즉시 헬멧 사이로 나무가 뿜어내는 상쾌한 향이 들이닥쳤다. 소나무, 동백나무, 참나무, 편백나무의 향이 느껴졌다.

"어때? 숲에서 맡았던 향이 흘러나오지? 옆에 있는 화살표로 향 세기도 조절이 가능해. 손을 움직여 봐."

화살표를 왼쪽에서 오른쪽으로 움직이는 동작을 하자 향은 더욱 진해졌다. 기침이 나올 정도였다.

"너무 세게 하지는 말고, 적당히. 화살표를 아래에서 위로도 천천히 올려 봐. 수많은 향이 느껴질 거야."

손을 아래쪽에 두자 나무뿌리, 흙, 이끼의 향이 올라왔다. 서서히 위로 손을 올리자 고목나무 밑동, 나무껍질, 끈적끈적한 진액, 나뭇가지, 곁가지, 잎, 열매, 꽃가루 등 나무 하나에서 맡을 수 있는 수백 가지의 향이 느껴졌다. 동시에 내 후각세포가 반응하는 부위도 제각각 달랐다. 어떨 때는 코끝에 향이 닿았고 어떨 때는 코의 안쪽 깊숙한 부위까지 향이 세밀하게 들어왔다.

"향이 무슨 서랍장에 갠 옷들처럼 차곡차곡 정리가 되어 있어!"

"이해했지?"

내가 고개를 끄덕이자 곧바로 프로그램이 종료되었다. 황홀한 경험이었다. 주변을 둘러보자 다른 아이들도 하나둘씩 현실세계로 돌아오고 있었다.

"아바타 얼굴 봤어?"

"이걸로 어떤 시험을 치를까?"

"이 프로그램 비싸겠지? 집에서도 하고 싶은데……."

농사꾼 K가 나타났지만 지원자들은 방금 본 프로그램에 대해 이야기를 하느라 여전히 시끌벅적했다.

—모두 프로그램 사용법 잘 보셨죠? 방금 보신 프로그램은 센트 스페이스 공간 기획 프로그램의 일부분을 재구성한 것입니다.

웅성거림이 가라앉지 않자 농사꾼 K는 목을 가다듬고 잠시 호흡을 골랐다. 시험장에 다시 긴장감이 감돌았다.

—두 번째 시험을 말씀드리겠습니다. 여러분이 선택한 제시어에 해당하는 공간의 향을 꾸며 주세요! 변별력 있는 시험을 위해 저희 연구진은 '냄새'를 추가했습니다. 이 공간을 여러분의 감각으로 탈바꿈해 주시면 됩니다. 단, 자연 재료만 사용해 주셔야 합니다. 저희 연구원들은 여러분의 어떤 아이디어든 받아들일 준비가 돼 있습니다. 제한 시간 30분입니다. 바로 시작해 주세요.

농사꾼 K가 우렁찬 목소리로 두 번째 시험의 시작을 알렸다. 그가 말을 마치자마자 여기저기에서 헬멧을 두드리는 소리가 마치 말발굽 소리처럼 다다닥 들려왔다. 나는 시험도 시험이지만 방금 전 느낀 후각적 파노라마를 재차 경험할 수 있다는 생각에 내심 기뻤다.

나도 다시 헬멧을 두 번 두드렸다. 내 제시어는 물이었으므로 투명한 물 향 또는 푸르른 바다 향을 기대했다. 냄새가 추가된다는 말에는 물비린내 정도를 생각했다. 그런데 가상 세계에 들어오자마자 정화조 냄새가 진동을 했다. 나는 그대로 코를 꽉 틀어막고 싶었다.

"이곳은 센트 아일랜드의 하수처리장이야. 죽어 가는 물을 되살려 내는 곳이지."

아바타가 입을 열었다.

"하수처리장? 제시어 '물'이 하수처리장이었던 거야?"

나는 경악했다. 구린내와 지린내가 바늘처럼 코를 쿡쿡 쑤셔 댔다.

"이건 너무하잖아."

물을 선택한 나 자신이 너무 원망스러웠다. 다른 제시어를 선택한 이들은 이것보다 상황이 나을 것만 같았다. 고개를 내려 보니 발밑에 하수처리장이 있었다. 갈색의 탁한 물에서는 배설물 냄새가 났다. 건더기가 진흙처럼 뭉쳐 있었고 곳곳에 똥파리들이 득시글거려 귓가에 앵앵거리는 소리가 끊임없이 들렸다.

"이곳을 너만의 '향'으로 꾸며 줘야 해. 무엇을 하든 네 자유야."

아바타가 팔짱을 낀 채 말했다.

"어디서부터 어떻게 하라는 거야?"

"프로그램을 활용해야지. 어떤 식으로 할지 결정하는 것은 오롯이 네 몫이야."

아바타는 냉정했다. 울컥하는 마음이 들었지만 마음을 다잡았다. 숨을 쉬면 냄새가 올라와, 몇 초간 숨을 참다가 짧게 공기를 들이마시며 호흡을 하느라 가슴이 답답했다. 당장이라도 헬멧을 벗고 센트 아일랜드의 향을 들이마시고 싶었다. 이곳의 향을 맡는 것이 두려울 정도였다. 진동하는 악취에 냄새 공포증을 앓는 것 같았다.

그럼에도 포기할 수는 없었다. 첫 번째 시험에서 1등으로 통과했는데, 두 번째 시험에서 도전도 못 하고 좌절할 수는 없는 노릇이었다. 숨을 들이마시는 시간을 몇 초씩 늘려 갔다. 찌꺼기 가득한 하수도에 코를 쑥 들이미는 것처럼 심히 찜찜한 기분이 들었지만, 점점 숨 참는 시간이 줄어들었다. 몇 분이 흐른 뒤, 평소처럼 숨을 들이마시고 내뱉었을 때 나는 내 적응력에 박수를 치고 싶었다. 여전히 냄새는 싫었고 얼굴이 일그러졌지만, 숨을 그대로 들이마시고 내쉴 수 있을 만큼 적응한 것이다.

냄새에 적응하자 방법을 고민하기 시작했다. 이 공간을 어떻게 해야 할까? 어떻게 바꾸는 게 좋을까? 여러 번 생각했음에도 결론은 동일했다. 이 모든 냄새를 없애 버리는 것.

"난 이 냄새를 없애는 데 집중할 거야."

아바타에게 선포하듯 말했다.

"어떻게?"

"이불 덮듯이 덮어 버리려고."

그러나 자신만만한 외침과 달리 특별한 해결책은 떠오르지 않았다. 시간은 째깍째깍 흘러갔다. 아바타는 짝다리를 짚은 채 지루하다는 표정으로 말했다.

"언제까지 생각만 하고 있을 거야?"

"네가 그렇게 말하지 않아도 충분히 답답해."

내가 대꾸했다. 나는 되는대로 이것저것 해 보기 시작했다. 태우듯 볶은 커피 향, 달콤한 달고나 향, 매운 고춧가루 향, 숯불 향 등을 공간에 추가해 보았다. 그러나 모두 실패였다. 그 향들은 하수구의 깊은 냄새 앞에서 전혀 기를 펴지 못했다. 더욱 강하게 향이 퍼지는 것을 골라야 했다. 맹수 같은 향으로 게걸스럽게 악취를 잡아먹도록. 하지만 시간이 흘러도 아무런 방법이 떠오르지 않았다. 급기야 내 능력을 의심하기 시작했다. 내가 겨우 이 정도밖에 안 되는 걸까?

"모를까 봐 말해 주는 거야. 10분밖에 안 남았어."

아바타가 나를 재촉했다. 생각에 생각을 거듭했지만, 그럴수록 더욱 미궁 속으로 빠져드는 느낌이었다. 고약한 냄새는 코에 끈끈하게 달라붙었고, 그로 인해 코가 시큰해졌다. 습관적으로 코를 문지르려다 불현듯 뭔가가 떠올랐다.

"레몬?"

나는 신 레몬 향이 이 거대한 냄새를 잡아 줄 거라 확신했다. 손아귀에 힘을 주고 꽉 짰을 때 터져 나오는 그 즙. 스프링클러가 분사되듯 뿜어져 나오는 그 상큼함은 오물 냄새를 적절히 중화해 주리라!

"레몬 부탁해."

아바타가 레몬 향을 흘려보내 주자마자 손동작으로 화살표를 오른쪽 끝까지 옮겼다. 레몬 향이 강해지고 있었다.

"지린내가 싹 사라졌네?"

아바타가 말했다. 나는 손에 난 땀을 바지에 쓱 닦아 내고 만족스러운 웃음을 지었다.

—시험이 종료되었습니다. 잠시 후 공개 심사가 시작됩니다.

헬멧의 VR이 자동으로 종료되며, 농사꾼 K의 말이 들려왔다.

"공개 심사?"

농사꾼 K의 말에 나는 당황했다. 센트 그룹의 시험은 끝까지 방심할 수 없었다. 무대 위에는 이미 세 명의 연구원이 앉아 있었다. 센트 스페이스 연구원들로 구성된 심사 위원단이었다.

—심사는 제시어별 일대일 토너먼트 방식으로 진행됩니다. 공개 심사인 만큼 여러분이 만들어 낸 향들은 헬멧을 통해 모두에게 공개될 예정입니다. 토너먼트로 제시어별 최하위 네 명과 1등을 가리게 되고, 마지막으로 제시어별 1등끼리 경합을 벌여 최종 1등을 선발하겠습니다. 이번 시험에서는 총 열 명이 탈락하게 됩니다. 심사 위원단의 논의를 거쳐, 최하위 성적을 받은 열두 명 중에서 탈락자 열 명을 선발할 예정입니다.

나는 말을 하나라도 놓치지 않기 위해 숨도 제대로 쉬지 않고 집중했다.

—그리고 여러분에게 안타까운 소식을 전합니다. 이번 시험에서 기권자가 나왔습니다. 심사 전에 기권자부터 발표하도록 하겠습니다.

농사꾼 K가 무거운 목소리로 말을 꺼냈다.

"기권?"

"왜?"

시험장이 기권 이야기로 들끓기 시작했다.

"누구지?"

"누구? 누구?"

아이들은 기권자가 나왔다는 말에 고개를 들고 두리번거렸다.

—제시어로 동물을 선택한 이우석 지원자, 헬멧을 벗고 밖으로 나가 주세요.

농사꾼 K의 외침에 그가 일어났다. 당장이라도 울 것 같은 표정이었다. 나 역시 초반에 포기하고 싶은 심정이었기 때문에 저 마음이 이해가 되었다. 제시어로 동물을 선택한 이들은 어떤 장소를 마주했는지, 어떤 역한 냄새가 흘러나왔을지 궁금하기도 했다. 그는 복받치는 감정을 이기지 못했는지 결국 울음을 터뜨렸고, 오른손으로 쉴 새 없이 눈물을 닦아 냈다. 그의 온몸이 떨리고 있었다. 그를 다독여 주는 이는 아무도 없었다.

이우석은 진행 요원과 함께 쓸쓸히 시험장 밖으로 나갔다. 경쟁자 한 명이 줄어든 것이지만 안쓰러운 마음이 들었다.

"그깟 냄새 하나 못 참은 거야? 쟤 실력은 안 봐도 뻔해. 저게 딱 쟤 수준인 거야."

찬물을 끼얹듯 날카로운 목소리가 들려왔다. 강리애였다. 나는 앞으로도 영영 강리애와 친해질 수 없을 거라는 것을 직감했다. 정이 뚝 떨어졌다.

어수선한 시험장 분위기를 환기하며 농사꾼 K가 다시 설명을 이어갔다.

─자! 첫 번째 제시어는 물이었습니다. 그런데 그냥 물이 아니었죠?

스크린에 하수처리장 화면이 공개되었고, 모두의 헬멧에서 배설물 냄새가 흘러나왔다.

"아오, 이게 뭐야?"

냄새를 맡은 일랑이 짜증을 냈다.

"으, 오물을 최소 1년은 묵혀 둔 것 같은 냄새가 나."

지나는 숨을 참고 있는지 코맹맹이 소리가 났다.

─지난 결과 순으로 볼까요?

나는 어차피 거쳐야 할 관문이라면 빨리 겪는 게 낫다고 생각했지만 스크린에 비친 경쟁자의 이름을 보자 알 수 없는 중압감이 나를 짓눌렀다.

―이다린 대 강리애!

강리애에게 지고 싶지 않았다. 하수처리장의 냄새를 싹 덮어 버렸기에 어느 정도 자신감도 있었다.

―지난 시험 1등인 이다린 지원자의 공간부터 보겠습니다. 이다린 지원자가 재탄생시킨 하수처리장 냄새, 다 같이 맡아 보실까요?

모두의 웨어러블 헬멧에 내가 만든 냄새가 공유되었다. 내 해결 방식이 기록된 한 줄 문구가 스크린 위에 자막으로 띄워져 있었다.

저는 냄새를 없애는 데 주목했습니다.

기대하는 눈빛들이 느껴졌다. 나는 마땅히 그 기대에 부응하고 싶었다. 그런데 문제가 생겼다. 하수구 냄새는 분명 사라졌는데, 레몬 500개를 농축시켜 놓은 듯한 새콤한 향이 퍼졌다.

"눈을 못 뜨겠어."

"으, 나는 침이 너무 고여."

몇몇 아이들이 코를 막는 것이 보였다.

이 모든 것은 내 실수였다. 악취에 코가 마비되는 바람에 레몬 향을 너무 강하게 조절한 것이다. 아무리 상큼한 레몬 향이라도 너무 강한 향은 독이 되었다. 체한 것처럼 가슴이 답답해지기 시작했다.

　―다음으로 강리애 지원자의 하수처리장 냄새를 공개하겠습니다.

내가 만든 향이 헬멧 속으로 사라졌다. 강리애가 나보다 못했기를 간절히 바라는 수밖에 없었다. 스크린에는 강리애의 이름과 해결 방식이 적힌 문구가 띄워졌다.

하수구 냄새를 잡아 정화된 물의 시원함을 살려 보았습니다.

강리애가 만든 공간은 나와 너무도 달랐다. 그곳은 하수구가 아니라 수돗물이 흐르는 듯했다. 악취는 사라졌고, 약간의 물비린내가 났지만 그것마저 쾌적하게 느껴졌다. 나는 손으로 허공을 저어 향에 바람을 일으켜 보았다. 공기에서는 밀도 높은 무거운 향이 냄새를 짓누르고 물의 청량함과 상쾌함만 느껴졌다. 탄산이나 후추를 뿌린 듯한 톡 쏘는 향취도 났다. 감탄할 수밖에 없었다. 부러움과 아쉬운 감정이 한꺼번에 밀려왔다. 쉬익 소리와 함께 향이 헬멧 속으로 사라지자, 심사 위원들은 한 사람씩 평을 내놓았다.

"이다린 지원자의 악취를 없애려는 시도는 좋았는데요, 레몬 농장을 만들어 놓은 것 같네요. 한마디로 이다린 지원자는 물을 죽였고, 강리애 지원자는 물을 살려 놓았습니다."

강리애와 너무 비교되었다. 심사 위원들은 그 뒤로도 혹평을 서슴지 않았다.

"코가 마비돼서 향을 강하게 쓴 것 같네요? 대체로 초보들이 많이 하는 실수죠."

"레몬을 선택한 건 좋았는데요, 그 세기가 너무 과하지 않았나 싶습니다. 욕심이 지나쳤던 듯합니다."

부푼 풍선처럼 들떠 있던 내 마음은 바늘로 푹 찔린 듯 가라앉았다. 강리애는 회심의 미소를 짓고 있었다. 나는 자존심이 무너졌다. '물' 제시어를 선택한 지원자 중 4등으로 탈락 위기는 면했지만 기분은 전혀 나아지지 않았다. 강리애에게 패배하고 꿈에 그리던 센트 스페이스에서 두각을 드러내지 못했다는 생각에 너무도 속상했다.

토너먼트식 공개 심사는 계속 이어졌다. '음식' 제시어를 고른 지원자들이 마주했던 공간은 음식물 처리장이었다. 여러 종류의 국물들, 곰팡이 핀 음식들, 온갖 음식물들의 억센 악취가 가득했다.

"나는 처음에 기절초풍할 뻔했어. 겨우겨우 시험을 봤다니까."

지나가 옆에서 말했다. 심사가 이어지자 그녀는 6등으로 탈락 위기를 면했고, 로라는 3등을 했다. '음식' 제시어 1등은 의외로 오기석이었다.

"오기석이 1등이라고?"

그가 심사 위원에게 호평을 받는 동안 일랑이 믿기지 않는다는 듯 중얼거렸다. 나 또한 놀라기는 마찬가지였다. 무척 악질이라고 들었는데 그도 실력이 좋은 편이었다. 오기석은 거만한 표정으로 칭찬을 듣고 있었다.

일랑은 '동물' 제시어에서 2등을 차지하며 두각을 드러냈다. 그녀는 분뇨 냄새가 가득한 축사에 장작불이 타닥타닥 타오르는 듯한 향을 주입해 공간을 아늑하고 온기 가득한 곳으로 탈바꿈해 놓았다.

"일랑아, 난 네가 1등 할 줄 알았어. 너무 잘했어. 내가 제일 못한 거 같아."

일랑의 심사가 끝나자 내가 시무룩한 목소리로 말했다.

"무슨 소리야, 너도 완전 잘했어. 내가 만약 하수처리장에 있었더라면……. 으, 생각만 해도 끔찍해. 운이 좋았지."

'동물' 제시어를 고른 이들 중 1등을 한 것은 최우준이라는 아이였다. 이름이 어딘지 익숙해 기억을 되짚어 보니, 일랑에게 오기석을 주의하라고 알려줬다던 그 아이였다. 한때 운동선수였다는 그는 체격이 무척 컸는데 머리카락을 어깨까지 기르고 있어 꽤 눈에 띄었다.

'물' 제시어를 고른 지원자 중 1등은 강리애였는데 그녀는 오기석, 최우준과 접전 끝에 전체 1등을 차지했다. 농사꾼 K의 호명에 일어선 강리애는 거만하게 서서 박수갈채를 받았다. 자리에 다시 앉아야 할 때가 되자 그녀는 무척이나 아쉬운 듯 천천히 자리에 앉았다.

두 번째 시험에서 열 명이 탈락했다. 남은 지원자는 스무 명. 시험장 곳곳에서 우는 소리가 들렸다. 이제야 좀 친해졌는데 헤어져야 한다는 아쉬움, 여기까지 왔는데 탈락했다는 안타까움. 그런 한탄 섞인 울음들이었다. 나도 그들 틈에 섞여 소리 내어 울고 싶었다.

간신히 마음을 추스르고 있는데, 강리애가 지나가며 귓가에 속삭였다. 그 말은 내 마지막 남은 자존심마저 와장창 부수고 갔다.

"이다린, 첫 시험은 운발이었나 봐?"

얼굴이 화끈거리기 시작했다. 아무래도 이 아이는 1등을 하지 않으면 입안에 가시가 돋는 것 같았다. 1등을 뺏겼을 때는 울상이더니, 지금은 한껏 달뜬 얼굴이었다.

"너 나한테 관심이 너무 많은 거 아니니?"

나는 화가 나서 맞받아쳤다.

"아, 내가 경쟁자가 있어야 의욕이 좀 생기는 스타일이라서. 그런데 이렇게 쉽게 이기면 재미가 없잖아."

나는 속이 부글부글 끓어 더 이상 아무 말도 하고 싶지 않았다.

✦ ◇ ✦

나는 로라와 일랑, 지나와 숙소 건물 앞에 도착해 엘리베이터를 기다렸다. 지나는 등수에 연연하지 않고 합격했다는 사실만으로도 마냥 기뻐했다. 최종 스무 명 안에 들었다는 것은 충분히 기쁠 만한 일이었다.

"여기까지 올 줄은 몰랐는데, 벌써 시험을 두 개나 통과했어!"

일랑도 기분이 좋은지 방방 뛰며 말했다. 로라는 좋은 성적을 거둔 것과 달리 그다지 기뻐 보이지 않았다. 1등을 못 해서 그런 것인지 아니면 너무 좋은 티를 안 내려고 그러는 것인지, 속내를 알 수 없는 표정이었다.

나도 기분이 좋지 않았다. 왜 좀 더 좋은 콘셉트를 생각하지 못했을까. 왜 냄새를 지우는 것만 생각했을까. 다음 시험에서는 떨어질 수도 있겠다는 불안감이 엄습했다. 긍정적이기만 했던 내 마음에 부정적인 생각들이 스며들기 시작했다.

띵.

엘리베이터 문이 열렸다. 안으로 들어가려는데 누군가가 내 앞을 가로막았다.

"이다린 지원자, 잠시 드릴 말씀이 있습니다."

진행 요원이었다. 내가 당황한 얼굴로 그를 올려다보자 그는 나만 들을 수 있도록 작은 목소리로 "기념의 방에 잠시 가 주실 수 있을까요?" 하고 속삭였다.

"네?"

나는 호기심이 생겼다. 엄마와 관련된 일일지도 모른다는 생각이 들었다. 나는 엘리베이터 열림 버튼을 누르고 나를 기다리는 일랑에게 거짓말로 둘러댔다.

"먼저 가 있어. 엄마가 급한 연락을 주셨다고 하셔서."

진행 요원은 나를 기념의 방으로 안내했다. 내가 기념의 방에 들어갔었다는 사실을 알고 있는 것일까? 선호원 인턴이 말한 것일까? 내가 창립자의 딸이라는 사실 때문에 불러내는 것일까? 궁금증이 산더미였지만, 성급하게 말을 해서 문제가 되지 않도록 입을 꾹 다물고 있었다.

기념의 방으로 들어가자 잔잔히 깔린 튤레 향 사이에서 아이리스 향이 풍겨 왔다. 마음이 평화로워지는 향이자 추억이 솟아나는 향이었다. 그리고 그곳에는 환하게 웃고 있는 한 여성이 있었다.

"다린 양, 오랜만이에요."

"와, 어머. 아, 안, 안녕하세요."

나는 말문이 막혔다.

"드디어 만나게 되었네요."

"안녕하세요."

나는 정신을 차리고 고개를 90도로 숙여 인사를 했다. 그녀의 에나멜 구두가 조명에 반사되어 윤슬처럼 반짝였다. 언젠가 꼭 다시 만나고 싶었던 나의 롤 모델, 윤소민 소장이 나를 반기고 있었다.

"저, 저를 기억하시나요?"

"그럼요, 그날 솜사탕 맛있었죠?"

그녀가 웃으며 말했다. 나는 좋아하는 연예인이 내 이름을 기억해 주기라도 한 것처럼 감격스러웠다.

"저는 소장님 덕분에 연구원의 꿈을 키웠어요. 꼭 만나 뵙고 싶었어요. 정말 영광입니다."

"절 아직 기억하다니 저도 영광이에요. 저도 다린 양이 너무 뛰어나서 기억해요."

윤 소장이 웃으며 말했다. 그러나 잠깐 만났던 열 살 꼬마를 이렇게 오랜 시간 기억하고 있었다는 것이 믿기지 않았다. 조금 전 시험에서 혹평을 받았기에 뛰어나다는 말은 오히려 듣기 괴로웠다. 내 시선은 차츰 아래로 향했다. 첫 번째 시험이 끝났을 때 만났다면 좋았을 텐데…… 마음 한구석에서 씁쓸한 생각이 몰려들었다.

"사실 다린 양을 기억하는 건 어머니, 한주혜 소장님 때문이기도 해요."

윤 소장은 본래의 차분한 어조로 말했다. 그녀는 어느새 엄마 사진이 담긴 액자를 바라보고 있었다.

"저희 엄마를 알고 계세요?"

"네, 제가 많이 따랐어요. 연락이 끊겼다가 센트 월드에서 만난 이후로 연락을 하고 지내요."

그녀는 추억에 젖은 듯한 얼굴이었다.

나는 망설이다가 말을 꺼냈다.

"엄마가 소장님께 연락을 주셨나 보네요. 엄마는 제가 이곳에 오는 걸 반대하시는데, 소장님도 그래서 절 부르신 건가요?"

"아니요, 전 다린 양을 응원해요."

"정말요? 감사합니다."

그 말은 큰 위안이 되었다. 다른 사람도 아닌 그녀가 나를 응원해 준다고 하자 나는 투정 부리는 아이처럼 그녀에게 속마음을 털어놓았다.

"전 엄마가 왜 그렇게 반대하시는지, 왜 아무것도 말씀을 안해 주셨는지 모르겠어요. 저는 엄마가 센트 스페이스 창립자이자 소장이었다는 것도 여기 와서 알았어요."

"그래요?"

그녀의 눈썹이 살며시 올라갔다. 내가 아무것도 모른다는 사실을 몰랐던 눈치였다.

"네, 제가 아직 모르는 얘기들이 많은 거죠?"

"그렇겠네요……."

그녀가 뒷말을 흐렸다. 나는 궁금해지기 시작했다. 엄마가 하지 못한 이야기들을 윤 소장님에게서는 들을 수 있지 않을까? 그녀는 연구원 시절의 엄마를 아는 사람이었다.

"괜찮으시면 엄마에 대해 알려 주실 수 있을까요? 엄마가 여기서 어떻게 일하셨는지 궁금해서요."

"좋아요."

그녀는 흔쾌히 대답해 주었다.

"이런 얘기 정말 오랜만이네요. 음, 소장님은 말이죠, 항상 늦게까지 일하시면서도 미소를 잃지 않으셨어요. 후각이 누구보다도 뛰어나셨는데도 늘 더 노력하셨죠. 후배들도 많이 따랐어요. 욕심이 많은 분이셨지만, 능력도 뛰어나셨거든요. 센트 월드를 기획해 세상에 내놓은 사람도 소장님이셨으니까요."

"네? 엄마가 센트 월드를 기획하셨어요?"

화들짝 놀랐다. 당연히 이것 역시 처음 듣는 이야기였다. 나는 엄마에 대해 아는 것이 너무 없다는 생각이 들었다.

"네, 대단하셨죠. 처음 한 소장님이 센트 월드를 기획할 당시만 해도 다들 후각 테마파크는 말도 안 되는 일이라고 생각했거든요. 기술적으로 구현하는 게 어렵기도 하고 후각적 요소로 사람들을 즐겁게 만든다는 게 사실상 불가능하다고 판단한 거죠. 그런데 한 소장님이 모두의 반대를 무릅쓰고 프로젝트를 끝까지 해내셨어요. 그 결과 센트 그룹이 한 단계 더 발돋움하게 되었죠. 저도 그 프로젝트 팀원이었고요."

나는 의아했다. 엄마는 센트 월드 방문을 꺼리셨고, 내가 열 살 때 그곳에 간 뒤로는 두 번 다시 그곳에 가지 않았다. 엄마는 자신이 기획한 곳을 왜 그리 멀리했을까? 궁금증은 꼬리에 꼬리를 물고 점점 커졌다.

"소장님, 여기에는 그런 내용이 없던데요?"

나는 센트 그룹의 일대기가 담긴 스크린을 가리키며 물었다. 그녀의 얼굴에 그림자가 드리워졌다.

"오늘 이 자리에서 다 말해 줄 순 없어요. 하지만 한 가지 말해 주고 싶은 건 다린 양은 어머니를 충분히 자랑스러워해도 된다는 거예요. 그 사고만 일어나지 않았어도 제일 위의 액자에는 한 소장님의 사진이 걸렸을 거예요. 어쩌면 사고가 났을 때 임신 중만 아니셨어도……."

그녀의 목소리가 조용하고 가늘게 바뀌었다.

"네? 엄마가 저를 임신하셨을 때 사고를 당하셨나요?"

"맞아요, 그래서 상황이 더 심각해졌죠."

난 정말이지 아무것도 모르고 있었다.

"저는 아는 게 없……."

그때 그녀의 워치가 깜박거렸다. 호출이 온 것인지 그녀는 워치로 전화를 받았다.

"여보세요? 아, 네. 네!"

윤 소장은 곧 창백해진 얼굴로 전화를 끊었다.

"다린 양, 나는 이만 가 봐야 할 것 같아요. 우리 또 만나요."

"네, 시간 내 주셔서 감사합니다."

윤 소장은 황급히 기념의 방을 나갔다. 그녀가 나간 자리에 아이리스의 잔향이 비행운처럼 길게 퍼져 있었다. 나를 부른 이유는 엄마 때문이었을까? 의문을 다 풀지 못해 마음이 답답했다.

숙소로 돌아가는 길, 무수히 많은 질문들이 쏟아졌다. 엄마에게는 어떤 일들이 있었던 것일까? 시험을 마치게 되면 엄마에게서 모든 이야기를 들을 수 있을까? 알 수 있는 것은 아직 아무것도 없었다.

혼자 생각을 정리하고 싶었지만 달리 갈 곳이 없었다. 너무 늦어지면 아이들이 걱정할 것 같아 터덜터덜 숙소로 들어가 문을 열었다. 일랑이 거실 소파에 혼자 앉아 있었다.

"다린아, 부모님이랑은 연락 잘 하고 왔어? 무슨 일 있는 건 아니지?"

"어? 어어, 별일 아니었어. 로라랑 지나는?"

"수영장 갔어. 나는 너 데리고 가려고 기다리고 있었지. 우리도 얼른 가자."

일랑은 수영복까지 챙겨 놓고 나를 기다리고 있었다.

"아, 나는 그냥 좀 혼자 있고 싶어서……. 기다렸을 텐데 미안해."

나는 수영장에 갈 기분이 아니었새.

"그래? 아니야, 나도 수영장 별로 안 가고 싶었어. 우리 2층 라운지 가 볼래? 다린이 너 책 좋아한다며. 같이 가 보자."

일랑은 내가 심란한 것을 알고, 기분을 풀어 주려는 듯했다.

"책? 라운지에 책이 있어?"

나는 책이라는 말에 반색했다. 머릿속이 복잡할 때는 더더욱 책이 필요했다.

"어, 서재처럼 꾸며 놓았대. 가 보자. 너 되게 고민되는 얼굴인데 가서 기분 전환이라도 하고 오자."

"고마워."

라운지는 작가의 서재같았다. 양장본 수백 권이 책장에 꽂혀 있었고, 고동색 테이블 위에는 만년필 여러 자루가 놓여 있었다. 연필을 깎는 듯한 서걱서걱 소리가 조용히 흘러나왔고, 짙은 연필심 향이 무거운 듯 바닥에 깔렸다. 책의 분위기와 어울리는 향수 몇 개도 전시되어 있었다.

테이블 앞으로는 디근 형태의 널찍한 소파가 있었는데, 대자로 누워도 될 정도로 폭이 넓었다. 소파에선 무스탕, 벽난로, 재즈가 연상되는 스모키한 가죽 향이 났다. 소파로 걸어가는데

소곤거리는 목소리가 들려왔다.

"강리애 걔, 너무 잘하지 않냐? 혹시 후각 증진제 사용한 거 아니야?"

소파에서 몇 명이 이야기를 나누고 있었다. 모로 누워 있어서 얼굴은 보이지 않았지만 목소리는 또렷하게 들렸다.

"쉿!"

일랑이 집게손가락을 입술에 갖다 댔다. 나는 자연스레 숨을 죽였다.

"그 알약? 먹으면 후각이 좋아진다는 그거?"

"어어. 왜, 지난번 뉴스에도 나왔잖아. 요즘 후각 학원 학생들이 후각 증진제를 먹는 사건들 때문에 골머리 앓고 있다고."

심장이 쿵쿵 뛰었다. 강리애라는 이름에서 한 번, 후각 증진제라는 단어에서 또 한 번.

"그래도 걔, 전액 장학생이라며. 실력 좋은 애가 그걸 왜 먹어."

"얘는······. 1등 안 놓치려고 먹을 수도 있지. 강리애 집착 장난 아닌 거 소문 다 났잖아. 그 얘기 못 들었어? 중학생 때 학원 정기 시험에서 1등 한 번 놓치고서 1등 한 애한테 가서 비결이 뭐냐, 커닝한 거 아니냐 따지고, 선생님한테 가서는 '문제가 잘못 나온 거 아니냐, 채점 기준이 뭐냐' 하면서 아주 그냥 들들 볶았다잖아."

"진짜?"

"응, 그 뒤로 한 번도 1등 안 놓치고 고등학생 내내 장학금 받았고."

"나도 후각 증진제 같은 거 먹으면 1등 할 수 있으려나?"

"이미 늦었어. 여기서 어떻게 구해."

"대박."

일랑이 거의 소리를 내지 않고 말했다. 나는 아무 소리도 내지 않고, 일랑에게 나가자고 손짓했다. 더 이상 어정쩡한 자세로 엿듣고 싶지는 않았다. 우리는 조용히 그곳을 빠져나와 방으로 향했다.

방에 도착하자 우리는 그제야 숨을 크게 내쉬었다.

"저 말 사실일까? 후각 증진제?"

내가 말했다. 일랑은 뛰어오느라 헝클어진 머리를 묶으며 대답했다.

"그러게, 아니 땐 굴뚝에 연기 나려나?"

일랑은 그들의 말을 믿는 눈치였다. 그러나 나는 센트 그룹을 믿었다.

"글쎄, 만약 약을 먹는다면 걸리지 않을까?"

"약을 사용해도 잡기 어려우니까 학원가에서 문제인 거 아니겠어?"

일랑의 말도 일리가 있었다.

"휴, 뛰었더니 목마르다. 나 물 좀 마시고 올게. 너도 마실 래?"

"아니, 괜찮아."

일랑이 물을 마시러 간 사이 나는 침대에 발을 뻗고 누워 생각에 잠겼다. 오늘은 고대하던 센트 스페이스 탐방을 하고, 윤소민 소장님도 만난 최고의 날이었다. 더없이 기쁜 날이어야 했지만, 왜인지 모르게 마음이 뒤숭숭했다. 센트 그룹에 대해 감춘 게 많은 엄마 때문인지, 후각 증진제 이야기가 나올 정도로 과열된 지원자들 때문인지, 그것도 아니면 시험에 대한 긴장감 때문인지 도무지 알 수 없었다.

창밖을 내다보자 구름이 퍼플산을 휘감고 있었다. 아름다우면서 몽환적인 모습이었다. 달빛은 구름에 가려져 희미하게 보였고, 파도는 하얀 물보라를 일으키며 잘게 부서졌다. 센트 아일랜드에서의 두 번째 날이 저물고 있었다.

6장

꿈이 있는 자에게는 꿈 냄새가 난다

이른 아침, 조식을 먹기 위해 호텔 지하로 내려갔다. 화덕에서 노릇하게 구워진 베이글 냄새가 났다. 오븐에서 갓 나온 빵들이 나무 쟁반 위를 차근차근 채워 나갔다. 사과잼 향, 아카시아꿀 향이 코끝을 자극하고 커스터드 크림이 꽉 찬 델리만쥬, 코코넛을 얇게 저며 눈송이처럼 뿌려 낸 토스트 등이 내 눈을 즐겁게 했지만, 입맛은 없었다.

이제 두 번의 시험이 남아 있었다. 앞으로 몇 시간 뒤에는 또 몇 명이 탈락할 것이다. 그게 내 옆에 있는 친구일 수도 있고, 나일 수도 있는 것이다. 하지만 지나는 그 모든 사실을 잊은 듯 한껏 신나 있었다.

"여기를 빵의 정원이라고 부르고 싶어. 삼림욕이 아니라 빵림욕 어때? 내가 방금 만든 말이야."

지나가 세 접시째 빵을 가져오며 말했다. 그녀 앞에는 꾸덕하게 구워진 브라우니가 있었다.

"언제 맡아도 좋은 향이기는 하지."

일랑이 샐러드 위에 올려진 조막만 한 크루통 몇 개를 집어 먹으며 말했다. 원래도 소식을 한다는 그녀는 양이 더욱 줄었는지 벌써 배가 부르다고 했다. 로라는 눈이 벌게져 있었다. 잠을 통 못 잔 듯했다. 센트 아일랜드 입성 3일 차, 대부분의 지원자들은 점점 예민해져 갔다.

나는 오믈렛 하나를 먹고 따뜻한 차 한 잔을 마실 생각이었다. 주문을 하면 바로 오믈렛을 만들어 주기 때문에 앞에서 잠시 동안 기다려야 했다. 내 옆에 다른 아이 하나도 줄을 섰다. 흘낏 보니, 최우준이었다.

그도 나를 알아봤는지 말을 건넸다.

"안녕?"

최우준은 검정 머리끈으로 긴 머리를 질끈 묶고 있었다. 눈빛은 생기 있었고, 말투는 다정했다.

"안녕, 너도 오믈렛 기다리는 중이야?"

내가 물었다.

"어, 너무 맛있어서 한 번 더 먹으려고. 원래 계란에 간을 잘못하면 너무 심심하거나 짜기 마련이거든. 잘못하면 비린 맛도 나고. 아, 내가 미각이 좀 예민해. 이건 간도 딱 맞고 풍미가 살아 있어. 믹서기에 갈았는지 크림처럼 부드럽더라고. 채소들도 알맞게 잘 익어서 식감이 좋아. 케첩도 셰프님이 센트 아일랜드에서 키운 토마토로 직접 만드신 거래."

그가 입맛을 다시며 요목조목 말했다. 지나와 비슷한 면이 있는 아이였다.

"너 푸드 연구원이 꿈이구나?"

"어? 어떻게 알았어?"

"꿈이 있는 자들에게는 꿈 냄새가 나거든."

나는 장난기 어린 목소리로 말했다. 이 말은 사실 아빠가 해준 말이었다.

"멋있는 말인데? 나한테서 꿈 냄새가 나는 거야?"

"응."

"너는 이름이 뭐야? 나는 최우준."

"난 이다린. 네 이름은 일랑이한테서 들었어."

"아, 그래?"

우준은 일랑의 이름이 나오자 쑥스러운 듯 머리를 만졌다.

"아, 맞다. 저기 앉아 있는 친구도 푸드 연구원이 되고 싶어해. 이름은 유지나. 저 친구도 음식과 관련해서는 진심이거든."

"아? 저 아이 이름이 유지나구나. 얼굴은 알고 있어."

가볍게 이야기를 나누는 사이 오믈렛이 나왔다. 그와 인사를 하고 테이블로 돌아왔을 때, 내 자리의 왼쪽에는 오기석 일행이 자리를 잡고 있었다.

"로라야, 잘 잤어?"

그는 대각선 방향에 앉아 있는 로라에게 인사를 했다. 나는 언제부터 오기석이 로라와 인사를 하는 사이가 된 것인지 의문이었다.

"오늘도 그 목걸이 하고 왔네?"

그가 로라를 빤히 보며 능청스럽게 말했다. 그 말에 우리들은 로라의 목걸이를 바라보았다. 동그란 실버 펜던트에 뭔가가 새겨져 있었다. 딱히 인상 깊은 디자인은 아니었다. 나는 오기석이 불편했다. 우준에게 들은 이야기가 사실이라면 오기석은 조심해야 할 인물이었다. 일랑과 나는 그를 주의하자는 무언의 눈빛을 나누었다.

"목걸이 예쁘다."

"어, 고마워."

오기석의 말에 로라는 손으로 그 목걸이를 가리며 수줍게 미소를 지었다. 그간 봐 온 시큰둥한 표정은 온데간데없이 사라져 있었다. 오기석은 로라에게 관심이 있어서 저러는 것일까? 로라가 오기석에게 마음이 있는 걸까? 알 수 없지만 나는 로라에게 오기석을 조심하는 게 좋겠다고 말해 주고 싶었다.

식사를 마치고 숙소로 돌아가는 길에 일랑이 나보다 빠르게 로라에게 말했다.

"로라야, 오기석이랑 언제부터 알게 된 거야? 둘이 친해 보이던데?"

"그래? 그냥 뭐, 어제 수영장에서 어쩌다 보니까……."

로라는 부끄러운지 조용한 목소리로 말했다.

"로라야, 걔 조심해."

"왜?"

일랑이 주의를 주자 로라가 궁금하다는 기색을 내비쳤다. 그녀의 눈이 배로 커져 있었다. 그때 지나가 앞으로 오더니 어이없다는 표정으로 일랑에게 말했다. 지나는 어제 일랑에게 화를 낸 이후, 아직까지 일랑과 말을 섞지 않는 상태였다.

"일랑아, 오기석이 네가 아니라 로라한테 관심 가질 수도 있는 거지 뭘 조심하라고 해. 설마 질투 나서 그러는 건 아니지?"

"뭐? 무슨 소리야?"

일랑이 기가 차다는 듯 대꾸했다. 로라는 지나의 말에 의심스러운 눈초리로 일랑을 바라보았다.

"아니, 그게 아니고……."

"아니, 말 안 해도 돼. 나 그냥 안 듣고 싶어."

일랑이 해명하려 했지만, 로라는 미간을 찡그린 채 한마디 하고는 빠르게 지나쳐 버렸다. 나와 일랑은 얼빠진 사람처럼 그 자리에 멍하니 멈춰 섰다. 지나는 로라의 뒤를 따라 천천히 걸어갔다.

"대체 이게 무슨 상황인 거야?"

일랑이 볼멘소리를 했다. 나는 고개를 절레절레 저었다.

세 번째 시험은 첫날 식사를 했던 센트 뷔페에서 진행되었다. 그곳은 매우 고급스러운 뷔페 레스토랑이었다.

납작한 X자 모양인 센트 뷔페의 중심부에는 식사를 할 수 있는 거대한 홀이 있었다. 식사 시간에 요리는 향의 강도에 따라 네 개의 구역으로 나뉘어 있었는데, 위쪽 두 구역에 상대적으로 향이 약한 음식들이 있었다. 연어 샐러드, 라따뚜이, 딱새우 찜, 망고토마토 파스타, 대왕송이 수프, 오레오 치즈 빙수, 블루베리 수플레, 꿀 자몽, 체리호박 파이, 감귤 타르트 등이었다. 아래 두 구역에는 고수 무침, 양갈비, 킹크랩 찜, 토마호크 스테이크, 숯불 대창 구이, 탱글보리 떡볶이, 닭 목살 튀김, 매콤한 주꾸미 볶음, 블랙 치킨 카레, 홍어 삼합 등 맵거나 상대적으로 향이 진한 음식들이 모여 있었다.

그러나 오늘은 시험을 위해 모인 것이기에 아무런 음식도 준비되어 있지 않았다. 우리는 뷔페 한가운데 있는 원형 식탁에 둘러앉아 이야기를 나누었다.

"보통은 세 번째 시험이 가장 어렵게 나온대."

일랑의 말에 나는 화들짝 놀랐다.

"정말?"

"글쎄? 그건 모르는 거지."

지나가 퉁명스럽게 대꾸하자 로라는 덤덤하게 말했다.

"어차피 뒤로 갈수록 어려울 수밖에 없어. 잘하는 애들만 남으니까."

아침 식사 때 이후 굳어진 분위기는 여전히 풀리지 않은 채였다. 그때 뷔페 문이 활짝 열리더니 한 남자가 들어왔다. 우리 모두의 시선이 그에게 향했다.

"안녕하십니까, 접시 위에 요리를 담고 향으로 맛을 풀어내는 센트 푸드 소장 연수혁입니다. 아침은 맛있게 드셨나요?"

반질반질하게 닦인 구두를 신은 그는 요리용 가운을 입고 요리용 모자를 쓰고 있었다. 이마에 주름이 깊게 파여, 연구소장 중에서 가장 나이가 많아 보였다. 어수선했던 아이들은 센트 푸드 소장이 등장하자 언제 그랬냐는 듯 열렬하게 환호를 퍼부었다.

"네! 감사합니다. 요즘 우리 센트 푸드 경쟁률이 갈수록 높아지고 있습니다. 그만큼 요리와 향에 대한 관심이 늘어났다는 얘기겠죠? 아마도 5년 전 발간하기 시작한 〈플레이트 TOP 100〉이 우리 연구소의 장점을 더욱 잘 전달해 준 것 같습니다. 소장으로서 매우 뿌듯한 일이지요. 아마 이 자리에는 그 식당들을 방문하며 푸드 연구원의 꿈을 키우는 지원자들도 있을 거라 생각합니다. 맞습니까?"

"나야, 나."

지나가 작게 말했다. 몇몇 아이들은 하늘 높이 손을 올려 소장의 의견에 동의를 표했고, 연수혁 소장은 뿌듯한 미소를 지었다.

"우리 연구소에서 특히 중요하게 여기는 것은 완성된 요리의 향을 얼마나 잘 기억하고 묘사하는가 하는 것입니다. 기억하지 않으면 발전은 없습니다. 여러분의 후각이 얼마나 음식에 기민하게 반응하는지 알아보고자 이 시험을 준비했으니 모두 성심성의껏 시험을 치러 주시기 바랍니다."

그는 가운을 펄럭이며 홀을 벗어났다. 어김없이 천장에 달린 모니터가 켜지고 농사꾼 K가 나타나자 나는 심장이 콩닥거리기 시작했다.

—소장님 말씀 잘 들으셨나요? 곧이어 세 번째 시험을 치르도록 하겠습니다. 이번 시험은 팀전입니다. 20분간 자유롭게 네 명이 팀을 이루어 주세요.

"또 팀전이야."

"누구랑 팀을 하지?"

홀 안은 부산스러워졌다. 처음에는 친한 사람끼리 팀을 이루는 경우가 많았지만 이제는 서로의 얼굴과 실력을 대부분 아는 상태이기 때문에 전략적으로 생각하는 이들이 많았다.

"오늘은 다른 아이들과 팀을 해 볼까 봐."

일랑이 선전포고를 했다. 지난 시험에서 두각을 나타냈기 때문에 그녀라면 얼마든지 좋은 팀을 꾸릴 수 있을 것 같았다.

"다린아, 나 너랑은 같이 하고 싶어! 일단 다른 애들도 찾아볼게."

일랑은 내게 귓속말로 속삭이더니 내가 대답하기도 전에 다른 곳으로 향했다. 나는 주위를 두리번거렸다. 다른 아이들도 움직이기 시작했다.

내 근처로 강리애와 오기석이 함께 걸어오는 것이 보였다. 실력 있는 아이들이지만 결코 팀을 이루고 싶진 않았다. 그건 강리애도 마찬가지일 듯해, 나는 의아한 얼굴로 그녀를 쳐다보았다.

어수선하게 움직이는 아이들을 헤치고 강리애가 내 앞에 섰다. 그녀는 건조한 입술을 씰룩이며 말했다.

"이다린, 잘해 봐."

그러더니 나를 쓱 지나쳤다. 괜히 시비를 거는 모습에 화가 치밀었다. 알고 보니 둘은 로라를 향해 가는 것이었다. 셋은 금방 이야기를 끝냈다. 나는 로라를 얼른 말리고 싶었다. 오기석과 강리애는 다른 아이들에게 갔고, 나는 그사이 로라에게 다가갔다.

"로라야, 내가 들었는데 오기석 진짜 위험한 애야. 웬만하면 같이 하지 마."

나는 로라에게 다급한 목소리로 말했다. 그러나 로라는 듣기 싫다는 듯 고개를 저었다.

"또 그 얘기야? 내가 알아서 할게. 그리고 나 쟤네들이랑 이미 하기로 했어."

그녀는 뒤도 안 돌아보고 강리애에게 갔다. 더 이상 내가 왈가왈부할 수 없었다. 헛헛한 마음을 뒤로하고 나도 팀을 꾸리기 위해 걸음을 옮겼다.

"저기 다린아, 나랑 같이 할래?"

한 남자아이가 나에게 먼저 말을 걸었다. 수줍은 말투와 어색한 미소가 수더분해 보였다. 지난번 시험에서 크게 두각을 나타내진 않았는지 변재현이라는 이름은 알고 있었지만 그에 대한 기억은 딱히 없었다. 그래도 협조적인 성격으로 보여 팀을 하기에 나쁘지 않을 것 같다는 생각이 들었다.

그런데 나는 아까부터 지나가 마음에 걸렸다. 지나는 제자리에서 몸을 웅크린 채 꼼짝하지 않고 있었던 것이다. 그동안 두각을 드러내지 못했기 때문인지 팀을 꾸릴 시도조차 하지 못하고 있는 것처럼 보였다. 지나의 성격이라면 충분히 그러고도 남는다는 생각이 들었다. 그러나 지나는 조금 덤벙거리기는 해도 실력이 없지 않았다.

나는 지나와 팀을 이루고 싶은 마음에 재현에게 의사를 물었다.

"나 저 친구랑도 같이 하고 싶은데 너도 같이 할래?"

지나를 본 변재현의 얼굴에서 미소가 사라졌다.

"정말이야? 저 뚱…… 아니, 저런 아이랑 같이 한다고?"

"저런 아이?"

"너 진짜 저 아이랑 하고 싶은 거야? 잘 생각해. 인턴 선발이 코앞인데, 쟤랑 팀을 하는 건 너무 모험이야. 나는 너랑 팀을 하고 싶지만 쟤랑은 하고 싶지 않아. 선택해 줘."

그 말에 숨이 턱 막혔다. 저런 아이라니? 마찰이 없을 것 같다는 내 생각은 잘못된 것이었다. 지나는 순발력이 있는 것과는 거리가 멀었지만 센트 푸드에 대해 잘 알고 열정과 재능이 있다는 생각이 들었다. 나는 변재현에게서 단숨에 돌아서며 쌀쌀맞게 말했다.

"그래? 나는 지나랑 할게. 안녕."

그러고는 곧장 지나에게 갔다.

"지나야, 나랑 하자."

"진짜?"

그녀의 두 눈이 동그랗게 커졌다.

"응."

"고마워, 아무도 나랑 같이 안 할 거라 생각했어. 그래서 그냥 가만히 있었는데…….”

애벌레처럼 웅크리고 있던 지나가 구부린 등을 펴며 말했다. 워치를 보니 시간이 10분밖에 남지 않아 마음이 급해졌다.

“이럴 때가 아니야. 우리 두 명 더 구해야 해! 로라는 이미 오기석네로 갔고, 일랑이는 우준이랑 같이 하기로 한 것 같은데, 어서 찾아서 넷이 하자.”

내 말에 지나의 표정이 급격하게 굳었다.

“그건 안 될 거야. 안 한다고 할 거야, 걔가. 나 싫어하잖아.”

“아니야, 싫어하다니…….”

확실히 그건 오해였다. 일랑이 지나가 기분 나쁠 만한 말을 실수로 했던 건 맞지만, 지나에게 나쁜 감정이 없다는 건 알 수 있었다.

“기다려 봐.”

마침 일랑이 보여 나는 그녀에게 걸어갔다.

“일랑아.”

“다린아, 누구 구했어? 나 우준이랑 같이 하기로 했어. 안 그래도 너한테 가려던 참이었어.”

“그게, 우리 지나랑 넷이 하는 거 어때?”

내가 일랑에게 말했다. 그러나 일랑은 한 치의 망설임도 없이 차갑게 말했다.

“이번에도 굼뜰 게 뻔해, 쟤.”

일랑은 그렇게 말하더니 내게 새로운 제안을 했다.

"우리 셋이 하고 한 명을 다른 아이로 짜는 게 어때?"

그러면서 일랑은 저쪽에 있는 여자아이를 가리켰다. 나는 이미 지나에게 같이하자고 한 상태였다. 마음이 복잡하고 불편했다. 약속을 깨는 것은 내 방식이 아니었다.

"아, 미안해. 나 이미 지나랑 같이 하겠다고 했거든."

일랑과 함께하지 못해 아쉬운 마음이 들었지만, 달리 방법이 없었다.

"그거야 취소하면 되는 거지. 8분 남았어. 잘 생각해. 크루즈 미션 때도 그렇고, 차밭 시험 때도 그렇고, 느려 터졌던 거 기억 안 나?"

이 시험은 내게 중요한 것이었고, 반드시 합격해야 했다. 그래도, 그래도 약속을 깨고 싶지는 않았다. 지나는 여전히 궁상맞게 몸을 옹그리고 있었다.

"미안해, 일랑아. 지나랑 이미 약속해 버렸어. 근데 일랑아, 이번 시험이 센트 푸드 주관이잖아. 그래서 난 누구보다도 지나가 잘할 거라고 믿어. 그리고 오해하는 것 같아서 하는 말인데, 차밭 시험에서는 지나가 느려서 그런 게 아니었어. 누가 바구니를 훔쳐 갔던 거지."

"다린아, 너 그거 진짜 믿어? 완전 거짓말이잖아."

일랑은 지나의 말을 믿지 않았다. 어느덧 그녀 뒤에는 우준이 와 있었다.

"아니야, 거짓말 같아 보이지는 않았어."

"알겠어, 우준이랑 상의해 볼게."

"응."

나는 성과 없이 돌아가야 했다. 상의해 보겠다고 했지만, 우준은 변재현처럼 반응할 것이 분명했다. 마지막에 남는 둘을 찾아봐야 할지도 모른다고 생각하니 막막한 기분이 들었다.

지나에게 향하는데 센트 스페이스에서 나를 찾아왔던 박세란과 김경아가 보였다. 그녀들은 팀을 다 꾸린 듯했다. 감기에 걸렸다는 노규리와 다른 한 남자아이가 함께 있었다. 괜스레 짜증이 났다. 저 둘에게 같이 하자고 말할 걸 그랬나? 둘은 만족스러운 선택을 했는지 깔깔거리며 웃고 있었다.

"지나야, 다른 팀원 구했어?"

지나는 여전히 몸을 굽히고 있었다.

"아니, 일랑이가 안 한다고 했지? 거봐, 걔는 날 완전히 싫어해. 날 무시하고. 절대 나한테 올 리가 없어."

"그런 거 아니야. 일단 다른 두 명 구해 보자. 어차피 두 명은 남게 되어 있어."

시간이 흐르자 대부분 짝이 정해지고 있었다. 나는 어슬렁거리는 두 명의 남자아이를 발견했다. 그들에게라도 가서 의사를 물어볼 생각이었다. 마지막까지 선택받지 못한 두 명과 어쩔 수 없이 짝이 되고 싶은 생각은 추호도 없었다. 그들에게 가려는 순간, 일랑과 우준이 우리 쪽으로 걸어와 말을 걸었다.

"다린아, 우리 같이 하자. 지나야, 나랑 같이 할래?"

일랑의 태도는 조금 전과 180도 달랐다.

"응? 나, 나랑?"

나보다 더 당황한 것은 지나였다.

"그래, 생각해 보니 차밭 시험에서도 네 덕이 컸던 것 같아. 그리고 우준이가 알려 줬어. 너 진짜 바구니 잃어버린 거라며? 난 사실 안 믿었거든. 그거 쟤가 한 거래."

일랑은 고갯짓으로 오기석을 가리켰다.

"뭐?"

나는 깜짝 놀랐다. 오기석은 로라 옆에서 쉴 새 없이 말하고 있었다.

"차밭에서 오기석이 바구니 하나를 내려놓는 걸 봤거든. 그런데 다른 손에도 바구니가 있더라. 그땐 그냥 지나쳤는데, 이제 보니 그 바구니가 지나 거였나 봐."

우준은 다른 아이들이 듣지 못하게 은밀한 목소리로 말했다. 자연스레 우리는 한 발자국 더 가까워졌다.

"그리고 나 원래 지나랑 하고 싶은 생각도 있었어. 일랑이가 오지 않았으면 아마 너한테 갔을 거야."

그는 또랑또랑한 눈으로 지나에게 말했다.

"나, 나한테?"

지나가 손가락으로 자신을 가리키며 말했다. 그녀의 입은 떡 벌어져 있었다.

"어, 센트 푸드 연구소 탐방 때 네가 한 말이 인상 깊었거든. 음식의 맛과 향에 대해서 나보다 빠삭한 아이는 처음 봤어. 아무래도 이번 시험은 센트 푸드 주관이니까 너랑 하는 게 좋을 것 같았어. 같이 팀 하지 않을래?"

"어? 어! 나야 고맙지……."

지나는 어쩔 줄을 몰라 했다. 그러나 일랑을 보자 기가 죽은 표정으로 변했다.

"일랑아, 넌 나랑 하는 거 괜찮아? 너, 나 싫어하잖아."

"아니야, 오해가 좀 있었어. 그동안 기분 상하게 했다면 미안해."

일랑은 자신의 태도가 삐딱했던 것을 인정하고 사과했다. 잘못을 인정하는 것이 어른스러워 보였다.

"그래, 나도 미안해. 그리고 고마워."

지나의 얼굴에도 미안함이 번졌다. 일랑은 먼저 지나의 팔에 팔짱을 꼈다.

"그럼 우리 다 같이 하는 거다!"

내 얼굴에 웃음꽃이 피기 시작했다.

"제한 시간 10분이 종료되었습니다. 지금 즉시 팀별로 테이블에 앉아 주시기 바랍니다."

진행 요원이 시간을 알렸고, 우리 네 명은 한 줄로 앉았다. 나와 일랑, 지나, 우준이 한 팀이 되었고, 로라는 오기석, 강리애, 한유호와 한 팀이 되었다. 저들은 누가 봐도 막강해 보였지만 나는 우리 팀도 잘할 거라 믿었다.

농사꾼 K가 박수로 신호를 보내자, 수십 명의 직원들이 갓 요리한 산해진미를 가지고 왔다. 음식들에서는 오랫동안 끓인 국물에서 날 법한 깊고 진한 향, 불에 달궈진 뜨거운 간장의 향, 고소한 들기름 향, 식욕을 불러일으키는 고기 향, 미나리와 깻잎 향, 달콤하게 졸여진 양파 향, 뜨끈한 수프 향, 쿰쿰한 매력의 트러플 향, 신선한 과일 향 등이 줄줄이 풍겼다. 우리들은 가득 채워지는 요리를 보며 무슨 시험이 나올지 유추하기 시작했다.

"음식을 맞히라는 시험 같은데?"

우준이 의견을 말했다. 지나도 자신만의 추측을 더해 갔다.

"그냥 맞히기보다는 뭔가 더 어렵게 할 것 같아. 눈 가리고 음식 먹은 다음에 맞히는 건 아닐까?"

"난 먹는 것만 아니면 좋겠어. 여기서 먹다가는 체할 것 같아."

일랑은 센트 푸드 시험을 앞두고 긴장한 듯했다.

"괜찮아, 일랑아. 먹는 건 절대 아닐 거야."

나는 그렇게 말하며 일랑을 안심시켜 주었다. 곧이어 농사꾼

K가 고글처럼 생긴 것을 쓰고 나타났다.

—제가 쓰고 있는 안경은 센트 글라스입니다. 이번 시험은 이 센트 글라스와 함께합니다.

"저거 꼭 저팔계가 쓴 선글라스처럼 보이는데?"

기분이 좋아진 지나가 센트 글라스를 보더니 장난스럽게 말했다. 시험을 앞두고 긴장했던 우리는 지나 덕분에 웃음이 빵 터져 버렸고, 한 줌의 여유가 스며들었다.

—여러분! 센트 아일랜드에서 와서 가장 처음으로 식사했던 장소 기억나시나요?

농사꾼 K는 퀴즈 쇼 아나운서 같은 목소리로 물었다.

"네. 센트 뷔페요."

"뷔페 레스토랑이요."

—맞습니다. 그런데 저희가 왜 센트 뷔페를 첫 번째 식사 장소로 선택했을까요?

"여러 음식을 제공하기 위해서요."

"제일 맛있어서요?"

—그 이유는 뷔페야말로 가장 다양한 음식과 향이 있는 곳이기 때문입니다. 시험 출제할 때 아주 좋겠죠? 그럼 지금부터 세 번째 시험 주제를 발표하겠습니다. 센트 뷔페에서 선보인 음식의 향을 찾아 주세요!

무려 이틀 전에 먹은 요리가 시험 문제라고 하자 나는 당황했다. 지나는 센트 뷔페에서 먹은 메뉴들을 급히 읊조리기 시작했다.

화면이 바뀌고 농사꾼 K는 시연 영상과 함께 설명을 이어갔다.

—센트 글라스를 끼면 음식 향이 흘러나옵니다. 향을 맡으면 해당하는 음식으로 뛰어가서 그 앞에 있는 버튼을 누르시면 됩니다. 제한 시간 20분 내에 더 많은 음식을 맞추는 팀이 승리하는 방식입니다.

지원자들의 시선이 일제히 음식 앞에 놓인 주황색 버튼으로 향했다.

—몇 가지 유의 사항을 말씀드리겠습니다. 첫째, 저희가 준비한 음식의 향은 총 50개이고, 팀별로 맡게 되는 향의 순서는 다릅니다. 최종 결과는 시험 종료 이후 확인 가능합니다. 둘째, 팀원들은 돌아가면서 릴레이로 진행을 해 주셔야 합니다. 다만 답을 모를 시에는 준비 구역에 있는 파란색 '통과' 버튼을 눌러 주시면 됩니다. 통과 횟수에 제한은 없지만 한 번 누를 때마다 제한 시간이 1분씩 줄어들게 됩니다. 다섯 개 팀 중 점수에 따라 최하위 두 팀은 전원 탈락하며, 그다음 두 팀은 한 명씩 탈락하게 됩니다. 자! 이해하셨죠?

전원 탈락이라니! 이 팀에 내 운명이 달려 있고, 나에게 이 팀의 운명이 달려 있기도 했다.

"팀별로 릴레이 순서를 정해 주시고 첫 주자는 앞으로 나와 주세요. 첫 주자는 자동으로 팀장이 됩니다."

진행 요원의 말에 따라 우리 팀은 일랑을 첫 주자로 내세웠다.

"나 잘하고 올게. 얘들아 파이팅!"

긴장했는지 일랑의 목소리가 떨렸다. 각 팀 첫 번째 주자는 센트 글라스를 끼고 준비 구역에 섰다. 준비 구역과 나머지 팀원 사이에는 약 1m의 거리가 있었다. 냄새가 새어 나오더라도 다른 팀원이 힌트를 주기 어려운 거리였다. 센트 뷔페는 X자 모양이라 어느 방향으로 나가게 될지 알 수 없었기 때문에, 주자들은 당장이라도 뛰어나갈 것처럼 자세를 잡기보다는 냄새가 나오는 센트 글라스에 집중하고 있었다.

어느덧 천장 모니터는 야구장 전광판처럼 현황을 확인할 수 있도록 바뀌었다. 각 팀장의 이름 옆에는 팀마다 문제를 푼 개수와 남은 시간이 뜨는 듯했다.

또다시 북소리가 울려 퍼졌다. 심장박동이 빨라지기 시작했다. 둥둥 울리는 북소리는 시작을 기다리고 있는 첫 주자들과 서로의 어깨에 팔을 두르고 응원하는 지원자들 모두의 귓가에 파고들었다. 갈수록 북소리는 고조되었다. 잠시 후 북소리가 뚝 멈추고 딱딱한 기계음으로 카운트다운이 시작되었다.

—3, 2, 1, 시작!

"가자!"

"노규리 파이팅."

"빨리빨리!"

"황민욱 잘한다!"

곳곳에서 함성이 들렸다. 그 소리는 환호이기도 했고, 야유이기도 했고, 채찍이기도 했고, 탄식이기도 했다. 일랑은 코를 킁킁거리며 냄새를 맡았다. 대부분이 냄새를 맡자마자 출발했는데 일랑은 그 자리에 가만히 있었다. 그녀는 아직 음식의 정체를 파악하지 못한 듯했다. 물론 빨리 출발하는 게 답은 아니었다. 변재현은 시험 시작 소리에 거의 반사적으로 튀어 나갔지만, 음식 코너를 한 바퀴 돌며 주저하고 있었다. 그사이 노규리와 강리애는 재빨리 버튼을 누르고 돌아왔다. 그녀들은 센트 글라스를 다음 주자에게 넘겨주었다.

"천일랑 파이팅!"

나는 일랑을 향해 외쳤다. 일랑은 신중하게 고민하는가 싶더니 조개탕을 고르고 첫 주자 중 제일 늦게 자리로 돌아왔다.

"일랑아, 처음이라 떨렸을 텐데 너무 잘했어. 완전 최고야."

나는 늦게 온 일랑이 의기소침해하진 않을까 싶은 마음에 격려를 퍼부었다. 다음 주자인 지나는 일랑에게 "수고했어." 하고 외치고는 곧바로 센트 글라스를 꼈다. 그녀는 센트 글라스를 낀 지 얼마 지나지 않아 곧장 블루베리 수플레 앞으로 가더니 버튼을 누르고 빠르게 돌아왔다. 일랑이 시간을 끈 것을 만회할 만큼 엄청난 속도였다. 우리 팀은 환호했다.

다음은 내 차례였다. 지나에게 센트 글라스를 넘겨받자 관자놀이에서 한기가 느껴졌다. 곧이어 안경 콧대 사이로 스멀스멀 향이 솟구쳤다. 고슬고슬하게 지은 밥 냄새. 뜨끈하게 달궈진 솥 밥의 향이었다. 솥 밥은 기억나는 것만 해도 대여섯 종류가 넘었다. 그러나 밥알 속에 감춰진 독특한 향취를 느끼자 절로 미소가 번졌다. 지나가 추천해 준 덕에 먹어 보기까지 했던 음식이었다. 나는 거침없이 달려갔다. 그것은 굴 솥 밥이었다.

몇 차례 릴레이를 돌자 점차 팀끼리 격차가 벌어지기 시작했다. 의외의 인물도 보였다. 노규리였다. 그녀의 활약으로 그 팀은 엄청나게 선전하며 강력한 우승 후보인 강리애 팀마저 앞서고 있었다. 노규리는 센트 글라스를 끼자마자 한달음에 달려가서 버튼을 누르고 왔다. 몇 번이나 그랬다. 감기에 걸린 것이 맞나 싶을 정도로 누구보다 빨랐다. 그녀의 팀원들도 거의 마찬가지였다.

"우리 통과 몇 번 했지?"

일랑이 또 통과 버튼을 누르자 지나가 물었다.

"세 개."

우준이 빠르게 답했다. 세 번의 통과 버튼은 모두 일랑이 눌렀다. 일랑은 안 먹어 본 음식 냄새가 나오면 코가 마비라도 된 것처럼 그 자리에 가만히 서 있었다. 정답을 고른 횟수보다 통과를 누른 횟수가 더 많아지기 시작했다. 그녀는 점점 말수가 줄어들었다.

지나는 일랑의 몫까지 열심히 해 주었다. 그녀는 냄새를 포착하는 속도가 빨랐고, 무엇보다도 음식의 위치를 정확하게 알았다. 냄새를 제대로 파악해도 넓은 뷔페에서 이리저리 헤매는 경우도 많았는데, 지나는 한 치의 망설임도 없었다. 식당에서 가장 많이 가장 오래 가장 열심히 돌아다닌 지나가 딱 맞는 옷을 입은 순간이었다.

"노규리 팀이 지금 속도로는 압도적 1위야. 2등은 강리애 팀. 저들을 따라잡을 수는 없을 것 같아."

우준은 중간중간 상황을 전달해 줬다. 우리의 경쟁 상대는 변재현 팀이었다. 그 팀과 문제를 맞히는 속도가 비슷했다.

"변재현 팀은 남은 시간 3분, 지금까지 푼 문제는 스물한 개. 우리 팀 남은 시간은 2분, 문제 푼 개수는 열아홉 개. 이대로 가다간 4등을 하겠어."

"힘내!"

일랑이 지나에게 센트 글라스를 넘겨주었다.

"지나 파이팅."

"유지나! 유지나!"

우리는 목이 터져라 지나의 이름을 외쳤다. 지나는 글라스를 끼자마자 어딘가로 돌진했다. 그녀의 냄새 반응속도는 어느 때보다도 빨랐다. 이번에는 토마호크 스테이크로 달려갔는데, 그 음식은 지나가 극찬한 메뉴였다. 옆에서 뛰던 오기석이 지나의 갑작스러운 움직임으로 인해 넘어질 정도로 그녀는 속력을 내었다. 이번 라운드에 합격의 당락이 결정 난다는 것을 안 지나는 정말 무섭게 돌진해 버튼을 누르고 돌아왔다. 사실상 지나가 마지막일 거라 생각했는데, 지나가 누구보다도 빠른 속도로 다녀온 덕에 나에게 차례가 돌아왔다.

"변재현 팀 남은 시간 2분, 문제 푼 개수 스물한 개. 우리 팀 남은 시간 1분, 문제 푼 개수 스무 개."

우준이 급박한 목소리로 현 상황을 알려 줬다. 가장 이상적인 시나리오는 내가 음식을 맞추고, 저들은 2분 동안 하나도 못 맞추고 끝나는 것이었다. 그렇게 되어도 동점이었다. 나는 손을 덜덜 떨면서 센트 글라스를 꼈다. 그리고 속으로 계속 외쳤다. '이다린, 이다린, 빨리빨리. 넌 잘할 수 있어. 하나만 더! 제발 쉬운 걸로!' 향이 주욱 흘러나왔고, 그 향은 감사하게도 철판에 구운 랍스터 향이었다. 내가 센트 뷔페에서 제일 맛있게 먹은 음식이기도 했다.

제한 시간은 분 단위에서 초 단위로 바뀌었다. 변재현 팀의 현재 주자인 여자애는 아직 센트 글라스 냄새를 맡고 있었다. 나는 뒤도 안 보고 달렸다. 몸의 중심을 앞으로 하여 발뒤꿈치는 바닥에 닿지도 않았다. 파스타와 피자가 있는 곳을 지나치고, 매콤한 고추 향이 나는 곳을 지나쳐 끝 쪽에 있는 철판 코너로 돌진했다. 랍스터 앞에 놓인 주황색 버튼이 보였다. 땅! 나는 행여 잘못 누를까 싶어 연달아 세 번을 땅땅땅 눌렀다. 너무 세게 눌러 손끝이 얼얼할 정도였다.

　—시험이 종료되었습니다.

　"헉헉."

　나는 내 몫을 해냈다. 숨을 헐떡이며 자리로 돌아가면서도 모니터를 바라보았다. 탈락하지 않으려면 변재현 팀이 자기 몫을 해내어서는 안 되었다. 그러나 충격적이게도 변재현 팀이 정답을 선택한 개수는 스물두 개였다.

　자리로 돌아가자 우준이 하얗게 질린 얼굴로 말했다.

　"전원 탈락이야."

　"미안해, 나 때문이야. 정말 미안해."

　일랑은 코를 훌쩍이더니 와락 울음을 터뜨리기 시작했다. 나는 일랑을 달래 주고 싶었지만, 너무 허탈한 마음이 들어 아무것도 할 수가 없었다. 눈앞이 깜깜해졌다.

　"아니야, 우리 진짜 잘했어."

　지나는 일랑을 달래 주었다. 사실 우리 팀에서 가장 아쉬운 사람은 지나일 텐데, 그녀는 일랑에게 아쉬운 내색 하나 비치지 않았다.

　"우리 진짜 고생 많았어."

내가 체념하듯 말했다. 옆에 있던 우준은 말없이 일랑에게 휴지를 건네주었다. 노규리 팀에서는 끝없는 환호성이 이어지고 있었다. 반면 두 번째로 문제를 많이 풀어낸 강리애 팀은 우리보다 더 낙심한 모습이었다. 당연히 1등을 할 거라고 믿었는데 개수가 차이가 나자 낙담한 표정이었다. 1등이 아닌 이상 그 어느 팀도 마냥 좋아할 수 없는 방식이었다.

"그런데 저 숫자가 최종 점수는 아니지 않아? 아직 몇 개가 정답인지는 확인이 안 된 거잖아."

모니터를 멍하니 보던 우준히 깨달음을 얻은 듯 소리쳤다.

"아, 맞아."

일랑은 벌떡 일어서다가 나와 머리를 쿵 부딪혔다. 그래도 우리 둘은 실실 웃었다. 분위기는 삽시간에 바뀌었다. 우리에게 일말의 가능성이 생긴 것이다. 우리는 손을 맞잡고 가능성을 생각해 보았다.

약간의 시간이 흐른 뒤 농사꾼 K가 나타났다. 그의 손에는 어김없이 보랏빛 봉투가 들려 있었다.

—여러분! 드디어 세 번째 시험까지 마쳤습니다. 곧이어 성적 발표를 하겠습니다.

나는 그 어느 때보다도 긴장이 되었다.

—1등 팀은 노규리, 김경아, 정이안, 박세란 지원자 팀입니다.

그들은 승리를 자축했다. 예상한 결과라서 놀랍지도 않았다.

우리 팀은 그들보다 열 배는 느린 속도로 박수를 쳤다.

—노규리 지원자는 한 치의 오차도 없이 음식 향을 바로 파악하고 정답을 제출했는데요, 기계에 견줄 만한 실력이라 심사위원 모두가 놀랐습니다. 우승 팀 축하드립니다.

노규리가 자리에서 일어났다. 그녀는 투명한 안경을 끼고 있었는데, 조명을 받은 그녀의 투명 테가 오색찬란한 빛을 띠었다. 그 다채로운 색감만큼이나 노규리의 오늘 하루는 알록달록할 것 같았다.

"에취."

하지만 감기는 아직 완전히 낫지 않은 듯했다. 만약 감기에 걸리지 않았더라면 노규리는 더욱 압도적으로 1등을 했을 것 같았다. 무서운 실력자였다. 강리애는 자신이 1등을 못 해서 그런지 삐딱한 자세로 앉아 있었다. 그녀는 입술을 삐죽 내밀고 노규리를 못마땅한 눈빛으로 바라보았다.

—다음으로는 안타까운 소식을 전해야겠지요? 5등 팀과 4등 팀을 발표하겠습니다. 호명된 두 팀은 지금 시간 이후로 짐을 정리하여 이곳에서 떠나시면 됩니다.

내 입은 바짝바짝 말라갔다. 우준은 앉지 못하고 계속 서 있었다. 합격하면 얼마나 좋을까 하는 생각보다 탈락하면 어쩌지 하는 생각이 앞섰다. 지나는 손톱을 물어뜯고 있었다.

—5등은 황민욱 팀.

—4등은 변재현 팀입니다.

우리 팀은 모두가 놀랐다.

—이어서 3등 발표를 하겠습니다. 3등은 천일랑 팀입니다.

"와아아!"

우리 팀은 함성을 질렀다. 심장이 다시 거세게 뛰는 듯했다. 얼굴이 시뻘게진 변재현이 손을 번쩍 들었다.

"이의 있습니다. 스크린으로 점수를 봤을 때 저희가 3등이었는데 결과 집계가 잘못된 거 아닌가요?"

그의 나머지 팀원들도 단체로 일어났다. 그중 어떤 아이는 진행 요원을 붙잡고 해명하라고 늘어졌고, 우리 팀을 의미심장한 눈빛으로 노려보는 아이도 있었다. 다른 팀도 이 상황에 의문을 갖기는 마찬가지였다. 우리는 마음 편히 좋아할 수가 없었다.

—아아! 여러분들께서 궁금해하시니 자세한 내용을 말씀드리겠습니다. 앞서 최종 결과는 시험 종료 이후 확인 가능하다고 말씀드렸죠? 화면에 나타나는 숫자는 답을 맞춘 개수가 아니라 문제를 푼 개수입니다.

상황을 지켜보던 농사꾼 K는 설명을 이었다.

—변재현 팀은 총 스물두 개의 버튼을 눌렀으나 세 개의 음식을 잘못 선택했습니다. 천일랑 팀은 총 스물한 개의 버튼을 눌렀으나 한 개의 음식을 잘못 선택했습니다. 따라서 최종 집계 결과 변재현 팀은 열아홉 개, 천일랑 팀은 스무 개를 맞혀

천일랑 팀이 3등을 차지했습니다.

"꺄아아아아아아아."

희비가 극명하게 갈렸다. 복권에 당첨된다면 이런 기분인 걸까? 나는 일랑을 안았고, 지나는 나를 안았다. 우리는 얼싸안고 기뻐했다. 우준은 허공에 주먹을 휘저으며 고함을 치더니 금메달이라도 딴 것처럼 센트 뷔페를 가로지르며 달렸다.

"끝날 때까지 끝난 게 아니야."

우준이 말했다.

"그런데 얘들아……."

갑자기 지나가 뭔가를 깨달은 듯 표정이 어두워졌다. 그녀는 의자에 풀썩 주저앉았다.

"왜 그래?"

내가 지나에게 물었다. 그녀의 등이 둥글게 말려 있었다.

"우리 한 명 탈락하잖아."

"아!"

정신을 차리고 보니 또 하나의 문제가 남아 있었다. 예상치 못한 승리에 취해 잊고 있던 사실이었다. 우리는 나란히 앉아 초조한 마음으로 발표를 기다렸다. 사실 누구의 이름이 불릴지는 짐작이 갔다. 벌써부터 마음이 아려 왔다.

―3등 팀과 2등 팀에서 각 한 명씩 탈락자 발표를 하겠습니다.

시험장 분위기는 무겁게 가라앉았다. 공기마저 싸늘해지는 느낌이었다. 너무도 잔인한 시간이었다.

—3등 팀 탈락자, 천일랑. 2등 팀 탈락자, 한유호. 두 지원자는 자리에서 일어나 집에 갈 채비를 해 주세요. 짧은 시간이었지만 센트 아일랜드에서의 기억이 좋은 추억이 되셨기를 바랍니다. 안녕히 가세요.

"일랑아!"

나는 사색이 되어 일랑을 바라보았다. 일랑의 고요했던 두 눈이 위아래로 요동쳤다.

"다행이야, 나 혼자 떨어져서. 만약 나 때문에 너희들까지 탈락했으면 나 진짜 너무 미안해서 잠도 못 잤을 거야."

일랑은 덤덤해 보였다. 오히려 내 두 눈에 눈물이 고였다.

"너희는 너무 잘했어. 꼭 내 몫까지 살아남아서 인턴이 되면 좋겠어. 알겠지?"

일랑은 예상했다는 듯 담담하게 말했다. 나는 방울방울 쏟아져 내리는 눈물을 닦으며, 일랑을 꼭 껴안아 주었다.

"고생했어, 일랑아. 연락할게."

일랑의 머릿결에서 꽃향기가 났다. 지나도 우준도 모두 일랑을 위로했지만, 우리에게 허락된 시간은 길지 않았다. 진행 요원이 우리 곁으로 왔다.

"이제 그만 가셔야 합니다."

그는 단호하게 말하더니 일랑을 데리고 밖으로 나갔다. 나와 지나는 일랑이 가는 모습을 끝까지 바라보았고, 우준은 고개를 푹 떨구었다.

스무 명 중 열 명 탈락. 세 번째 시험을 치르고 남은 지원자는 이제 단 열 명뿐이었다. 이곳에서 제일 처음 사귄 친구인 일랑이 탈락하자 마음이 헛헛하고 우울했다. 센트 크루즈에서 말을 걸어 주던 모습들, 방에서 같이 초록색 팩을 붙이던 시간, 센트 뷰티를 다녀와서 신난 얼굴, 센트 라운지에서 다른 아이들의 이야기를 몰래 엿듣고 도망쳤던 일들이 겹겹이 떠올랐다.

이곳에 와서 처음 뷰티 연구원을 꿈꾸기 시작한 일랑이었다. 비록 청소년 인턴 시험에서는 떨어졌지만, 내년에 일반 전형으로 지원이 가능했다. 그동안 다른 이들에 비해 연구원을 꿈꾼 시간이 짧았던 만큼, 이제라도 그 격차를 좁혀 나가는 시간이 되기를 바랐다. 그렇게 센트 아일랜드에서 내내 곁에 있었던 일랑일랑 향이 멀어져 갔다.

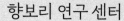

7장

향보리 연구 센터

센트 뷔페 화장실에서 눈물 자국을 닦고 나오는 길이었다. 오기석이 휴지통에 뭔가를 버리는 것이 보였다. 금속 재질의 쓰레기통 바닥에서 쨍그랑 하는 소리가 얕게 울렸다. 또 무슨 꿍꿍이를 꾸미는 건가 싶었지만 가까이하고 싶지 않아 그 아이와 거리를 유지한 채 걸었다. 센트 뷔페를 나가려는데 지나가 창백한 얼굴로 모퉁이에 서 있었다.

"지나야, 왜 그래?"

"나 배지가 없어졌어."

"로라도 잃어버리더니, 이번에는 너야?"

큰일은 아니라는 생각에 무덤덤하게 말했다.

"테이블 위에 놓고 온 거 아니야? 아니면 아까 뛰면서 떨어졌나?"

나는 뒤를 돌아 우리가 앉아 있던 곳을 가리키며 말했다.

"그런가? 한번 찾아보고 올게."

지나는 배지를 찾으러 가겠다고 했지만 나는 따라가지 않았다. 일랑으로 인해 아직 마음이 헛헛했기 때문이다. 그런데 문득 이상한 예감이 들었다. 눈앞에 금속 쓰레기통이 보였다. 이다린, 진짜 오지랖은……. 그래도 혹시 모르잖아?

결국 나는 쓰레기통 쪽으로 발걸음을 돌렸다. 주변에 아무도 없어 눈치 보지 않고 쓰레기통을 바닥에 탁 뒤집어 보았다. 얼룩진 화장지, 과자 껍데기, 종이 조각, 음료수 캔, 각종 부스러기 등이 한데 뒤엉켜 있었다. 코를 막고서 손가락으로 쓰레기 더미를 휘휘 뒤지자 비좁은 틈에 놓여 있는 금빛 배지가 보였다.

"어? 이거 봐라?"

배지에 끈적한 시럽이 묻어 화장지가 달랑달랑 붙어 있었다. 나뒹구는 쓰레기들을 통에 주워 담고서 화장실로 갔다. 비누칠을 해서 배지를 깨끗이 씻어 내자 중앙에 새겨진 '유지나'라는 이름 세 글자가 보였다.

"와! 오기석 미친 거 아니야?"

오기석에 대한 적개심이 차올랐다. 지나에게 이 사실을 알리고 버스로 뛰어갔다. 왜 이렇게 늦었냐는 우준의 말을 흘리며 나는 곧장 오기석 앞으로 갔다.

"야, 오기석! 너 이거 왜 버렸어?"

"어? 무슨 소리야?"

그가 너무 태연하게 말해서 나조차도 당황했다. 발뺌하는 모습이 아주 당당했다.

"내가 너 이거 쓰레기통에 버리는 거 봤거든?"

나는 배지를 들어 오기석 눈앞에 대고 흔들었다. 그는 억울하다는 표정을 지었고, 옆에 있던 강리애는 고개를 절레절레 흔들고 있었다. 내 말에 대꾸한 것은 로라였다.

"다린아, 네가 잘못 본 거 아니야?"

"아니야, 내가 확실히 봤어."

내가 답했다. 그 즉시 오기석이 말했다.

"증거 있어?"

증거? 내 두 눈으로 똑바로 봤는데 증거라니? 성급하게 행동했다는 생각이 들 무렵, 오기석은 내 약점을 잡았다고 생각했는지 더 크게 소리쳤다. 나는 궁지에 몰린 것 같았다. 등 뒤에 어두운 그림자가 져서 뒤돌아보니 지나가 서 있었다.

"가자, 다린아."

그녀는 나를 이끌고 자리에 앉혔다. 지나는 찾았으니 됐다며 고맙다고 말했지만, 나는 한동안 분이 안 풀려 지나 옆에서 씩씩거렸다.

"내가 봤다니까?"

"그래, 쟤 완전 뻔뻔하다. 뭐 어쩌겠어, 다 내 잘못이지. 내가 칠칠치 못한 탓이야. 고마워, 다린아."

지나는 내가 찾아 준 배지를 목에 매고, 멍하니 창밖을 바라보았다. 버스에 앉으니 일랑의 빈자리가 더 크게 느껴졌다. 텅 빈 옆 좌석에서 사라져 버린 향기. 일랑이는 잘 가고 있을까?

100명으로 시작한 인턴 선발 시험에서 90명의 지원자가 탈락하고 이제는 열 명의 지원자만 남아 있었다. 휴식을 취하고 오후가 되었다. 오후에는 향보리 연구 센터를 탐방하는 일정이 있었다.

"얼마나 멋진 건물일지 기대되지 않아?"

버스를 타고 이동하던 중에 지나가 내게 초콜릿 하나를 건네주며 말했다. 그녀는 오전 일을 잊으려는 듯 더 요란스럽게 말했다.

"궁금하긴 해."

향보리는 센트 아일랜드에서만 자라나는 식물로 센트 그룹을 대표하는 핵심 원료였다. 그러니 향보리 연구 센터를 가 보는 것은 대단히 영광스럽고 자랑할 만한 일이었다. 이 시간만큼이라도 나는 마음을 편히 가지려고 노력했다. 합격의 기쁨은 짧았고, 탈락 발표에 대한 여운은 길었다. 눈만 감으면 떠오르는 불안한 생각에 긍정적인 기운을 불어넣으려고 애를 쓰고 있었다.

"저게 향보리밭인가 봐."

지나가 밖을 가리키며 말했다. 버스는 향보리밭 옆을 지나고 있었다. 향보리밭은 황치즈를 바른 것처럼 노랗게 물들어 있었다. 너른 벌판 위를 움직이는 수백 대의 로봇도 보였다.

"저게 뭐야?"

지나가 묻자 내가 답했다.

"트랙터 로봇인 것 같은데?"

그 로봇은 M자형으로 밭을 왔다 갔다 하며, 향보리를 수확하고 있었다. 로봇이 지나간 자리는 벨벳 원단을 한 손으로 쓸어내린 것처럼 확연한 질감 차이를 보였다.

"인솔자님, 저 부분만 로봇이 수확을 안 하는 것 같은데 왜 그런가요?"

오기석이 물었다.

트랙터들은 질서정연했다. 각각 구역을 나누고 그 영역 안에서 규칙적으로 움직였다. 그런데 오기석 말처럼 오른쪽 일부 구역에서는 전혀 움직이지 않았다. 멀찍이 자리한 곳이라 자세히 보이지는 않았지만, 그 구역의 향보리는 가뭄을 견뎌 내는 풀처럼 유독 시들시들해 보였다.

"제법인데요? 아직 저 영역은 적정 향 수치에 도달하지 못해서 수확을 못 하고 있는 거랍니다. 향보리가 영글어 가장 수확하기 좋은 수치는 2~3머트예요. 머트는 향을 측정하는 단위죠. 자세한 내용은 인턴이 되면 배울 거예요."

고도명 인솔자는 향보리밭의 특징을 찾아낸 오기석의 안목을 칭찬했다. 그 칭찬에 내 심사가 뒤틀렸다. 지나도 못마땅한 눈초리로 오기석을 째려보았다. 목적지에 다다랐는지 버스는 속력을 줄이고 있었다.

"자! 내리세요."

아이들은 서둘러 내리기 시작했다. 로라는 나와 지나를 한번쓱 보더니 먼저 내렸다. 지나와 나는 내릴 준비 중이었다. 그때 내 앞쪽에 서 있던 오기석이 고개를 내 쪽으로 휙 돌렸다. 서로의 눈길이 맞닿았다. 그의 푹 꺼진 눈두덩이가 눈동자를 반쯤 가리고 있었다. 그에게서 뾰족하고 가시 돋친 선인장 향이 나는 듯했다.

"너, 내가 버리는 거 진짜 봤어?"

매서운 말투였다.

"봤다니까."

나는 눈을 동그랗게 뜨고 말했다.

"그래? 그게 그렇게 중요해? 배지 없어도 상관없잖아. 뭐 시험 직전에 잃어버리면 시험장에 못 들어오려나?"

그의 한쪽 입꼬리가 위로 올라갔다. 명백한 비웃음이었다.

그 모습을 보자 모든 것이 더 명료해졌다.

"네가 버린 거 맞지?"

나는 그의 흐리멍덩한 두 눈을 노려보았다. 질문이었지만 이미 확신하고 있었다. 그러자 그가 고개를 45도 각도로 틀더니 씩 웃으며 말했다.

"어? 걸렸다."

머리를 한 대 얻어맞은 것 같았다. 주먹에 계속 힘을 쥐고 있어 어깻죽지마저 부들부들 떨렸다. 오기석이 등을 돌리자마자 지나는 양손으로 입을 틀어막았다.

"어떡해. 나 잘못 걸렸어. 쟤, 사이코패스인가 봐."

그가 버스에서 내리는 것을 확인한 지나가 질겁을 하며 외쳤다.

버스에서 내리자 1층짜리 건물 한 채가 덩그러니 보였다. 주변에는 아무것도 없었고, 건물 역시 회색빛이어서 마치 오래전 버려진 연구소처럼 보였다.

"생각보다 작네?"

건물을 본 지나가 실망한 얼굴로 말했다. 나도 실망하긴 마찬가지였다. 입구로 들어가자 여기저기 칠이 벗겨진 형편없는 로비가 보였다.

"지하로 내려갈 거예요. 밑에서 연구원님이 기다리고 계세요."

고도명 인솔자는 지원자들을 엘리베이터로 이끌었다. 나는 지하라는 말에 습하고, 매캐한 냄새가 나는 어두컴컴한 지하 주차장의 모습이 떠올랐다. 그나마 엘리베이터는 커서 열한 명을 다 태우고도 여유가 있었다. 그가 지하 5층을 눌렀다. 습한 향이 올라오는 것 같았다.

나는 엘리베이터의 투명한 유리창으로 보이는 각 층의 모습을 멍하니 보았다. 지하 1층에서는 아무것도 보이지 않았다. 지하 2층에 도달하자 밖이 서서히 밝아지고 푸르스름한 빛이 감돌았다. 지하 3층에 도착했을 때부터 설마 하는 마음에 내 눈이 잔뜩 커졌다. 그리고 지하 5층에 도착했을 때, 여기저기에서 탄성이 터져 나왔다. 나도 놀라 중얼거렸다.

"말도 안 돼!"

나는 센트 아일랜드에 와서 놀랄 일이 많았다. 센트 아일랜드는 모든 것이 다채롭고 특별했다. 매일 다른 세계에 여행 온 것 같은 기분이었다. 그렇지만 지금처럼 감탄한 건 처음이었다. 눈앞에는 영화에서나 보던 풍경이 펼쳐져 있었다.

"나 죽을 때까지 이 광경은 잊히지 않을 것 같아."

지나가 숨죽이며 말했다.

"나도 마찬가지야."

한동안 나는 입을 커다랗게 벌리고 있었다. 눈앞에 펼쳐진 광경에 내 눈동자에 파란빛이 반사되었다.

유리 너머로 붉은 바다거북이 보였다. 바닷속에 갇힌 별 무리처럼 이름 모를 수천 마리 은빛 열대어가 떼를 지어 가는 모습도 보였다. 방패만 한 가오리는 입을 움직이며 통유리 앞에서 우리를 보고 있었다.

"저게 이름이 뭐였더라? 귀여워."

지나는 눈, 코, 입이 몰려 있는 가오리를 보더니 아쿠아리움에 놀러 온 아이처럼 들뜬 목소리로 말했다. 저 멀리 기괴한 바위 사이로 유유히 제 갈 길을 가는 어린 해파리 떼도 보였다. 그것들은 포도알처럼 작았는데 빛깔이 매우 신비로웠다. 지원자들은 모두 호기심 가득한 얼굴로 바닷속을 보고 있었다.

기다란 촉수 같은 것을 흔들고 있는 이름 모를 생명체들, 언제부터 그 자리에 있었을까 싶은 수중 산호초까지……. 향보리 연구 센터는 지상이 아니라 지하 세계에 펼쳐져 있었다. 이곳은 흙의 세계가 아닌 물의 세계였다. 드넓은 바닷속 깊이 뿌리내린 수중 세계였다.

"어서 오세요, 향보리 연구 센터에 오신 것을 환영합니다. 향보리 연구 센터는 센트 오리지널의 전문 기관으로 오로지 향보리만을 연구하기 위해 설립한 센터입니다. 저는 홍미미 연구원입니다."

연구원 한 명이 우리를 반갑게 맞이해 주었다. 아담한 키의 그녀는 목소리가 밝고 명랑했다. 눈꼬리가 내려가 있어 가만히 있어도 웃는 상이었다.

"안녕하세요."

해저 세계를 보고 흥분한 우리는 큰 목소리로 인사했다.

"여기까지 오시느라 진짜 수고 많으셨습니다. 여기 계신 분들은 이미 나무랄 데가 없는 실력을 가진 분들이시죠. 많이 떨리시겠지만 내일 마지막 시험까지 최선을 다해 주시면 좋겠습니다. 오늘 이 시간에는 여러분이 궁금해하시는 향보리를 소개하는 시간을 갖도록 하겠습니다. 아마 향보리를 가까이에서 보신 적은 없을 텐데요, 한번 살펴보러 가실까요?"

향보리를 보기 위해 보리밭이 아닌 실내로 간다는 점이 의아했다. 지원자들은 홍미미 연구원을 따라 녹색 문이 설치된 연구실로 들어갔다. 연구실 안에는 아주 작은 밭이 펼쳐져 있었다. 일종의 실내 텃밭이었다. 타일처럼 생긴 검정 모판에 향보리가 듬성듬성 심어져 있었다. 신기한 것은 향보리에 달려 있는 줄들이었다. 향보리 줄기에는 각종 주삿바늘을 달아 놓은 것처럼 투명한 줄들이 달려 있었다.

"향보리가 링거를 맞고 있는 건가요?"

내가 묻고 싶은 질문을 우준이 대신 해 주었다.

"아! 여기 매달린 라인들은 저희 연구소에서 개발한 건데요. 이 라인을 통해 끊임없이 향보리의 변화를 파악하고 분석 중입니다. 이 연구실은 향보리밭에 비하면 말도 안 되게 작은 공간이지만, 향보리를 연구하기에는 최적의 공간이지요."

홍미미 연구원이 향보리를 머리카락 만지듯 살랑살랑 쓰다듬으며 말했다.

"자, 이거 봐. 무슨 향이 느껴져? 향보리 향은 워낙 다른 향에 잘 녹아들기 때문에 후각이 민감하지 않은 사람들은 얼핏 맡았을 때, 무슨 향이 나는지 모른데. 맛으로 치자면 감칠맛 같은 거지. 단독으로는 맛을 알기 어려운데 같이 버무려졌을 때 그 맛을 극대화하는 그런 맛!"

강리애가 누군가에게 설교를 하고 있어서 봤더니 노규리였다. 노규리는 지난번 시험에서 엄청난 실력을 보여 줬지만, 강리애의 잘난 척에도 고개만 끄덕여 줄 뿐이었다.

"맞습니다. 지원자분 이름이 강리애 맞죠?"

강리애의 까랑까랑한 목소리는 홍미미 연구원의 귓가에까지 흘러갔다.

"강리애 지원자가 말한 것처럼 향보리는 다른 향에 잘 녹아들기 때문에 바람의 방향, 계절, 날씨에 따라 다양하고 오묘한 향을 만들어 내는 특성이 있습니다. 그 향보리를 가공해서 뽑아낸 향보리 추출물은 후각 치료제로도 쓰이지만, 향 가공품의 베이스 원료로도 쓰인답니다."

칭찬 때문인지 강리애는 그 어느 때보다도 집중했다.

"목마르실 텐데 다들 차 한 잔씩 하시겠어요?"

홍 연구원은 미리 준비해 놓은 향보리 차를 권했다. 찻잔을 보자 우리는 움찔했고, 그 모습을 본 그녀는 웃으며 우리를 안심시켰다.

"시험 보는 거 아니니까 편히 드세요."

그제야 우리는 손을 뻗어 차를 마셨다. 나는 향보리 차에서 대략 열 가지 맛이 느껴졌다. 구수면서도 느끼하다가 점점 시고 쑵쓸한 맛이 올라오더니 끝은 담백한 단맛이 났다. 먹는 사람에 따라 그 맛과 향이 다르게 느껴지는 차라고 했다. 뭐라 단정하기 어려운 오묘하면서도 깊은 맛이었다.

차를 마시며 향보리에 대한 안내를 받은 후, 다음 안내에 앞서 잠시 쉬는 시간이 주어졌다. 화장실에 갔다가 나오는데 반대편 통로로 걸어가는 로라의 뒷모습이 보였다.

"어?"

대기 장소와는 다른 방향으로 가는 로라를 보자 의아한 마음이 들어 나는 로라를 따라가기 시작했다. 거침없이 몇 번이나 모퉁이를 돌아 들어간 로라는 큼지막한 유리문 안으로 들어갔다.

"길을 잘못 든 건가? 로라야! 김로라!"

나는 로라가 화장실을 잘못 찾아간 게 아닐까 걱정되는 마음에 그녀를 불렀다. 그러나 그녀는 내 목소리를 듣지 못했는지 아무 대답이 없었다. 로라를 따라 유리문 안으로 들어서자 화려한 공간이 펼쳐졌다. 감각적인 액자와 조각상들, 커다란 스피커가 한눈에 들어왔다. 간접 등이 은은하게 공간을 비추고 있었고, 향보리 문양이 새겨진 카펫이 바닥에 깔려 있었다. 연구실로는 보이지 않는 고급스러운 공간이었다. 나는 로라를 찾기 위해 안쪽으로 더 깊숙이 들어갔다.

"화장실이네?"

알고 보니 로라가 향한 곳에 화장실이 있었다. 어떻게 로라가 이 안쪽의 화장실을 알았을까 의문이기는 했지만, 굳이 따라갈 필요는 없었으므로 나는 돌아가기 위해 유리문 앞으로 걸어갔다. 그런데 옆쪽에 있는 다른 방 안에서 대화 소리가 들려왔다.

"회장님, 드릴 말씀이 있습니다."

"갑자기 무슨 일이야, 최 이사?"

대수롭지 않게 여기고 조용히 지나가려는 순간 들려온 소리에 나는 심장이 철렁 내려앉았다.

"한주혜 소장 딸이 시험을 보고 있습니다."

급브레이크를 밟은 것처럼 몸이 저절로 멈췄다. 엄마 이름이 발끝에 말뚝처럼 박혀 움직일 수가 없었다. 나는 그들에게 들킬세라 한쪽 구석에 서서 그들이 하는 소리를 들었다. 이곳에서 회장은 오직 한 명뿐인데 김윤기 회장이 이 안에 있는 것일까?

"뭐? 딸이 있었어?"

그러고 보니 들려오는 목소리는 농사꾼 K의 목소리와 흡사했다.

"네, 당시 임신 중이었잖습니까."

최 이사란 사람이 답했다.

"아아! 그래서 ASB 루트로이드를 분사했더니 그렇게 된 거였지?"

"네, 맞습니다."

나는 무슨 말인지 알아듣기 어려웠다. ASB 루트로이드?

"한주혜가 센트 월드만 욕심내지 않았어도 그렇게 되진 않았을 텐데. 내 말을 통 듣질 않았지."

"네, 회장님이 많이 참으셨지요."

나는 이야기를 조금이라도 더 듣고 싶었다. 그렇지만 여기 있다가는 로라와 마주칠 것이 분명했다. 뭔가 방법이 없을지 고민하던 나는 급하게 주변을 살폈다. 통로에 세워진 대형 나무 화분 여러 개가 보였다. 그 뒤로 몸을 웅크리면 로라에게 들키지 않을 것 같았다. 나는 뒤꿈치를 들고 살금살금 화분 뒤로 숨었다.

"딸은 어떻게……"

나에 대한 이야기가 재차 들려왔다.

"잠깐! 최 이사, 밖에 무슨 소리 안 들리나?"

그 말에 간담이 서늘해졌다. 심장이 쿵쾅대기 시작했다. 이대로 최 이사라는 사람이 문밖으로 나오면 나를 발견할 것 같았다. 온몸이 덜덜 떨렸다.

"제가 한번 확인해 보겠습니다."

화분은 문에서 조금 떨어져 있었지만 자세히 살펴보면 나를 금방 찾을 수 있을 것이다. 나는 큼지막한 화분에 몸을 숙인 채 숨을 죽였다. 뚜벅뚜벅. 구두 소리가 들렸다. 이대로는 꼼짝없이 들키고 말 것이었다.

구둣발 소리가 가까워지고 있었다. 한 걸음, 두 걸음. 내 쪽으로 오는 건가? 어쩌지? 걸리면 뭐라고 변명하지? 엄마 이름이 들려서 멈춰 있었어요. 누구라도 그러지 않았을까요? 생각해 낸 변명은 궁색하기 이를 데 없었다. 아니, 엄마 이야기는 꺼내면 안 될 것 같았다. 왜 숨어 있냐고 물으면? 화장실에 다녀온 거라고 할까?

그러던 중 익숙한 목소리가 들렸다.

"아빠!"

그 말에 최 이사는 집무실로 들어갔다. 등 뒤에 식은땀이 또르르 흘러내렸다. 겨우 위기를 모면했지만 내 호기심은 끝이 없었다. 아빠? 방금 아빠라고 했지?

"아빠, 저 열 명 안에 들었어요."

이 목소리는 틀림없이 로라였다.

"로라 양, 축하해요."

"감사합니다."

최 이사는 로라를 아는 듯 부드러운 말투로 말했다.

로라가 김윤기 회장의 딸이라니 나는 뒤통수를 세게 얻어맞은 듯했다. 왜 지금까지 말하지 않았을까? 하긴 나라도 쉽게 말하기 어려웠을 것이다. 어쩐지 로라는 센트 그룹에 대해 모르는 게 없었다.

"내 딸인데 그 정도는 당연한 거지. 인턴에 합격하는 건 당연한 거고. 아직 한 번도 1등을 못 했다던데 마지막 시험 하나 남은 거 알지, 김로라?"

김윤기 회장이 로라에게 훈계하듯 말했다. 그의 말투는 내가 생각한 것과 너무 달랐다. 따뜻할 줄 알았던 김윤기 회장은 싸늘한 말투로 로라에게 일침을 놓고 있었다. 냉정하고 단호해 보였다.

"저는 이만 나가 보겠습니다."

최 이사의 말에 나는 정신을 차렸다. 더 이상 머물 수 없었다. 꾸물대다가는 정말이지 들킬 게 뻔했다. 그러나 내가 이 공간에서 완전히 벗어나기 전에, 최 이사가 벌컥 문을 열고 나왔다. 다행히 최 이사는 내 반대편 통로로 나갔고, 나는 그에게 걸리지 않게 발뒤꿈치를 들고 움직였다. 그렇게 유리문에 도달한 내가 조용히 그곳을 빠져나가려던 때였다.

"이다린."

뒤에서 날카로운 로라의 목소리가 들렸다. 머리카락이 쭈뼛 곤두섰다.

"아까부터 느낌이 이상하더라니……. 너 다 들은 거지?"

망했다. 걸리고 말았다. 지뢰를 밟은 기분이었다.

"어, 무슨 말이야? 나는 너 따라서 화장실 다녀오느라……."

내가 얼버무리는데 뒤쪽에서 또다시 인기척이 났다. 김윤기 회장이었다. 그를 실제로 본 것은 처음이었다.

"아, 안녕하세요."

나는 김 회장에게 인사했다.

"누구니?"

그가 물었다. 나는 내 존재를 들키면 안 될 것만 같아 한껏 움츠러들었다.

"제 친구예요."

로라는 마지못해 내 소개를 했는데, 마침 생각났는지 말을 덧붙였다.

"아빠, 얘네 엄마도 센트 그룹에서 일하셨었대요."

"아, 그냥 전에 잠깐 일하셨어요."

나는 손사래를 치며 별일 아닌 듯 말했다. 오만가지 감정이 소용돌이쳤다. 다행히 김 회장은 별 관심이 없어 보였다. 센트 그룹은 큰 회사였고, 2세 연구원들도 이미 많을 테니까.

"반가워요. 더 얘기 나누고 싶지만 지금은 어서 자리로 돌아가는 게 좋겠어요. 그리고 로라 아빠로서 미안한 부탁 하나만 할게요. 로라가 내 딸이라는 것은 다른 이들에게 비밀로 해 줬으면 좋겠습니다."

김윤기 회장은 인자한 미소를 띠며 말했다.

"네, 알겠습니다. 걱정 마세요."

나는 공손히 인사를 했다.

"나가자, 이다린."

로라의 목소리는 얼음장처럼 차가웠다.

"그래……."

나는 들릴 듯 말 듯 작은 목소리로 답했다. 어떻게 뒷감당을 해야 할지 알 수 없었다.

"너, 나 미행한 거야?"

유리문으로 나가며 로라가 물었다.

"미행이라니, 무슨 소리야. 아니야."

나는 당황했다. 해명을 하고 싶었지만 바로 눈앞에 강리애가 나타나는 바람에 아무 말도 할 수 없었다. 나는 순간 강리애가 우리 대화를 엿들은 건 아닌지 의심했다.

"강리애, 네가 왜 여기 있어?"

"뭘 상관인데?"

강리애가 귀찮다는 표정으로 말했다. 그녀는 대답할 가치가 없다는 듯 고개를 돌리고 킁킁거렸다. 나는 로라를 다급히 뒤따라가기 시작했다.

"로라야, 내 말 좀 들어 봐."

계속 대화를 시도했지만, 로라는 거부했다.

"나는 너랑 할 얘기 없어."

로라는 입을 닫아 버렸다. 텃밭 연구실로 다시 들어갔을 때, 지나가 우리 둘을 번갈아 보며 물었다.

"뭐 하다가 이제 와?"

"아니, 그냥 화장실에 좀……."

나는 이 상황을 빨리 넘기고자 얼렁뚱땅 답했다.

"너희, 별일 없는 거지?"

지나는 우리 둘의 어색한 분위기를 눈치챘는지 계속 질문을 했다. 나는 애써 아무 일도 없는 척 덤덤한 표정을 지어 보였다.

연구 센터 탐방을 마치고, 숙소에 돌아오고 나서도 로라는 나와는 한 마디도 하려고 하지 않았다. 결국 저녁이 되자 나는 지나를 불러 잠시 자리를 비켜 달라고 양해를 구했다. 지나는 우리 둘의 불편한 관계를 진작에 눈치채고는 흔쾌히 고개를 끄덕였다.

"알겠어, 무슨 일인지 모르겠지만 잘 풀어 봐."

"고마워."

나는 한시라도 빨리 오해를 풀고 싶었다. 이런 꺼림칙한 마음 상태로 시험을 보고 싶지는 않았다.

방에 들어가자 로라가 한숨을 쉬며 말했다.

"나 좀 그냥 내버려 두면 안 될까?"

그녀는 화장대 앞에서 액세서리를 풀고 있었다.

"나 아까 너 따라간 게 아니고……. 아니지, 따라간 건 맞는데 화장실을 헤매는 줄 착각해서 따라갔던 거야. 진짜야."

나는 침착하게 말했다.

"어, 그래."

그녀는 내 눈은 쳐다보지 않은 채 건성으로 대답했다. 나는 로라가 겁을 먹은 것 같다고 생각했다. 그래서 로라를 안심시키고자 했다.

"회장님 때문에 그런 거야? 그런 거라면 나 어디 가서 진짜 말 안 할 거야. 그게 걱정이라면 안심해도 돼. 너도 어쩌다 보니 우리 엄마 비밀 알게 됐잖아. 그건 여기 있는 애들 중에서 너밖에 몰라. 나도 네 비밀 지킬게. 그래서 말인데, 네가 아까 왜 그런 얘기를 했는지 알 것 같아."

"무슨 얘기?"

로라는 관심이 없는 척 대꾸했다. 나는 그녀에게 한 걸음 더 가까이 다가갔다.

"절대 떨어져서는 안 된다고 했던 거. 주변에 대단한 사람들만 있다고 한 거. 아마 네 주변이 다 연구소 사람이다 보니 부담이 컸을 것 같아."

"아⋯⋯."

로라가 짧은 한숨을 내쉬더니 반지를 만지작거렸다.

"우리 엄마는 내가 연구원이 안 되기를 바라서. 그냥 편하게 살기를 바라시나 봐. 내 후각도 그리 뛰어나다고 생각하지 않으시고. 그래서 나는 여기 기를 쓰고 왔어. 한편으론 네가 부럽기도 해. 너는 적어도 부모님이 반대하지는 않으시잖아?"

나는 로라에게 엄마에 대한 이야기를 솔직하게 털어놓았다. 그러자 드디어 로라가 이야기를 하기 시작했다.

"반대라⋯⋯. 우리 아빠는 실력을 최고로 중요시하는 사람이야. 주변 사람들에게 지신이 인정받은 만큼 나도 무조선 살해야 한다고 말씀하시는 분이지. 아마 내가 떨어지면 고개를 못 들고 다니실지도 몰라. 그러니까 난 꼭, 꼭 붙어야 해. 네가 이 부담감을 알기나 해?"

그리고 보니 로라는 시험 내내 계속 불안해하고 있었다. 조금 전 김윤기 회장이 했던 말이 생각났다. 아직 한 번도 1등을 못 했다고 냉정하게 짚었던 그 말. 엄청난 중압감이 느껴지는 말이었다. 그녀는 인턴에 합격하는 것 그 이상의 실력을 보여 줘야 했다. 내가 그런 로라에게 어떤 말을 해 줄 수 있을까?

"미안해. 너도 많이 힘들었겠다. 우리 엄마는 반대하고, 너희 아빠는 압박하고. 하, 쉽지 않네. 그런데 로라야, 우리 공통점 하나 있다? 둘 다 센트 스페이스 연구원 되고 싶어 한다는 거."

내가 로라에게 해 줄 수 있는 건 조금이나마 긴장감을 풀어 주고 웃으며 말을 건네는 것뿐이었다. 나는 계속해서 말을 이 었다.

"어느 책에서 봤는데, 사람이 가장 불안해해야 하는 것은 자 신의 꿈을 잃어버리는 거래. 내가 볼 때는 우린 그 걱정은 안 해도 될 것 같아. 그러니까 로라야, 너무 걱정하지 말고 푹 자. 우리 오늘 진짜 수고했잖아."

로라는 마음이 좀 누그러진 듯 내 눈을 바라보며 말했다.

"이다린, 너 비밀 지켜야 해. 꼭."

"당연하지."

나는 로라의 어깨를 토닥여 주며 말했다. 로라와의 관계가 틀어지지 않았다는 사실에 마음이 편해졌다. 방을 나와 거실에 서 기다리던 지나에게 고맙다고 말하고는 내 방으로 돌아왔다. 일랑이 떠난 침실은 유독 크게 느껴졌다.

"어? 저게 뭐지?"

침대 머리맡에 분홍색 봉투 하나가 보였다. 일랑이 편지 하나를 놓고 간 건가 싶어 조심스레 들어 보았다. 봉투에는 내 이름이 적혀 있었다. 귀여운 글씨체가 눈에 띄었다.

나의 룸메이트 다린에게

다린아, 나 일랑이야. 같이 합격해서 집에 갈 줄 알았는데 나 혼자 가게 되어 아쉬워. 그래도 짐을 정리할 때 잠깐 시간이 있어 이렇게 편지를 남길 수 있어서 다행이야.

나는 너처럼 어려서부터 후각이 뛰어나다는 것을 깨달은 것도 아니고 연구원을 꿈꾼 것도 아니야. 한번 말했던 것처럼 여기 온 것도 우연히 오게 된 건데, 그 우연이 너처럼 꿈이 있는 친구를 만나게 해 줬어. 그래서 어쩌면 나도 연구원이 될 수 있지 않을까 하는 꿈을 꾸게 된 것 같아. 무엇보다도 너에게 고맙다는 말을 해 주고 싶었어. 아무것도 모르는 나에게 친절히 하나하나 알려 주고 내 꿈을 응원해 줘서 고마워, 다린아. 나 돌아가면 본격적으로 일반 전형 인턴 시험 준비해 볼 생각이야. 뷰티와 향에 대해 열심히 공부하려고. 물론 맛과 요리에 대해서도 전보다 폭넓게 알아 가려고 해.

다린아! 내일 센트 아일랜드 나오자마자 전화해. 이다린 인턴 합격 소식 너한테 제일 먼저 듣고 싶으니까.(넌 분명히 합격할 거야) 나한테 축하받을 걸 기대해. 나 밤새 어떤 말로 축하해 줄지 고민할 거거든. 그럼 또 연락하자. ^^

가슴이 뭉클해졌다. 둘 다 합격해서 같이 인턴 생활을 했으면 얼마나 좋았을까. 일랑과의 추억들이 몽글몽글 떠올랐다. 이럴 줄 알았으면, 더 많이 이야기하고 밤새 떠들기도 하는 건데⋯⋯. 지나간 시간에 대한 미련이, 끊이지 않는 아쉬움이 뭉근하게 이어졌다. 그래도 나는 언젠가 일랑이와 이곳 센트 아일랜드에서 다시 만나게 될 날이 올 것이라 확신하며 서서히 아쉬움을 달랬다.

샤워를 하고 나오자 머리를 말릴 만큼의 체력도 남아 있지 않았다. 나는 얇은 수건 하나를 베개에 얹은 뒤, 덜 마른 머리 그대로 침대에 누웠다. 피곤했지만 잠은 쉽사리 오지 않았다. 일랑이 생각났고, 로라의 비밀도 떠올랐지만, 무엇보다 반복해서 떠오르는 것은 김윤기 회장의 말이었다. ASB 루트로이드를 분사했다니, 그게 도대체 무슨 말이었을까? 용어도 도통 알 수 없었다. 워치를 통해 알아볼까 하다가 그만두었다. 엿듣는 게 탄로 나지는 않을까 하는 불안한 마음에서였다. 엄마가 겪은 사고와 연관된 것 같은데 도대체 무엇일까.

이 와중에 나는 시험 생각을 하지 않을 수 없었다. 혹여 불이익을 당하지는 않을까. 엄마는 김윤기 회장과 관계가 좋지 않은 듯했으니 나를 인턴 시험에서 탈락시키는 건 아닐까. 좀처럼 떨쳐지지 않는 불안함에 나는 밤새 몸을 뒤척였다.

8장

마지막 시험

아침부터 기분이 이상했다. 아무도 없는 방 안은 고요하고 차갑게 느껴졌다. 그 정적을 깨고 세넥트 진동이 울렸다.

웅—.

나는 이 시간에 누가 세넥트로 연락을 한 것인지 의아해하며 위치를 확인했다.

[친구들, 잘 잤니? 내가 아침부터 깜짝 소식을 알려 주기 위해 일찍 일어났어. 대박 소식이니까 모두 기대해 줘.]

인턴 지원자 전원이 속한 단체 세넥트 창에 올라온 글이었다. 처음 인사를 나눈 뒤 단체 세넥트 창에는 별다른 글이 올라온 적이 없었다. 글을 올린 이의 프로필에는 이름도 사진도 등록되어 있지 않아, 그저 '알 수 없음'으로 정보가 표기되어 있었다. 곧이어 또 다른 메시지가 올라왔다.

[속보! 김로라는 김윤기 회장의 딸인 것으로 밝혀졌다.]

나는 너무 놀라 손가락 하나 까딱하지 못하고 굳어 버렸다. 나만 알게 된 사실이라고 생각했는데, 누가 이런 이야기를 퍼뜨리는 건지 알 수 없었다. 내가 이야기를 퍼뜨린 것으로 로라에게 오해를 받을 수도 있었다.

[너 누구야?]

단체 세넥트 창에 다른 이의 메시지가 떠올랐다. 우준이었다. 그러나 로라에 대한 글을 올린 이는 이후 아무런 응답도 하지 않았다. 잠에서 깬 아이들은 하나둘 메시지를 읽기 시작했다.

[거짓말하지 마!]

노규리는 믿지 못하는 눈치였다.

[정말 회장 딸이라면 인턴 시험은 애초부터 프리패스 아니야? 장난치지 마.]

박세란도 마찬가지였다.

[너희 이 세넥트 우리만 볼 수 있다고 생각하니?]

그때 정이안이라는 아이가 한마디 말을 던졌다. 나와는 인사 외에 별다른 대화를 한 적이 없는 아이였다. 정이안은 센트 그룹에서 이 메시지들을 확인할 수도 있다는 것을 암시해 주었고, 단체 세넥트 창은 도로 잠잠해졌다.

나는 당장 지나와 로라가 있는 침실로 향했다. 문을 똑똑 두드리는데 로라가 방문을 홱 열고 나왔다. 그녀는 배신감 어린 듯한 얼굴로 나를 노려보았다. 세넥트 메시지를 본 것이 분명했다. 지나가 어리둥절한 얼굴로 로라와 나를 번갈아 보았다.

"이다린, 이 세넥트 뭐야?"

로라가 말했다. 머리끝까지 화가 났는지 로라는 얼굴까지 붉어져 있었다.

"나도 그것 때문에 왔어. 이거 누가 올린 건지 알겠어?"

나는 차분히 이야기했다.

"이거 네가 쓴 거잖아."

로라는 세넥트 단체 창을 보여 주며 날카롭게 말했다.

"로라야, 나는 정말 아니야. 오해하지 마."

나는 조금 울컥했지만 감정적으로 대응하지 말자고 마음을 다잡았다.

"자! 내 워치 봐 봐. '알 수 없음'은 내가 아니잖아. 내가 보낸 게 아니야."

나는 세넥트를 열어 내 프로필과 대화창을 보여 주었다. 명백한 증거였기에 당연히 오해도 풀리리라 생각했다. 그러나 그것은 내 착각이었다. 로라는 이미 의심에 사로잡혔는지 내 말을 믿으려 하지 않았다.

"그건 모르는 일이지. 탈락자들한테 소문을 냈는지, 버려진 워치를 주웠는지 내가 어떻게 알겠어. 너 말고는 아무도 내 정체를 모르는데, 네가 아니면 누구야?"

로라의 목소리가 점점 커졌다. 너무나 억울하게도 내가 소문을 낸 것이라고 확신하는 듯한 말투였다.

"로라야, 내가 그럴 시간이 어디 있어. 계속 너랑 같이 있었는데."

나는 입술을 꽉 깨물다가 말했다. 큰 소리를 내고 싶지는 않았다.

"너 어젯밤에 뭐라고 했어? 비밀을 지켜 줘? 너 입 진짜 싸다. 밖에 내놔도 아무도 주워 가지 않겠어, 너무 값어치가 떨어져서!"

그녀는 운동화에 발을 대충 찔러 넣고는 문밖으로 나가 버렸다.

"로라야, 진짜 나 아니야."

나는 소리를 지르며 로라의 뒤를 쫓으려 했지만, 상황을 지켜보던 지나가 내 손을 붙잡았다.

"지나야, 이거 오해야."

나는 지나의 손을 뿌리치고 나가려고 했지만, 그녀는 몸으로 나를 막아 세웠다.

"알겠어, 다린아. 일단 진정하고 로라 잠시만 놔두자."

나는 하는 수 없이 소파에 앉았다. 대체 어디서부터 잘못된 것일까. 답답하기도 하고 화가 나기도 했다. 그리고 곧 로라에 대한 원망이 강리애에 대한 의심으로 바뀌었다. 어제 김 회장을 만나고 나온 뒤 강리애를 마주친 것이 떠오른 것이다. 그 아이라면 그렇게 못되게 굴기에 충분했다.

"다린아, 차 한 잔 마셔."

내가 생각에 빠져 있는 동안 지나는 따뜻한 물을 끓여 차 한 잔을 건넸다. 차를 마시라고 손짓하며 그녀가 물었다.

"로라 아버님이 진짜 회장님이야?"

찻잔에서 캐모마일 향이 가득 퍼져 나왔지만 나는 컵만 만지작거렸다.

"그게……"

"뭐, 로라 모습 보니까 맞는 것 같아. 넌 이미 알고 있었고. 어제 로라랑 한참 이야기 나눈 것도 그것 때문이었구나?"

지나의 말에 나는 길고 깊은 한숨을 뱉고, 답답한 마음에 그녀에게 자초지종을 털어놓았다.

"어제 우연히 알게 된 사실인데 내가 비밀 꼭 지키겠다고 했어. 그래서 로라의 기분도 풀어지나 했는데, 그렇게 말한 지 하루도 안 지나서 이런 일이 벌어졌어. 지나야, 나 진짜 아니야. 아무한테도 말 안 했어."

억울한 마음에 말을 하는 동안에도 목소리가 파르르 떨렸다. 내 답답한 심정이 지나의 눈에 보인 것일까? 그녀는 나를 위로해 주었다.

"네가 그런 게 아니란 건 믿어."

그 말에 나는 눌러 놓았던 감정이 불쑥 올라왔다.

"고마워. 나도 로라를 전혀 이해 못 하는 건 아니지만, 어떻게 내 이야기는 들어 보지도 않고 무턱대고 나를 의심할 수가 있어? 너무한 거 아니니?"

그러나 지나는 아무 말도 하지 않았다. 침묵을 지키는 것이 낫다고 판단했을 것이다. 나는 온몸에 열이 돌아 따뜻한 차를 마실 수가 없었다. 흥분을 가라앉혀야 했다.

"얼음물 좀 마실게."

우리는 계속해서 로라에게 연락을 했지만 로라는 깜깜무소식이었다. 로라가 돌아오기를 기다리다 보니 아침 식사마저 거르고 말았다. 이것은 식사 시간이 가장 행복하다는 지나에겐 엄청난 일이었다. 로라는 시험을 보러 가기 직전에 돌아왔는데, 우리 얼굴은 쳐다보지도 않았다. 결국 우리는 대화를 더 나누지 못하고 시험장으로 가는 버스에 올라탔다. 버스 안에는 수군거리는 소리가 가득했다. 대부분이 로라 이야기를 하는 것 같았다.

"회장 딸이면 연구원으로 직행하면 되는 거 아니야? 왜 아까운 자리 하나 차지하고 있어?"

김경아는 대놓고 물어보기까지 했다.

"조용히 안 해?"

로라는 매서운 말투로 대답했다. 더는 그녀에게 다가가는 이가 없었다. 아침 식사 시간에 무슨 이야기가 오고 갔는지 모르지만, 로라가 회장 딸이라는 사실을 의심하는 아이들은 없어 보였다.

한 줌의 이스트 가루가 빵을 부풀리는 것처럼 누군가로부터 시작된 말 한 마디는 무섭게 부풀었다. 로라의 이야기들은 연구소로 가는 내내 치대져, 버스에서 내릴 때쯤에는 몇 곱절이나 늘어나 버렸다.

로라는 어느새 지원자들의 이야기 속에서 낙하산의 주인공이 되어 버렸다. 모든 시험의 정답을 이미 알고 있지만, 티 내지 않기 위해 일부러 1등을 하지 않은 것이라는 이야기가 사실인 것처럼 떠돌았다. 로라의 일거수일투족을 주목하면 다음 시험 힌트를 얻을 수 있을 거라는 이야기도 돌았다.

로라는 나를 원망스럽게 바라보았다. 나는 어서 빨리 진짜 범인을 찾고 싶었다. 그러나 지금은 마지막 시험을 앞둔 상황이었다. 이 일로 시험에까지 영향을 받을 수는 없었다. 나는 마음을 다잡고, 모든 일은 시험이 끝난 뒤에 생각하기로 했다.

"이곳은 센트 뷰티 연구원들이 향을 연구하는 조향사 컬렉션입니다."

네 번째 시험을 치를 장소는 센트 뷰티였다. 진행 요원이 간단한 설명과 함께 조향사 컬렉션의 문을 열자 거대한 실험실처럼 생긴 공간이 보였다. 모두의 입이 떡 벌어졌다. 공중에 투명한 선반이 구름처럼 떠 있고, 그 위에 플라스크 수만 개가 빼곡하게 놓여 있었다. 천장을 가득 메운 플라스크를 통과하여 조명이 밝게 새어 나왔다. 그 모습이 꼭 크리스털 전구 수만 개가 하늘을 밝혀 놓은 것처럼 보였다.

호리병 모양의 플라스크는 코르크 마개로 입구가 막혀 있었는데, 투명하고 연한 색의 액체가 담긴 것부터 아주 진한 액체가 담긴 것까지 순서대로 놓여 있어 그러데이션 그림을 보는 듯했다. 색 조합마저 다채로워 센트 뷰티다운 진열 방식이라는 생각이 들었다. 우리와 좀 떨어진 곳에서 족히 백 명은 넘어 보이는 사람들이 향을 제조하고 있었다. 그들이 바로 센트 뷰티 연구원들이자 조향사들이었다.

"조심해."

내가 지나의 어깨를 붙들고 외쳤다. 그녀의 머리 위로 플라스크가 날아가고 있었다. 드론들이 휘휘 날아다니며 연구원들에게 플라스크를 전달했다. 집게 달린 드론 수십 대가 날아다니는 모습은 소설 속 마법 학교의 모습 같기도 했다.

"이거 꿈 아니지?"

내가 볼을 꼬집으며 말했다.

"꿈 아니야. 난 이렇게 달콤한 꿈을 꾼 적이 없거든. 여기서 초콜릿 냄새도 나는 것 같지 않아?"

지나가 콧구멍을 벌름거렸다. 실험실에서는 초콜릿 냄새만 나는 것이 아니었다. 그야말로 온갖 향이 가득했는데, 처음 맡아 보는 향들도 많아 정신을 차리기가 어려웠다. 그 향들을 내가 느낀 대로 나열해 보자면 대략 이런 식이었다. 초콜릿 시럽을 뿌린 해바라기 씨 오일 향, 꿀벌이 만들어 낸 천연 밀랍 향, 갯벌에서 갓 채취한 감태 향, 비에 젖은 작약 향, 바싹 말린 침향나무 향, 뿌연 수증기 향, 신선한 알로에 향, 삶은 옥수수 향 등이었다.

벽에는 크기가 다른 수백 개의 모니터가 있었다. 모니터에서는 트렌드를 알 수 있는 각종 사진과 영상들이 끊임없이 흘러나왔다. 런웨이를 걷고 있는 패션모델, 이달에 출시된 화장품, 올여름 패션 트렌드와 그에 어울리는 향수 등이 보였고, 센트 뷰티가 제안하는 올해의 색에 걸맞은 메이크업 시연 영상도 나오고 있었다. 한쪽에는 작년 말에 올해의 조향사로 선정된 은호 조향사의 얼굴이 큼지막하게 걸려 있었다. 그것을 보자 '이머징 쇼'가 떠올랐다.

"지나야, 너 '이머징 쇼' 봤어?"

내가 물었다. 센트 그룹은 매년 연말 '이머징 쇼'를 개최하는데, 향에 대한 트렌드 그리고 향과 관련된 각종 최신 기술들을 소개하는 세계적인 쇼였다. 이때 센트 뷰티에서는 올해의 조향사를 선정하는데, 수상자에게는 어마어마한 상금을 제공하는 것으로 유명했다. 당연히 수상자는 엄청난 부와 명예를 얻게 되기 때문에, 이 쇼의 수상자가 되는 것은 많은 연구원들의 꿈 중 하나였다.

"당연하지. 다린아, 저 은호 조향사 진짜 잘생기지 않았어?"

지나는 초롱초롱한 눈망울로 그의 사진을 바라보았다.

연구원 테이블에는 '향수 오르간'이라 불리는 조향사 선반이 놓여 있었다. 플라스크에서 뽑아낸 향료들은 갈색 병에 담겨 향수 오르간이라 불리는 조향사 선반으로 올려졌다. 그 아래 비커와 시험관, 홀로그램 패드와 저울들이 보였다. 나는 연구원들의 모습을 신기하게 바라보았다. 어떤 연구원은 시향지에 뿌린 냄새를 맡은 후 무언가를 기록하고 있었고 또 어떤 이는 비커에서 피펫으로 액체를 빨아올리고 있었다. 고요한 가운데 분주함이 느껴지는 몸짓들이었다.

"미팅 룸 안으로 들어가실까요?"

열 명의 지원자들은 진행 요원의 안내에 따라 조향사 컬렉션 내부에 딸린 미팅 룸으로 들어갔다. 그곳은 단조로운 하얀색 방이었는데 의자들과 테이블 외에는 아무것도 없었다. 딱딱한 의자에 앉자마자 모두의 시선을 한 몸에 받을 것 같은 화려한 옷차림의 여성이 성큼성큼 걸어왔다. 그녀는 다양한 종류의 원단 조각을 이어 붙인 기하학적인 문양의 재킷을 입고 있었다. 통풍이 잘될 것 같은 얇은 원단에서부터 한겨울에 입어도 될 두꺼운 원단까지 모두 섞여 있어 도통 계절감을 가늠할 수 없는 옷이었다.

"저기 소맷단은 실밥이 다 나와서 거칠어 보이는 원단인데, 가슴 주머니는 바늘로 한 땀 한 땀 수를 놓았어. 굉장히 독특해."

나는 재킷을 보며 감탄했다.

"그, 그래? 나는 잘 모르겠어. 그런데 향은 정말 근사하다."

지나가 코를 킁킁대며 말했다. 각각의 옷감은 다른 향을 발산하고 있었다. 그림을 그리기 위해 여러 번 물감을 덧칠한 것처럼 향이 여러 겹 겹쳐져 있었는데 그것이 합쳐져 하나의 완벽한 향으로 재탄생되었다. 깨끗하고 촉촉한 수채화 향이 물감 번지듯 확산되었다.

"안녕하십니까, 센트 뷰티 소장 이루리입니다."

그녀가 기운차게 인사했다. 그녀는 다른 소장들에 비해 너무 어려 보였기 때문에 소장이라는 말에 놀라지 않을 수 없었다. 이 소장은 어느 패션이든 소화할 것 같은 늘씬한 키에 긴 팔다리를 자랑하고 있었다. 강리애는 그녀의 스타일이 마음에 들었는지 누구보다 크게 환호했다.

"여러분을 뵐 생각에 아침부터 어떤 향을 두르고 올지 참 고민이 많았답니다. 옷감에 한 땀 한 땀 향을 박아 만든 이 재킷, 괜찮으신지 모르겠어요."

"너무 예뻐요."

"정말 멋있어요!"

강리애와 그녀 옆에 있던 박세란이 소리쳤다.

"감사합니다. 여러분, 센트 뷰티 연구소 어떠신가요? 저는 개인적으로 이곳이 가장 미적으로 우수한 연구소가 아닐까 생각합니다. 이미 들으셨겠지만 센트 뷰티의 외벽은 특수한 물질로 마감되어 따스한 바람이 불어올 때는 따뜻한 색감으로 차가운 바람이 불어올 때는 차가운 계열의 색감으로 바뀌어요. 우리 다 매번 같은 모습일 수는 없잖아요. 옷도, 화장도, 건물도?"

그녀는 자신감이 충만한 톡톡 튀는 목소리였다. 젊은 나이에 연구소장 자리를 꿰찬 만큼 남다른 포부가 있어 보였다.

"센트 뷰티는 가장 특색 있는 연구소입니다. 우리 연구소는 뷰티 즉, 아름다움은 향을 통해 완전해진다고 생각하며 이 생각에 동참하는 전 세계 코스메틱 및 패션 업계 종사자들과 함께 일하고 있습니다. 이러한 일에 함께하기 원하시는 분들은 우리 연구소에 지원해 주시면 좋겠습니다."

센트 뷰티에 감흥이 없는 나와 지나는 가만히 듣고 있었만, 강리애는 당장이라도 손을 들고 지원할 기세였다.

"자, 여러분들이 가장 궁금해하실 시험 얘기를 해 볼까요?"

시험이라는 단어에 나는 자세를 바르게 하고 그녀의 말에 집중했다.

"우리는 향을 통해 얼마든지 한 사람을 표현해 낼 수 있고, 그 사람의 분위기를 바꿀 수 있으며, 심지어 누군가의 기분까지 섬세하게 조각해 낼 수 있다고 믿습니다. 이 뜻에 걸맞은 시험을 준비했으니, 마음껏 실력 발휘를 해 주시기 바랍니다. 다음번에 저를 만날 때는 인턴이 되어 만나기를 기대하겠습니다. 감사합니다."

발표를 마친 이루리 소장은 손을 흔들며 미팅 룸 밖으로 나갔다. 흰 벽에 덧대어진 투명한 모니터에는 어김없이 농사꾼 K가 나타났다.

―여러분, 드디어 센트 그룹 인턴 연구원 2차 선발 시험의 마지막 관문을 앞두고 있습니다. 많이 떨리시나요?

"네."

모두가 초조해하고 있었다. 나는 앉아 있는데도 다리가 후들거리고 속이 울렁거렸다.

―그간 정말 고생 많으셨습니다. 끝까지 후회 없이 시험 치르시면 좋겠습니다. 이번 시험은 개인전입니다. 네 번째 시험 주제를 말씀드리도록 하겠습니다. 사랑하는 사람에게 선물할

향수를 만들어 주세요!

향수라는 말에 몇몇 아이들은 박수를 쳤지만, 나는 숨이 턱 막혔다.

—구체적인 방법은 다음과 같습니다. 첫 번째, 원하는 향료를 골라 주세요. 홀로그램 패드에서 향료를 요청하면 드론이 그것을 가져다줄 것입니다. 두 번째, AI 3D 프린터를 통해 향수병을 직접 제작해 주세요. 세 번째, 시험지에 향수 이름과 향수에 대한 짤막한 설명을 함께 적어서 내 주세요. 참고로 이번 시험에서 1등을 한 지원자에게는 연말에 열리는 이머징 쇼에서 향수를 발표할 기회를 드리도록 하겠습니다.

이머징 쇼라는 말에 곳곳에서 탄성이 터졌다. 인턴으로 합격하는 것만으로도 기쁜데 이머징 쇼에서 향수를 소개할 수 있다고 하니 엄청난 혜택이 아닐 수 없었다.

—배합한 향의 조화, 향에 담은 의미, 창의성 이 세 가지를 바탕으로 심사를 진행하겠습니다. 향수는 심사 위원 3인의 평가를 거치게 되고요. 제한 시간은 60분입니다.

농사꾼 K의 목소리에 기대감이 묻어 있었다. 우리는 시험을 위해 미팅 룸 바깥에 있는 조향사 컬렉션 공간으로 나갔다.

"자! 각자 이름이 쓰인 테이블을 찾아 주세요."

진행 요원의 말에 내 이름이 적힌 테이블을 찾아갔다. 내 머릿속은 걱정과 염려로 범벅이 되었는데, 향수를 좋아하긴 하지만 배워 본 적도, 만들어 본 적도 없기 때문이었다. 향수를 만들어야 한다니 눈앞이 캄캄했다.

테이블 위에는 공병, 비커, 저울 등 각종 도구가 마련되어 있었다. 다행히 테이블마다 진행 요원이 한 명씩 배치되어 간단히 향수를 만드는 방법을 설명해 주었다. 지원자들은 창의적으로 향료를 배합하기만 하면 되는 것이었다. 향료 단 1그램만으로도 향 차이는 발생하는 법이었다. 그 몇 그램 안에 나만의 독창성과 후각적 재능을 세밀하게 드러내야 했다.

둥둥―.

60초 카운트다운이 시작되었다. 공간에 북소리가 울려 퍼졌다. 실험을 하던 연구원들이 북소리를 듣더니 웅성거리기 시작했다. 아마 저들도 한때는 우리처럼 이런 시험을 치렀을 것이다. 떨리는 심정을 공감하는지 그들은 우리를 응원하기 시작했다.

"침착하게 하세요."

"할 수 있다!"

"파이팅입니다."

박수갈채와 함성. 나는 그 응원에 힘입어 의지를 다졌다.

―시작해 주세요.

농사꾼 K의 외침에 시험장은 언제 그랬냐는 듯 순식간에 조용해졌다. 몇몇 아이들은 시작과 동시에 패드를 눌렀지만, 나는 눈을 감았다. 사랑하는 사람에게 선물할 향수를 만들라는 시험 주제를 떠올리며 차분히 생각을 정리하고 싶었다. 사랑하는 사람. 사랑이라는 단어 앞에서 이러니저러니 해도 결국 떠오른 건 가족이었다. 나는 엄마를 생각했다. 엄마는 내 꿈을 반대했고, 그래서 엄마가 밉기도 했지만 모순적이게도 나는 엄마에게 근사한 향수를 선물하고 싶었다.

대상을 정했으니 무슨 향을 조합해야 할지 고르는 일이 남았다. 엄마를 위한 향이기 때문에 튤레 향을 쓰지 않을 수 없었다. 튤레 향을 베이스로 엄마가 좋아하는 것들을 추가해 개성있는 향을 만들어 내기로 마음먹었다. 나는 엄마의 주변에서 맡을 수 있는 향들을 떠올려 보았다.

나를 임신했을 때 그렇게나 많이 먹었다는 귤. 엄마는 아직도 겨울이면 항상 손톱이 노랗게 될 정도로 귤을 먹고는 했다. 그래서 겨울이면 엄마에게서 튤레 향과 귤껍질 향이 은은하게 퍼져 나왔다. 또 엄마는 아침마다 커피를 마셔서 온 집 안에 커피 향이 퍼진다. 집에 열 가지도 넘는 커피 원두가 있는데, 그것들은 제각기 다른 향을 가지고 있다. 꽃 향, 초콜릿 향, 허브 향, 과일 향, 매콤한 향. 엄마는 보통 두세 가지의 원두를 직접 조합해 커피를 내리는데, 엄마가 내리는 커피는 밖에서 사 먹는 커피보다 훨씬 향이 풍부했다.

소설가를 꿈꾸는 엄마는 글을 쓰기 전에도 오일을 바르면서 생각을 정리한다. 패츌리나 유칼립투스, 레몬그라스, 로즈메리 오일 등 항상 두세 가지의 오일이 엄마의 서재에 구비되어 있다. 그리고 나른해지는 오후 시간이 되면 엄마는 어김없이 차를 끓인다. 홍차도 좋아하지만 그보다 꽃차를 끓이는 일이 더 잦다. 그중에서도 엄마가 제일 좋아하는 차는 재스민 차였다.

생각에 빠져 있는 사이 지나 근처에 드론이 새 떼처럼 몰려드는 것이 보였다. 지원자들은 칸막이가 없는 커다란 테이블에서 시험을 보았기 때문에 서로 무슨 일을 하고 있는지 알 수 있었다. 어떤 향료를 쓰는지, 향의 균형이 좋은지 나쁜지는 알 수 없어도 무게를 재고 있는지, 향을 배합하는지, 드론에게 향료를 요청하는지 정도는 알 수 있었다. 나를 포함한 몇몇 아이들의 눈길이 지나에게 향했다. 그녀의 테이블 위로 플라스크가 잔뜩 쌓이기 시작했다. 저 정도 양이면 향만 맡다가 시간이 다 흘러가 버릴 것만 같았다.

어느덧 내 시선은 로라에게 향했다. 로라는 누구를 위한 향수를 만들까? 회장님에게 선물할까? 아침부터 계속 우울해하던 로라는 지금은 굉장히 집중하고 있었다. 나도 고개를 흔들고 내 할 일에 집중하기로 했다.

나는 머릿속으로 향을 제조했다. 튤레꽃의 꽃잎에서는 바닐라 아이스크림처럼 달콤한 향이 난다. 거기에 바닐라 향이 느껴지는 통카 빈tonka bean을 추가하면 튤레 향이 더 강조될 것이다. 시트러스 향은 빨리 날아가기 때문에 향이 강한 것으로 고르되 소량만 넣는 게 좋을 것 같았다. 유자, 레드 오렌지, 청귤 정도를 비교해서 맡아 보기로 했다. 거기에 재스민 또는 패츌리나 베티버 잎을 섞어 이국적인 느낌을 살려 보는 건 어떨까.

전체적인 얼개를 잡은 뒤 나는 홀로그램 패드를 터치했다. 코로 확인해 볼 차례였다. 패드를 통해 툴레, 통카 빈, 유자, 레드 오렌지, 청귤, 재스민, 패츌리, 베티버를 요청하자 얼마 후 흰색 드론 몇 대가 날아왔다. 그것들은 속속들이 내가 요청한 플라스크 향료를 들고 왔는데, 집게발에서 플라스크를 내려놓고는 윙 소리와 함께 위로 올라갔다.

테이블 위에 플라스크를 일렬로 줄 세웠다. 딱히 위험할 건 없을 것 같았지만 보안경을 끼고 깔때기를 사용해 시험관에 각 향료를 조금씩 부었다. 진짜 조향사가 된 것 같은 느낌에 기분이 한껏 고조되었다.

툴레의 향과 가장 어울리는 향 조합을 찾아 코를 쿵쿵거렸다. 조합을 찾는 과정은 10여 분 정도 소요되었는데, 결론적으로 툴레 향과 어울리는 시트러스 열매는 유자와 레드 오렌지였다. 그리고 이러한 바탕의 향에는 패츌리나 베티버에서 나오는 나무 향보다 재스민의 꽃향기가 더 어울렸다.

어떠한 재료들을 조합할지 정했기에 그다음으로 할 일은 비율을 조절하는 일이었다. 나는 툴레꽃과 통카 빈, 유자와 레드 오렌지를 적정 비율로 섞었다. 그런 다음 저울을 사용해 툴레

꽃과 통가 빈을 배합한 것과 유자와 레드 오렌지를 배합한 것, 재스민 이렇게 세 종류의 배합액의 비율을 조절해 가며 섞어 보았다. 수많은 냄새 분자로 코가 마비될 즈음에는 한쪽에 마련되어 있는 커피콩 냄새를 맡거나 팔뚝에 코를 박아 콧구멍을 환기시켰다. 한참 향을 섞고 보니 조용한 찻집에서 차와 곁들여 먹는 다과 내음이 나는 것 같았다. 달콤하면서도 은은하게 상큼한 향. 엄마의 서재에 어울릴 법한 향이었다.

잠시 허리를 펴기 위해 고개를 들자 강리애가 눈에 들어왔다. 나도 모르게 그녀를 의식하고 있었다. 강리애는 아주 능숙한 손놀림으로 향료를 붓고 냄새를 맡고 있었다. VON 학원에 다니는 학생들은 이미 향수 만들기를 여러 차례 해 보았을 것이다. 강리애도 그동안 향수를 만들어 본 경험에 따라 가장 완성도 높았던 배합을 선택할 거라는 생각이 들었다. 엘리트 학원에 다니는 아이들과 출발선이 다르다는 생각에 괜히 질투심이 치솟았다. 나는 내가 만든 향을 깊게 들이마시며, 부질없는 질투심을 삼켜 냈다.

마지막 단계는 3D 프린터로 향수병을 만드는 일이었다. 홀로그램 패드에서 3D 프린터 이미지를 누르자 사용 방법이 간략히 흘러나왔다. 3D 프린터에는 향수병 예시 디자인이 있었다. 그대로 사용해도 될 만큼 훌륭한 모양이었다. 표면이 오돌토돌 거친 향수병은 우드나 시가, 위스키처럼 성숙한 느낌을 주는 향을 담기에 적절해 보였다. 사과처럼 동그란 향수병은 복숭아나 자두처럼 산뜻하면서도 새콤한 과즙 향을 담으면 좋을 것 같았다. 그렇다고 그 디자인을 사용할 수는 없는 노릇이었다.

AI 기능을 통해 내가 원하는 디자인을 그림이나 글로 3D 프린터에 전달하면 그것을 그대로 3D로 구현해 낼 수 있었다. 원하는 디자인이 완성될 때까지 지원자들은 여러 차례 디자인을 수정하는 것이 가능했다.

시간을 보니 아직 25분이나 남아 있었다. 지금까지의 시험은 모두 제한 시간에 쫓기듯이 치렀는데, 이번 시험은 예외적으로 시간이 매우 넉넉하게 느껴졌다. 마지막 시험인 만큼 자신의 능력을 충분히 드러낼 수 있게 해 주려는 의도일까.

그런 생각이 들자 더욱더 심사숙고하게 되었다. 엄마가 사용하는 틀레꽃 향수는 일반적인 직사각형 형태의 병에 담겨 있었다. 나는 향수병을 원래 그와 비슷한 형태로 만들려고 했으나, 그렇게 하면 좋은 점수를 받기 어려울 것 같다는 생각이 들었다. 지금 만든 향수를 엄마에게 드린다면 엄마는 이런저런 잔소리를 늘어놓을지도 모른다. 엄마는 내가 아는 사람 중에 가장 향에 민감했다.

그토록 향에 민감한 엄마가 틀레꽃 향수만 사용하는 것은 마음에 드는 다른 향수가 없어서일 것이다. 나는 그런 엄마에게 딱 맞는 맞춤형 향수를 선물하고 싶었다.

드릉드릉. 윙.

집중을 하다가도 드론들이 날아다니는 소리에 종종 집중력이 흐트러졌다. 오기석과 박세란은 아직 어떤 향을 배합할지 정하지 못했는지 그들 앞으로 드론들이 요리조리 오고 갔다. 무심코 날아가는 드론을 지켜보다가 선반 위의 어느 한 구역이 내 눈에 들어왔다. 그 공간은 유리막으로 차단되어 드론들이 지나갈 수 없었다. 모든 공간이 뚫려 있는 줄 알았는데, 그게 아니었다.

왜 저곳만 접근을 막아 놓은 것일까. 특별한 향들이 있는 것일까. 의아해하고 있는데 그 순간 섬광처럼 기가 막힌 생각이 머리를 스쳤다. 엄마에게 정말 맞춤형 향을 선물할 수 있겠다는 생각이 들었다. 나는 구상한 디자인을 3D 프린터로 만들어 냈다. 시험지에 향수 이름과 짤막한 설명도 술술 적어 내려갔다.

시험이 종료되었다. 제출한 향수와 시험지는 진행 요원에 의해 어딘가로 옮겨졌다. 지원자들은 시험을 본 공간에서 잠시 대기하게 되었다. 곧이어 벽에 달린 가장 큰 모니터에서 농사꾼 K가 등장했다.

—여러분! 사랑하는 사람을 위한 향수는 잘 만드셨나요? 정말 고생 많으셨습니다.

나 스스로도 그동안 정말 고생 많았다는 생각이 들었다. 주변에 있던 연구원들도 시험 종료를 축하해 주었다.

―곧이어 세 분의 심사 위원께서 여러분의 향을 평가해 주실 텐데요. 어찌 보면 향을 평가하는 것에는 굉장히 주관적인 의견이 들어갈 수밖에 없습니다."

고개가 절로 끄덕여졌다. 우리 엄마에 대해 모르는 이들이 이 향수에 대해 깊이 이해하기는 어려울 것이었다. 향수와 함께 적어 낸 몇 마디 문장만으로는 내가 이 향수에 담아 내려고 한 것들을 결코 다 설명할 수 없었다.

―사랑하는 사람을 위한 향수를 만드는 것이 이번 시험 주제였던 만큼 이번 시간에는 여러분이 직접 심사 위원 앞에서 향수에 대해 발표해 주시면 좋겠습니다. 호명되시는 분은 심사 위원들이 있는 방으로 들어가 설명을 하고 나오시면 됩니다. 가장 늦게 향수를 제출한 사람부터 발표를 진행하도록 하겠습니다.

발표를 한다는 이야기에 여기저기서 웅성거리는 소리가 났다. 나는 향수를 어떻게 설명해야 할지 머릿속으로 빠르게 생각해 보려 애썼다.

"유지나."

첫 발표자는 지나였다. 지나가 첫 번째 순서인 것은 안타까웠으나 내가 첫 번째가 아니라서 다행이라는 생각이 들었다.

나는 이 시간을 십분 활용해야 했다. 무슨 말을 해야 할지 계속해서 머릿속으로 정리를 하기 시작했다.

나는 바로 다음 차례였다. 별다른 장식이 없어, 단조롭고 밋밋한 회의실에 들어가자 심사 위원 세 명이 앉아 있었다. 그중 한 명의 얼굴이 눈에 확 들어왔다. 올해의 조향사로 선정된 세계적인 조향사 은호였다. 그는 이미 자기만의 향수 브랜드를 가지고 있었는데, 내 방에 전시된 '뿌리면 빛이 나는 야광 향수'도 그의 작품이었다. 나는 시험이라는 것도 잊고 놀란 얼굴로 그를 바라보았다.

"안녕하십니까, 센트 뷰티 조향사 은호입니다. 앞에 보이는 의자에 앉으시면 됩니다."

그는 가장 왼쪽에 앉아 있었는데 내가 만든 향수는 그들 앞쪽에 놓여 있었다. 제출한 시험지도 그 옆에 놓여 있는 것이 보였다.

"반갑습니다. 센트 뷰티 크리에이티브 디자인을 담당하는 최미나 연구원입니다."

이번에는 가장 오른쪽에 있던 연구원이 인사를 했다. 그녀는 아이라인을 거의 관자놀이까지 그려 눈매가 매서워 보였는데 푸른빛이 가득한 분홍색 립스틱을 발라 추워 보이는 듯한 느낌이 들었다. 요즘 유행하는 메이크업이라고는 하지만 쉽게 하기 어려운 화장 방식이었다. 그녀의 손가락에는 검정색 매니큐어가 칠해져 있었는데 어찌나 색이 진하고 깔끔하게 발라져 있는지 얼핏 손톱 부분이 검은 구멍처럼 보였다.

"저는 센트 뷰티 수석 연구원 조아람입니다. 자리에 앉으시겠어요?"

가운데 앉은 단정해 보이는 연구원이 말했다. 의자에 앉지 못하고 심사 위원들과 눈을 마주치며 인사하던 나는 드디어 자리에 앉을 수 있었다. 조아람 연구원은 상대적으로 편안한 분위기를 풍겼다. 그녀가 이어서 말했다.

"향수 만드시느라 고생 많으셨습니다. 저희들은 아직 이다린 지원자가 만든 향수의 향을 맡지 않았는데요, 설명을 듣고 나서 향을 맡아 보도록 하겠습니다. 어떻게 이 향수를 만들게 되었는지 말씀해 주시겠어요?"

"네, 알겠습니다."

내가 만든 향수병은 '번호 버튼이 있는 자물쇠' 모양이었다. 향수병 디자인만으로도 눈길을 끌 거라 생각했지만, 심사 위원들의 반응은 뜨뜻미지근했다.

"저는 엄마를 위해 향수를 만들었습니다. 이 병은 맞춤 향수병입니다."

심사 위원들이 집중하는 것이 느껴졌다. 나는 내 설명이 심사 결과에 매우 중요할 거라는 것을 깨달았다. 그러자 면접을 보는 것처럼 긴장이 되었지만, 차분히 발표를 이어 나갔다.

"저희 엄마는 보는 것보다 만지는 것에 익숙하십니다. 눈이 안 보이시거든요. 대신 후각이 발달해서 향에 무척 민감하십니다. 그런 엄마를 위해 어떤 향수를 만들까 하다가 이 맞춤형 향수를 만들게 되었습니다."

"어머님이 자물쇠를 좋아하시나요?"

최미나 연구원의 물음에 실소가 나올 뻔했지만 겨우 참았다. 덕분에 긴장감이 가셨다.

"아, 아닙니다. 궁금해하실 것 같아서 향 설명 전에 향수병 디자인에 대해 먼저 말씀드리도록 하겠습니다. 이 병은 보시다시피 전면부에 양각으로 튀어나온 아홉 개의 버튼이 있습니다. 이 때문에 다른 향수병과는 확연히 구분되어 엄마가 구별하시기에 용이합니다."

"일종의 점자네요?"

은호 조향사는 핵심을 잘 짚었다.

"네, 비슷합니다. 이 자물쇠 향수는 상단, 중단, 하단부에 각각 다른 향을 담았습니다."

"층마다 다른 향이라……. 향을 나눠 놓은 이유가 있겠지요?"

조아람 연구원은 내 의도를 물었다.

"네, 맞습니다. 이 자물쇠 병은 지정된 비밀번호에 따라 열리는 구조가 아닙니다. 각 단의 숫자 버튼을 하나씩 누르면 자동으로 고리가 풀리고, 안에 들어 있던 향들이 자동으로 섞여 분사되는 구조입니다. 여기서 포인트는 단마다 있는 1에서 3까지의 숫자 버튼인데요. 이 숫자는 향의 세기를 나타냅니다. 향을 약하게 하고 싶을 땐 1번, 강하게 하고 싶을 땐 3번을 눌러서 세기를 조절할 수 있기 때문에 그날의 기분에 맞게 세 가지 향의 배합을 달리해서 사용할 수 있는 맞춤형 향수이지요. 당연히 숫자는 점자로 표기해 두었습니다."

"아직 향을 맡아 보진 않았지만, 접근 방식이 놀라운데요?"

은호 조향사였다. 그는 독특한 향수를 만드는 조향사답게 내 향수병에 가장 큰 관심을 보였다. 세계적인 조향사에게서 칭찬을 받자 입꼬리가 저절로 올라갔다.

"저도 기대가 되는데요? 향에 대해서도 설명해 주시겠어요?"

조아람 연구원이었다. 그녀는 향수병보다 향이 더 궁금한 눈치였다.

"네, 저는 총 다섯 가지 향료를 섞어 사용했는데요, 상단에서 하단부로 갈수록 더 무겁게 설계해 하단부 향은 잔향이 진하게 남도록 했습니다."

"톱 노트, 미들 노트, 베이스 노트라고도 할 수 있지요."

최미나 연구원이 거들며 말했다.

"네, 제가 정식으로 배운 것은 아니지만 그렇게 만들어 보려고 했습니다. 상단에는 레드 오렌지와 유자를 섞어 넣었고요.
중단에는 재스민을, 하단에는 튤레와 통카 빈을 섞은 향을 넣
었습니다."

"튤레를 썼다고요?"

조아람 연구원은 튤레라는 말에 상당히 놀란 반응을 보였다.
반면, 은호 조향사나 최미나 연구원은 별다른 반응을 보이지
않았다.

"네, 저희 엄마가 제일 좋아하시는 향이 튤레꽃 향입니다."

"튤레는 센트 아일랜드에서만 피는 꽃인데……. 어머님이 향
에 대한 조예가 깊으신 듯합니다."

조아람 연구원이 그렇게 말하자 최미나 연구원이 관심을 보
였다.

"튤레꽃 향이 나는 향수라니 저도 본 적이 없어 궁금하네요.
한번 뿌려 봐 주시겠어요?"

"네."

나는 자물쇠 향수를 들어 올리고 시트러스 향이 담긴 상단은
2번, 재스민 향은 1번, 튤레와 통카 빈이 들어간 하단부는 3번
을 눌렀다. 가장 마음에 드는 비율이었다. 향이 퍼져 나가도록
손바람을 일으켰다.

"튤레는 바닐라 아이스크림처럼 부드럽고 달콤한 향이 나는
꽃이라서 통카 빈 향을 조합해 무게감을 더했습니다. 거기에

엄마가 좋아하는 시트러스 향을 추가하고 싶었는데, 향이 강한 유자와 레드 오렌지를 선택해 상큼함을 더했습니다. 마지막으로는 재스민을 넣었는데요. 자칫 가볍게 느껴질 수 있는 향에 재스민 향을 더해 이국적이면서도 밀도 높은 느낌을 주려고 하였습니다."

심사 위원들이 향을 음미했다.

"엄마는 요즘 소설을 쓰고 계십니다. 글을 쓰기 전 항상 에센셜 오일을 바르는 습관이 있으신데요, 앞으로는 오일 대신 제가 만든 향수를 뿌리셨으면 좋겠습니다. 이 향수가 엄마에게 독특한 영감을 불러일으켜 주길 바라는 마음에서 이 향수를 만들어 보았습니다. 그 의미를 담아 향수 이름은 '마스터 키'로 지었습니다."

"센스 있는 작명이네요. 향수병은 모양만 특이한 줄 알았더니 기능성이고요. 의미도 좋아요."

최미나 연구원이 고개를 끄덕이며 말했다. 그녀는 계속해서 심사 평을 이어 갔다.

"각각의 향이 따로 놀지 않고 조화를 이루고 있네요. 이 향 자체로도 좋은데 다른 향수랑 같이 뿌려도 잘 어울릴 것 같아요. 화장품으로 따지면 베이스 메이크업을 한 느낌이랄까요?"

나는 예상치 못한 호평에 몸 둘 바를 몰랐다. 이번에는 은호 조향사가 말했다.

"달콤한 향의 툴레 꽃잎이 유자와 오렌지를 만나 싱싱하게 피어난 느낌이 듭니다. 거기에 재스민 향이 무게를 잡아 줘서 단편적인 향이 아니라 입체적인 향으로 느껴지네요. 인상 깊은 향수였습니다."

이것은 완벽한 칭찬이었다. 두 심사 위원에게 좋은 평을 받자, 조아람 연구원의 평가도 기대되기 시작했다. 그녀는 버튼을 달리해서 다양한 비율로 향을 맡아 보고 있었다. 수석 연구원답게 그녀는 확실히 꼼꼼하고 세심한 느낌이 들었다.

"엄청 개성 강한 향은 아니지만, 호불호 없이 누구나 좋아할 향이네요. 하지만 선물하려는 사람의 취향에 맞게 세심하게 향을 설계한 점이 중요하겠죠? 자물쇠라는 형태를 독특하게 활용한 점, 향수 세기를 조절할 수 있는 개인 맞춤형 향수라는 점에서 창의성을 높이 사고 싶습니다. 향 잘 맡았습니다."

조아람 연구원도 긍정적인 평가를 해 주었다. 합격이 코앞에 다가온 느낌이었다. 그들은 서로 눈빛을 주고받더니 최종 질문을 건넸다.

"이다린 지원자, 마지막으로 하고 싶은 말 있으신가요?"

나는 잠시 망설이다가 진심을 내뱉었다.

"저희 엄마는 제가 연구원이 되는 것을 반대하셨습니다. 이 향수에는 사실 엄마가 저를 응원해 줬으면 하는 마음도 담겨 있습니다. 좀처럼 열리지 않는 엄마 마음도 이 향을 맡고서 활짝 열렸으면 좋겠습니다. '마스터 키'라는 이름처럼요. 감사합니다."

발표를 마치자 꽃길 위를 걷는 듯한 기분이었다. 마음이 들떠서 센트 스페이스 연구원이 아니라 센트 뷰티 연구원이 되어야 하는 건 아닐까 하는 생각마저 해 볼 정도였다.

발표가 끝나고 지원자들은 향수를 만들었던 공간에서 진행요원의 안내를 기다렸다. 우리들이 제출한 열 개의 향수는 테이블 위에 쪼르르 놓여 있었다. 로라는 누구와도 눈을 마주치지 않았고, 지나는 시험을 끝내서 그런지 싱글벙글한 모습이었다. 곧이어 진행 요원이 등장해 이번 시험 결과는 내일 발표될 예정이라고 했다. 긴장했던 마음이 풀리고 안도하던 차에 이루리 소장이 나타났다.

"여러분! 시험 보느라 고생 많으셨습니다. 호텔로 돌아가기 전에 특별히 여러분을 보고 싶어 하는 분이 계셔서 급하게 자리를 마련했습니다. 스페셜 심사 위원을 소개하겠습니다."

마음을 놓고 있었는데 또 심사가 있다고 생각하자 피곤이 몰려왔다.

"큰 박수 부탁드립니다."

영문도 모른 채 박수를 치는 동안 조향사 컬렉션의 문이 열렸다. 나는 시상식도 아니고 진행이 너무 요란스러운 것 같다고 생각했다.

"뭘 박수까지……."

누군가가 너스레를 떨며 안으로 들어왔는데 그를 보자 연구원 전원이 벌떡 일어섰다. 비서로 보이는 사람과 함께 팔자걸음으로 걸어온 그는 다름 아닌 센트 그룹의 김윤기 회장이었다.

"대박."

오기석이 놀라는 소리가 여기까지 들렸다. 우리는 너 나 할 것 없이 자리에서 일어났다. 가장 늦게 일어난 것은 로라였다. 로라는 아무렇지도 않은 척 무표정하게 있었지만 나는 그녀의 얼굴에 안도하는 기색이 보이는 것 같다고 생각했다.

"원래 인턴 선발 시험에는 회장님이 참관을 안 하시는데, 오늘은 특별히 와 주셨네요."

이루리 소장의 말에 몇몇 아이들이 로라를 바라보았다.

"다들 앉으시지요."

김윤기 회장은 환하게 웃으며 지원자들이 있는 테이블 맞은편에 섰다.

"여러분, 이렇게 만나 뵙게 되어 반갑습니다. 뛰어난 지원자분들이 우리 센트 그룹 인턴으로 지원해 주셔서 얼마나 기쁜지 모르겠습니다. 제가 이 자리에 온 것은 심사하러 온 것이 아니고요, 여러분을 격려하는 차원에서 왔습니다. 온 김에 여러분이 만든 향수의 향이나 한번 맡아 보고 갈까요? 실력이 좋다고 하니 더 궁금해지네요."

그 말을 마쳤을 때, 나는 김윤기 회장이 나를 보기 위해 온 것은 아닐까 하는 희한한 생각을 했다. 집무실에서 들었던 대화가 떠올랐던 것이다.

'한주혜 딸이 시험을 보고 있습니다.'

내가 명확히 아는 것은 아무것도 없었다. 섣부르게 판단하지 말자고 되뇌었다. 나는 되도록 김 회장과 엮이고 싶지 않았다. 엄마의 취향을 담아낸 내 향수도 그가 맡아 보지 않았으면 했다.

"이 향수는 퍼플산 모양인가요?"

그가 첫 번째로 들어 올린 향수는 오기석 것이었다. 오기석은 벌떡 일어나 자신감 넘치는 목소리로 말했다.

"네, 센트 아일랜드의 퍼플산을 표현한 향수로⋯⋯."

"아아, 괜찮습니다. 최종 심사를 하려고 온 거 아닙니다. 그냥 향만 맡고 갈 거니까 부담 갖지 않으셔도 돼요."

김 회장은 오기석의 말을 끊고 앉으라고 손짓하고는 뚜껑을 열어 향을 분사했다. 집무실에서 봤던 모습과 달리, 푸근하고 소탈해 보이는 모습이었다. 김윤기 회장은 신중히 향을 맡으면서도 별다른 말을 하지는 않았다. 자신이 최종 심사를 하는 것이 아니라는 말을 지키려는 듯했다.

이제 남은 향수는 두 가지였다. 그리고 마침내 김윤기 회장이 내 향수를 집어 들었다. 나는 그의 얼굴에 난 점을 셀 수도 있을 만큼 그 얼굴을 유심히 바라보았다. 그는 내 자물쇠 향수를 보고 잠깐 주저했지만 곧이어 버튼 세 개를 누르고 뿜어져 나오는 향을 맡았다. 김윤기 회장의 미간이 살며시 찌푸려졌다. 두툼한 콧방울이 유독 좌우로 많이 움직이는 것 같은 느낌이었다.

"툴레 향이 들어갔네요?"

김 회장이 말했다. 그는 단번에 내 향수에 들어간 향료를 맞췄다. 툴레를 꼭 집어 말하는 것이 의미심장했지만, 좋다는 건지 나쁘다는 건지 알 수 없었다. 그가 '마스터 키'의 자물쇠 고리를 잠그며 말했다.

"향수병이 특이하네요."

내 향수에 대한 말은 그것이 끝이었다. 그는 인자한 얼굴로 마지막 향수의 향까지 맡아 보았다. 나는 그가 나 때문에 왔을 수도 있다는 생각이 오해였던 것 같다고 결론을 내렸다. 나에게 특별한 관심이 향하는 것을 조금도 느낄 수 없었던 것이다.

김 회장은 마지막 향수 시향을 마친 뒤, 농사꾼 K를 대신해 시험 종료를 알렸다.

"여러분, 내일 오전 마지막 결과 발표가 있을 때까지 센트 아일랜드를 마음껏 즐기시기 바랍니다. 다시 한번 감사드립니다."

김윤기 회장은 정말 담백하게 우리에게 격려와 감사를 전하고는 자리를 떠났다.

이로써 모든 시험은 끝났다. 가슴 한구석에 답답하게 응어리져 있던 것이 쑥 내려가는 듯한 느낌이 들었다. 조향사 컬렉션을 빠져나가는 아이들의 얼굴이 유난히 밝았다. 지나 역시 후련해 보이는 얼굴로 내게 다가왔다.

"다린아, 향수병 진짜 신기하던데? 어떻게 그걸 만들 생각을 한 거야?"

지나는 호기심 가득한 얼굴로 내게 물었다.

"아, 그게, 저기 유리막 안에 있는 플라스크들 보여? 뭔가 비싼 향료들을 따로 안전하게 담아 놓은 건가 싶어서 보다가 불현듯 자물쇠가 생각났어."

나는 천장을 가리키며 말했다.

"진짜? 어떻게 생각이 거기까지 미칠 수 있지? 신기하다."

"그러게, 나도 신기해. 근데 저기 어떤 향료가 있는지 궁금하지 않아?"

내가 웃으며 말했다.

"아까 패드로 안 봤어? 스페셜 구역이잖아."

"스페셜 구역?"

"응!"

지나는 고개를 갸우뚱하고서 나를 바라보더니 홀로그램 패드에 다가가 '장소별 향 찾기' 버튼을 눌렀다.

"어? 이런 게 있었어? 난 내가 원하는 향만 바로 검색해서 이런 건 못 봤어."

그녀는 패드에서 '스페셜'이라고 쓰인 구역을 능숙하게 찾아냈다.

"난 아까 이것저것 많이 눌러 봤지. 여기에 비싼 향들이 다 모여 있더라. 이거 알지, 앰버그리스? 한번 맡아 보고 싶어서 눌렀더니 사용 불가라고 나오더라고. 나중에 연구원이 되면 사용할 수 있겠지?"

"앰버그리스? 그 비싼 향?"

맨 윗줄에 적힌 향은 향유고래의 배설물인 용연향, 앰버그리스Ambergris였다. 바닷물에 떠다니다가 해변에 밀려온 것을 누군가 운 좋게 발견하는 경우 말고는 달리 찾을 방법이 없기 때문에 굉장히 비싼 향료였다. 그런데 바로 그 밑에 내 눈을 번쩍 뜨이게 하는 단어가 있었다. ASB.

"어? 잠깐 멈춰 봐. 지나야, 잠시만. 나 좀 궁금한 게 있어서."

나는 지나의 손을 붙잡고 ASB에 대한 내용을 자세히 읽어 보았다.

"다린아, 우리 나가야 할 것 같아. 시험장 정리해야 한다고 나가라는데?"

나는 더 머물고 싶었지만 진행 요원이 우리를 내보냈다. 진행 요원의 성화에 못 이겨 서둘러 나와야 했지만 나는 ASB의 비밀을 풀 수 있었다. 홀로그램 패드에 "ASB—A Scent Barley—Extract(향보리 추출물)"라고 적힌 것을 보았기 때문이다. ASB는 향보리의 약자였다. 모르긴 몰라도 김윤기 회장이 말했던 ASB 루트로이드는 향보리와 관련된 용어일 것이다.

그것을 보자 나는 김 회장이 엄마의 사고와 관련이 있을지도 모른다고 생각했던 것이나, 엄마와 사이가 안 좋았기 때문에 나를 떨어뜨리는 건 아닐까 하고 생각했던 것이 내 지나친 망상이었던 것 같다고 생각했다. 그는 그저 회장으로서 창립자 한주혜의 딸이 시험 본다는 내용을 사실 그대로 보고받았을 뿐일지도 모른다. 더군다나 그와 엄마의 사이가 좋지 않았던 것은 너무나 오래전의 일이었다.

나는 예민해져 있던 머릿속을 비우고자 고개를 흔들었다.

"왜 그래?"

그 모습을 보고 지나가 걱정스러운 듯 물었다.

"아니야, 괜찮아."

그러는 와중에 나는 로라의 모습을 보고서 놀라 눈을 깜빡였다. 조금 전까지만 해도 뽀로통하게 있던 로라가 환하게 웃으며 오기석과 이야기하고 있었던 것이다.

시험이 끝나서 후련하기도 했지만 로라와 관계가 틀어져 마음이 편하지 않았다. 지원자들은 시험이 모두 끝났기에 수영장, 온천, 바닷가 등 센트 아일랜드의 많은 시설을 잠시 즐길 수 있었다. 그러나 나는 불편한 마음에 아무것도 할 수 없었다. 시험을 마치고 점심을 먹을 때에도 그녀는 나와 거리를 뒀다. 로라는 시험이 끝난 뒤 오기석과 내내 붙어 다녔고, 그와 점심도 함께 먹었다. 하필 오기석이라니. 그러나 의외로 오기석이 로라를 편견 없이 대하고 있는 건 아닐까 하는 생각도 들었다.

숙소에 돌아온 지나는 배부르게 먹고도 뭔가 허전하다며 센트 푸드 베이커리에서 사 온 '체리 퐁당 오 쇼콜라'를 식탁 위에 올려놓았다.

"초콜릿에 체리가 섞여서 마치 색깔이 용암 같아. 맛은 말해 뭐 해. 다린아, 너도 한 입 할래?"

그때 로라가 들어왔다.

"어, 같이 먹을래?"

지나가 로라를 보며 어색하게 말했다. 나는 나를 원망하는 로라의 눈빛을 마주하고 싶지 않아서 방으로 들어가기 위해 소파에서 일어났다. 그런데 로라가 뜻밖의 이야기를 꺼냈다.

"이다린, 내가 미안해. 무턱대고 의심해서."

그녀가 내게 사과했다. 생각지도 못한 말에 당황했지만, 로라의 사과에 마음이 바로 누그러졌다. 화해를 못 하고 이대로 헤어지게 될까 봐 마음이 너무 불편했는데 로라가 사과를 하자 우울했던 기분이 모두 사라진 것이다. 나를 의심한 로라가 여전히 조금은 원망스러웠지만, 그보다 기쁜 마음이 더 컸다.

"어? 응……. 너는 괜찮아?"

로라가 김윤기 회장의 딸인 게 알려지고, 아이들의 반응은 두 종류로 나뉘었다. 로라에게 굽신거리거나 로라가 낙하산이라며 경멸하거나. 어떠한 반응이든 내가 로라라면 신물이 날 것 같았다.

"괜찮지는 않아. 그래도 사과는 하고 싶었어. 미안해."

그녀의 진심이 느껴졌다.

"내가 아니라는 거 알면 됐어. 강리애가 소문낸 거야?"

"강리애? 강리애가 왜?"

로라가 의아해하며 물었다.

"아니, 어제 거기서 나오는 길에 강리애랑 마주쳤잖아. 그래서 혹시나……."

내 말에 로라는 딱 잘라 말했다.

"아니야."

"다린아, 강리애를 의심한 거야?"

지나가 나를 올려다보며 말했다. 어느새 그녀의 입가에는 체리 쇼콜라 크림이 한가득 묻어 있었다. 나는 로라가 나를 오해한 것처럼 나도 명확한 근거 없이 강리애를 의심했다는 것을 깨달았다.

"강리애는 아냐. 그 뒤로 나한테 엄청 굽신거리거든. 눈에 딱 보여. 나 그런 애들 많이 봐서 잘 알아. 걔네들은 뒤에서 그런 말 하지 않아. 혼자서만 알고 나한테 더 잘 보이려고 했을 거야."

로라는 확신에 차서 말했다.

"이제라도 오해가 풀려서 다행이야."

제일 신난 사람은 지나였다.

"너희 언제까지 서 있을 참이야. 여기 와서 이것 좀 같이 먹자."

나와 로라는 지나의 맞은편에 가서 앉았다. 냉랭하고 어색한 분위기는 안개 걷히듯 싹 걷혔다. 지나는 냉장고에서 시원한 사이다를 꺼내 쪼르륵 따르며 물었다.

"로라야, 누가 한 짓인지 알아낸 거야?"

제일 궁금한 것이었다.

"모르겠어."

로라가 멍한 목소리로 말했다.

"그럼, 다린이가 이야기를 퍼뜨린 게 아니란 건 어떻게 알게 된 거야?"

지나는 내가 물어보기 어려운 것들을 속속들이 물어봐 줬다.

나는 사이다를 안 마셔도 속이 뻥 뚫린 것처럼 시원해졌다.

"짐작 가는 인물이 생겼거든."

"어? 누구?"

"누구, 누구?"

우리는 둘 다 참지 못하고 질문을 퍼부었다.

"오기석."

"오기석?"

"정말?"

지나와 내가 동시에 외쳤다. 오기석이라면 충분히 그러고도 남을 아이라는 생각이 들었다.

"로라야, 네가 오기석한테 아빠 얘기를 했었어?"

로라에게 물었지만, 그녀는 생각에 잠긴 얼굴로 입을 다물었다.

"로라야, 얼른 얘기해 봐."

지나는 잔뜩 흥분했는지 포크를 내려놓기까지 했다.

"아니, 이게 다 목걸이 때문이야."

로라가 음료를 한 모금 마시더니 입을 열었다.

"목걸이?"

내가 물었다.

"응, 지난번에 오기석이 나한테 목걸이 이쁘다고 한 거 기억나? 아, 그때 눈치를 챘어야 했는데."

"어? 목걸이? 아, 맞아. 나 그거 보고 오기석이 너한테 관심 있는 줄 알았는데?"

지나는 손뼉을 치며 말했다.

"나는 그날도 말해 주고 싶었어, 개 조심해야 한다고. 오늘은 목걸이 안 하고 있네?"

로라는 늘 액세서리를 많이 달고 있기 때문에 목걸이 하나 안 했다고 티가 나지는 않았다. 그러고 보니 오늘은 다른 날에 비해 액세서리가 적었다. 목걸이도 반지도 없이 팔찌 하나만 차고 있었다.

"아침에 경황이 없어서 못 했어."

"아, 그런데 목걸이가 왜? 그게 무슨 상관인데?"

"목걸이 때문에 내가 회장 딸이란 걸 확신한 것 같아."

로라가 말했다. 나는 왜 아까부터 목걸이 타령을 하는지 이해가 가지 않았다. 로라는 우리들의 표정을 읽었는지 목걸이를 가져오겠다고 했다. 로라가 방으로 간 사이 지나는 간식 봉지를 하나 더 뜯었다. 그러자 팝콘 향이 확 풍겨 나왔다. 지나가 팝콘을 한 움큼 입에 넣고 오물거렸다.

방에 들어갔던 로라는 은색 목걸이를 들고 잰걸음으로 나왔다. 체인들이 부딪혀 달그락거리는 소리가 청량하게 들렸다.

"이거야."

로라가 테이블 위에 목걸이를 내려놓으며 말했다.

"보자."

나는 주의 깊게 목걸이를 살폈다. 동그란 은색 펜던트 위에는 퍼플산 문양이 새겨져 있었고 그 아래에는 '20주년'이라는 글귀가 새겨져 있었다.

"이거 퍼플산 아니야?"

내가 묻자 지나도 그런 것 같다며 맞장구를 쳐 주었다.

"맞아, 퍼플산이 새겨진 목걸이야. 사실 이 목걸이 우리 아빠 거거든. 센트 그룹 20주년 때 연구원분들이 특별 제작을 해 주신 거라 아빠가 아끼는 건데, 왠지 이 목걸이를 하고 오면 시험을 잘 볼 것 같은 거야. 그래서 조르고 졸라서 받은 거야."

"아, 그래?"

로라는 여전히 영문 모를 소리를 늘어놓았다. 스무고개를 하는 듯한 기분에 빨리 답을 듣고 싶은 마음이 간절했다.

"응, 아까 점심을 먹는데, 오기석이 왜 오늘은 목걸이 안 하고 왔냐고 묻는 거야. 그거 우리 아빠가 준 거 아니냐면서."

"네가 목걸이 받았다는 얘기를 그 전에 했어?"

나는 무릎을 탁 치며 말했다. 얼마나 세게 내리쳤는지 무릎이 시큰했다.

"그게 핵심이야. 가만 생각해 보니까 나는 누구한테도 그런 말을 한 적이 없는 거야."

침착했던 로라도 점차 흥분하기 시작했다. 우리들은 이 이야기에 완전히 몰입했다. 지나는 어느새 꺼내 놓은 팝콘에 손도 대지 않고 있었다.

"그래서?"

"그래서 내가 넌지시 물었지. '네가 세넥트에 글 올린 건 아니지?' 하고 말이야."

"그랬더니?"

지나가 숨넘어갈 듯한 소리로 물었다.

"그랬더니 표정이 싹 변하면서 대체 무슨 근거로 그런 소리를 하냐고 버럭버럭하는 거야. 너희도 그 표정을 봤어야 해. 완전 다른 사람 같았어. 감이 딱 왔지. 오기석이 폭로했을 수도 있겠구나! 그래서 그냥 돌아왔어."

로라가 말을 마치자 분위기가 급격하게 식었다.

"그, 그냥 돌아왔어? 그게 끝이야?"

나는 일말의 기대감을 가지고 물어봤다. 지나도 옆에서 거들었다.

"더 안 물어봤어? 아빠가 준 목걸이라는 건 어떻게 알았는지? 아침에 세넥트 보고 어떤 생각이 들었는지, 뭐 그런 거. 떠볼 수 있잖아."

하지만 돌아오는 답변은 미지근하기 짝이 없었다.

"응, 끝. 화내면서 가 버려서 더 물어볼 수도 없었어. 수상하지 않아? 그래 봤자 심증일 뿐이지만."

로라가 탄식하듯 말했다.

"내가 뭐랬어. 걔 이상한 애라고 했잖아."

나는 오기석에 대해 미리 제대로 말해 주지 못했던 것이 안타까웠다.

"미안해. 너나 일랑이가 말해 줄 때 들었어야 하는데. 나는 오기석이 친절하길래, 나한테 관심 있는 줄 알고……. 휴, 내가 미쳤지."

로라는 한숨을 푹푹 내쉬었다. 나는 오기가 발동했다.

"지금 오기석 어딨어?"

"아마 수영장 갔을 거야. 아까 밥 먹기 전에 나보고 오후에 수영장 가자고 했거든."

"우리도 가자, 수영장!"

내가 외쳤다.

"이미 엎질러진 물인데 가서 뭘 어쩌려고."

로라가 체념한 듯 말했지만 나는 가만히 있을 수가 없었다. 테이블 위에 놓인 로라의 목걸이가 번쩍거려 눈이 부셨다. 나는 목걸이를 들어서 로라의 손에 쥐여 주었다.

"물증 찾으러 가야지!"

나는 두 사람을 일으켜 세웠다.

✦ ✧ ✦

　수영장은 바닷가 바로 옆에 위치해 출렁거리는 파도 소리가
들렸다. 파도가 세차게 몰아칠 때면 수영장으로 물살이 넘어올
만큼 수영장과 바다의 경계가 희미한 곳이었다. 로라와 지나는
수영장을 다녀온 적이 있지만 나는 수영장이 처음이었다.

　"비눗방울 진짜 크다!"

　수영장 위에 설치된 거대한 버블 건이 엄청난 양의 비눗방울
을 발사하고 있었다.

　"30분 단위로 비눗방울이 발사되더라고. 그때마다 향이 달라
지는데, 지금은 민트초코 향이네. 너희 민트초코 좋아해?"

　지나가 버블 건을 가리키며 말하자 나와 로라는 동시에 답
했다.

　"아니!"

　"전혀!"

　지나가 고개를 저으며 농담조로 말했다.

　"우린 안 맞아."

　쌉싸름하고 시원한 민트 향과 달콤한 초콜릿 향이 수영장을
가득 채웠다. 시험이 끝난 아이들은 즐거운 시간을 보내고 있
었다. 수영장을 즐기는 몇몇 아이들 틈에 강리애도 보였다. 그
녀는 방금 물에서 나왔는지 젖은 머리카락을 수건으로 대강 닦

아 내고 있었다. 가닥가닥 뭉쳐진 그녀의 머리카락이 억센 고구마 줄기처럼 보였다.

"다린아, 오기석한테 바로 찾아갈 거야? 성격이 보통이 아니던데."

야자수 부스에서 물총을 들고 나오는 오기석이 보이자 지나가 말했다. 지난번 배지 사건을 떠올린 지나는 일리 있는 의견을 말해 주었다. 이번에도 무턱대고 들이댔다간 증거 타령을 하면서 발뺌할 것이 분명했다.

"안 그래도 생각 중이야."

그때 오기석이 로라를 보더니 우리 쪽으로 다가왔다.

"로라야, 나 보러 온 거야? 아까는 먼저 가서 미안. 우리 같이 수영할래?"

그는 로라에게 뜨거운 눈빛을 보내며 말했다.

"아니, 괜찮아. 친구들이랑 놀 거야."

로라가 퉁명스럽게 말하자 오기석은 약간 당황한 눈치였다. 그가 지나와 나를 쇼윈도 마네킹 보듯 훑어보더니 로라에게 말했다.

"얘네들이랑? 화해한 거야?"

지나와 나를 무시하는 듯한 말투에 기분이 퍽 상했지만, 나는 증거를 찾기 전까지 이성을 잃지 않으려고 노력했다.

"기석아, 나 궁금한 게 있는데 너 이 목걸이 우리 아빠가 주신 거 어떻게 알았어?"

로라가 너무 단도직입적으로 물어보는 바람에 나도 지나도 당황했다. 오기석이 미꾸라지처럼 이 상황을 빠져나갈 것만 같았다.

"그거 물어보려고 온 거야?"

오기석의 고개가 살짝 기울어졌다. 소름 돋게도 버스에서 씩 웃던 모습이 겹쳐 보였다. 나는 직감적으로 오기석이 폭로한 것이 확실하다고 느꼈다. 그러나 여전히 심증뿐이었다. 근거가 필요한데……. 그가 어떻게 세넥트에 메시지를 보낼 수 있었을까? 우리 모두는 농사꾼 K에 의해서 자동으로 프로필 설정이 되었고, 이름을 바꿀 수가 없는데…….

답이 나오지 않자 나는 실마리를 찾고자 뚫어져라 그를 쳐다보았다. 오기석은 아직 물속에 들어가지 않았는지 피부에 물기가 없었고, 선크림을 치덕치덕 발라 온몸이 하얘져 있었다. 피부에 가시가 박힌 것처럼 코를 찌르는 선인장 향도 여전했다. 늘 하고 다니는 귀걸이는 안 보였지만, 양팔에 워치와 팔찌를 치렁치렁 달고 있었다. 그런데 이렇게 보기만 한다고 뭐가 달라질까 싶었다. 오기석이 몸에 증거를 달고 다니는 것도 아닌데…….

"헉."

나는 숨을 들이켰다. 그의 몸에서 결정적인 단서가 보였다.

워치가 두 개였다.

"응, 그게 궁금해서 왔어."

로라의 말에 오기석이 태연하게 대꾸했다.

"목걸이에 대해 알고 있었던 건 다큐 때문이야."

"웬 다큐?"

지나가 중얼거리자 오기석이 비아냥거리며 말했다.

"넌 죽었다 깨어나도 모를 거야."

지나의 얼굴이 붉으락푸르락해지는 모습을 보니 더 화가 났다. 나는 결정적인 단서를 토대로 내 나름의 추리를 시작했다. 오기석은 워치가 두 개니까 두 개를 사용해 세넥트에 접속하는 것이 가능할 것이다. 그렇다면 세넥트에 등록된 프로필 하나는 오기석, 다른 하나는 '알 수 없음'일 것이다. 로라가 김윤기 회장의 딸이라는 것은 목걸이만 보고 알아챈 것일까? 비밀은 금방 밝혀졌다. 오기석이 자기 입으로 술술 말하고 있었던 것이다.

"농사꾼 K가 김윤기 회장님인 게 밝혀졌던 다큐멘터리 인터뷰 있잖아? 그 인터뷰 때 회장님이 찼던 목걸이를 네가 하고 있던데. 영상을 보고 둘이 닮아서 긴가민가했는데, 나중에 네 목걸이를 보고 확신했지. 나 좀 대단하지 않니?"

오기석은 로라의 아빠가 김윤기 회장이라는 사실을 나보다 먼저 알고 있었다.

"와, 오기석 너 눈썰미 엄청 좋다. 비결이 뭐야?"

나는 일부러 오기석을 칭찬하며 그의 반응을 살폈다. 갑작스러운 칭찬에 그는 의아한 듯했지만 어떤 의도든 상관없다고 생각했는지 순순히 대답했다.

"내가 세상에 대한 호기심이 좀 많아."

그의 눈꼬리가 거만하게 위로 올라갔다. 나는 그 태도에 기가 찰 노릇이었다.

"아아, 그래서 네가 로라 비밀 소문낸 거야? 사람들이 어떻게 반응할지 궁금해서?"

나도 모르게 충동적으로 말이 나와 버렸다. 그의 생쥐 같은 얼굴이 일그러져 더 우악스럽게 보였다.

"이다린, 네가 무슨 변호사라도 돼? 왜 생사람 잡으면서 네일도 아닌데 사사건건 끼어들어?"

"나 알 것 같거든, 네가 어떻게 폭로한 건지."

그의 뻔뻔스러움에 화가 나서 더 이상 참지 못하고 쏘아붙였다.

"아하, 이제 보니까 너 어울리지도 않게 탐정 놀이를 하는 거구나?"

그는 실실 웃고 있었다. 옆에 있던 지나가 나만 들릴 것 같은 작은 목소리로 말했다.

"다린아, 우리 이만하고 가자."

나는 지나의 얼굴을 보고 눈을 찡긋하며, 괜찮다는 신호를 했다. 답을 알고 있다고 생각하자 자신감이 붙었다.

"뭐 증거라도 있는 거야?"

오기석이 짜증 가득한 목소리로 말했다. 목소리가 커지자 아이들이 몰려들기 시작했다. 그중에는 수영을 하다 왔는지 물을 뚝뚝 흘리며 서 있는 최우준과 정이안도 있었다.

"네 손목에 찬 워치가 증거야. 넌 워치가 두 개거든."

내가 큰 소리로 말하자 오기석이 표정을 굳히며 낮은 목소리로 대꾸했다.

"그게 무슨 상관이야."

"센트 아일랜드에 입성했을 때 세넥트는 자동으로 깔렸을 테고, 그중 하나의 워치에만 농사꾼 K가 다운로드되었을 거야. 나머지 워치는 프로필 설정이 안 되어 있겠지. 그 세컨드 워치로 네가 로라의 비밀을 폭로한 거잖아."

"오, 이거 봐. 나 소름 돋았어. 추리 실력 괜찮네, 이다린."

조리 있게 말했다고 생각했는데 오기석은 눈 하나 깜짝하지 않았다. 그의 빈정거리는 모습에 화가 머리끝까지 났다. 대체 이 아이는 어떤 정신세계를 가진 거지? 로라를 슬쩍 봤더니 입술을 바르르 떨고 있었다.

"네 입에서 나올 말은 미안하다 아니야?"

나는 로라를 생각하며 오기석에게 따져 물었다.

"미안? 내가 왜? 내가 왜 네 추리 소설에 놀아나야 하는데.

증거 있어? 다른 워치로 내가 세넥트에 글을 올렸다는 증거 있
냐고!"

오기석이 소리를 빽 질렀다. 수영장에 있던 모든 사람이 깜
짝 놀랄 정도였다.

"오기석!"

몸서리치던 로라가 날카로운 말투로 그의 이름을 불렀다. 그
러고는 오기석을 노려보며 강한 어조로 말했다.

"네가 한 게 맞구나? 등록되지 않은 기기로 세넥트 지원자
단체 창에 접속한 거, 문제 되지 않을 거라 생각해?"

"나 아니라니까?"

오기석이 억울하다는 투로 말했다.

"그래? 그럼 워치 줘 봐. 그 워치로 세넥트 들어가 보면 알겠
지."

내가 오기석에게 손을 내밀었다. 나는 이번에야말로 오기석
이 빠져나가지 못하리라 생각했다. 그는 들고 있던 물총을 떨
어뜨리더니 손목에 찬 워치 하나를 풀었다. 그리고 나를 비웃
더니 바닥에 주저앉아 워치를 물총으로 내리찍기 시작했다. 오
기석은 두어 번 더 워치를 세차게 내리찍다가 안 되겠는지 바
닥에 물총을 내팽개쳐 버렸다. 물총은 힘없이 부서져 박살이
났다.

"뭐 하는 거야?"

로라가 소리를 질렀다.

그는 아무 대꾸도 없이 수영장 구석으로 저벅저벅 몸을 옮기더니, 풀장으로 내려가기 위해 만들어진 수영장 사다리를 쓱 만졌다. 강철로 만들어진 단단한 사다리였다. 그가 워치를 그곳에 쾅 내리쳤다. 날카로운 파열음이 들렸다. 그는 마치 도끼를 휘두르듯 두어 번 더 워치를 내리쳤다. 이윽고 워치 액정이 깨져 수영장 타일 위로 조각난 잔해들이 굴러다녔다. 그는 제정신이 아닌 것처럼 보였고, 누구도 그를 말리지 못했다. 오기석은 부서진 워치를 들고 우리 쪽으로 고개를 돌렸다. 파편이 튀었는지 그의 턱에 핏방울이 맺혀 있었다.

"자! 여기 워치."

그가 박살 난 워치를 내게 들이밀었다. 나는 오기석의 기행에 놀라 뒷걸음질을 쳤다. 그때 이 소용돌이를 잠잠하게 할 의외의 인물이 나타났다.

"야! 이 미친놈아."

강리애였다. 그녀는 소리를 지르며 성큼성큼 오기석에게 다가갔다.

"대체 왜 그러는 거야! 왜 여기까지 와서 사고를 쳐!"

강리애는 혀를 끌끌 찼다. 오기석은 그런 그녀를 보고 비열한 웃음을 지으며 말했다.

"내가 내 워치 망가뜨리는 게 뭐가 문제야? 안 그래?"

오기석이 어깨를 으쓱하며 말했다. 그 모습에 나는 부아가 치밀었다. 로라는 피가 안 통할 만큼 두 주먹을 꽉 쥐고 있었다.

"넌 정말 구제 불능이다."

강리애는 고개를 절레절레 흔들었다. 그녀는 오기석을 한심하다는 듯 흘겨보더니 대뜸 로라에게로 걸어왔다.

"로라야, 오기석 때문에 오늘 하루 종일 우울했겠다. 쟤 신경 쓰지 마. 원래도 장난이 좀 심한 애야. 우리 오늘 저녁 같이 먹을래?"

로라의 말대로 강리애는 확실히 태도가 돌변해 있었다. 회장 딸에게 환심을 사려는 듯 보였다. 그 모습이 우스워 보이면서도 근거 없이 강리애를 의심했던 내가 바보처럼 느껴졌다.

분명 파란색이었던 물은 어느새 보랏빛 낙조를 머금고 분홍빛으로 바뀌어 있었다. 거대한 버블 건에서는 딸기 향이 섞인 비눗방울이 쏟아졌다. 수영장은 상큼하게 물들어 갔다. 우리 셋은 이제 그만 돌아가기로 했다. 수영장에 왔지만 발 한번 담그지 못하고 돌아가는 것이 아쉬웠다. 그래도 오기석이 한 일이라는 것이 밝혀져서 일말의 뿌듯함은 있었다. 뿌옇게 수증기 낀 거울을 쓱싹쓱싹 닦아 낸 기분이었다.

"회장 딸이 어떤 반응을 보일지 궁금했던 것 같은데, 확인시켜 줄게. 어차피 네가 원하는 건 합격 아니야? 글쎄, 네가 원하는 대로 될지 모르겠다. 난 더 이상 너 안 보고 싶거든."

로라는 수영장을 떠나기 전 오기석에게 경고하는 말을 마구 쏟아 냈다. 그와 더불어 오기석의 표정은 시시각각 변했다.

"네가 미안하다고 하면 그냥 넘어갈 생각이었는데 안 되겠네. 이만 갈게. 다신 보지 말자."

로라는 이 모든 일에 넌덜머리가 난 듯 고개를 저으며 뒤돌아섰다. 우리를 둘러싼 아이들이 양옆으로 길을 터 줬다. 그 말에 오기석의 태도가 돌변하더니 싱겁게 굴복하고 말았다.

"로라야, 그냥 그렇게 가면 어떡해. 나 너한테 딱 사과하려는 거 안 보여?"

오기석은 애원하는 투로 이야기했지만 로라는 귀를 막아 버렸다.

호텔로 돌아갈 때까지 우리 셋은 아무 말도 하지 않았다. 로라의 어깨는 축 늘어져 있었다. 숙소에 도착했을 때, 로라가 먼저 말을 꺼냈다.

"나 오늘 아침에 그 일 있고 나서 어디 간 줄 알아?"

"어디 다녀왔어? 우리 아침도 안 먹고 너 계속 기다렸어. 걱정했거든."

지나가 말했다.

"걱정시켜서 미안해. 나 아빠한테 찾아가서 확인해 달라고 했었어."

"아, 그랬구나."

나는 로라의 어깨에 손을 살포시 얹었다.

"그래서 회장님이 뭐라고 하셨어?"

지나가 넌지시 물었다.

"그게 뭐가 그리 중요하냐고 하셨어. 마지막 시험 앞두고 괜히 일 만들지 말라면서. 그리고 내가 딸인 건 맞으니까 크게 상관없다고 생각하셨나 봐. 우리 아빠는 나를 정말 사랑하지만, 어떨 때는 큰 벽이 느껴져. 지독한 원칙주의자시거든. 어차피 오기석을 아빠 앞에 데려갔어도 혼내기는커녕 '그럴 수도 있지.'라고 하셨을 거야."

"아, 그렇구나."

나는 서운했겠다는 뒷말을 삼켰다. 어제 향보리 연구 센터에서 숨어서 엿보았던 모습을 생각하면 충분히 그럴 만한 사람 같다는 생각이 들었다. 로라는 이 일로 인해 친구들의 따가운 눈총과 수군거림을 견뎌야 했지만 한편으로는 김윤기 회장의 마음도 조금은 이해가 되었다. 큰 회사를 이끌어 가는 그에게 이 일은 아주 작은 물보라에 지나지 않을 것이다. 이런 사소한 일에 일희일비하면 집채만 한 파도를 이겨 낼 힘을 비축할 수 없을 테니까.

그날 밤 우리 셋은 거실 소파에 앉아 수다를 떨었다. 오기석의 이중적인 면모에 대해, 그동안 본 시험들에 대해, 누가 1등이 될 것인지에 대해. 그리고 연락도 할 수 없어 궁금한 일랑에 대한 이야기, 우리의 합격 가능성에 대한 이야기, 센트 연구원을 꿈꾸었던 날들에 대한 이야기가 오래 이어졌다.

자정이 지나자 대화는 한껏 무르익었다. 마지막에 가서는 지나의 짝사랑 이야기도 들었다. 고백 한번 못 하고 끝났다는 지나의 이야기가 끝났을 때, 로라는 꾸벅꾸벅 졸기 시작했다. 우리는 그제야 잘 준비를 시작했다. 새벽 4시가 넘은 시각, 나는 텅 빈 침실로 들어왔다. 센트 아일랜드 나흘 차, 길고 긴 하루가 비로소 끝이 났다.

9장

최종 합격자 발표

아침을 먹고 휴식을 취하는 사이 안내 방송이 흘러나왔다.

─여러분, 아침은 맛있게 드셨나요? 센트 아일랜드에서의 마지막 일정을 향해 떠나 볼까요? 쇼핑몰에 가시려면 내려오셔서 버스에 탑승해 주세요. 공식 일정은 아니니 탐방을 희망하지 않는 지원자분들은 호텔에 머무셔도 됩니다.

오늘은 최종 발표를 앞둔 날이었다. 로라는 양껏 향수를 뿌리고 거실로 나왔다. 초록빛 풋사과 향이 나는 향수였다.

"난 준비 완료."

지나는 쇼핑하러 갈 생각에 신이 나는지 콧노래를 불렀다.

"오늘은 이 언니만 따라와."

로라는 가이드를 자청했다. 쇼핑센터에 도착한 우리는 물 만난 고기처럼 팔딱거리며 이리저리 휘젓고 다녔다.

"애들아, 나 여기 벗어날 수 없을 것 같아. 이거 봐."

식품관에 들어서자 지나가 고기 향 파스타를 보여 주며 흥분했다.

"면에서 고기 향이 난다고? 신기하다!"

나도 모르게 파스타에 코를 갖다 댔다. 포장이 되어 있어 향이 새어 나오지는 않았다.

"이거 고기 없이 야채만 추가해도 고급 레스토랑 음식 맛이 나! 가격도 별로 안 비싸."

로라가 말했다.

"나 이거 종류별로 열 개씩은 사야겠어."

지나는 쇼핑 카트에 파스타를 잔뜩 쑤셔 넣었다. 그 모습을 본 로라가 웃으며 말했다.

"지나야, 짐 다 가져갈 수 있겠어? 너무 많이 사지는 말고."

"이거 봐. 할인 중인데 어떻게 안 사."

지나는 50퍼센트 할인이라고 붙어 있는 가격표를 보며 미소를 지었다.

"로라야, 이 파스타, 해산물 향도 있어?"

지나가 카트에 한가득 물품을 실은 모습을 보자 나도 뭐라도 사지 않으면 안 될 것 같은 기분에 휩싸였다.

"어, 있어! 반대편 코너야!"

로라는 반대편을 향해 손짓했다. 나는 그곳으로 향했다. 해

물 향이 나는 파스타는 종류도 다양할 뿐 아니라 면 모양도 독특했다.

"새우 향, 전복 향, 대게 향, 음, 고등어 향 파스타?"

나는 고기보다 해산물을 더 좋아하는 아빠를 위해 모둠 해물 향 파스타 세트를 카트에 담았다. 옆 코너에서는 밥을 팔고 있었다.

"눈물 젖은 밥?"

상품명이 특이했다. 내 혼잣말을 듣고 로라가 달려왔다.

"다린아, 이거 진짜 눈물 없이는 못 먹는 밥이야. 엄청 매워. 매운 거 못 먹으면 안 사는 게 좋을 거야."

로라는 그 맛이 생각났는지 단단히 경고를 해 주었다. 식품관에는 이색적이고 실험적인 메뉴가 가득해서 눈을 뗄 수 없었다. 그만큼 끊임없는 발견과 시도를 하고 있는 센트 그룹에 더더욱 합격하고 싶어졌다.

엄마 선물을 고르기 위해 간 곳은 차와 커피를 파는 곳이었다. 지나는 아직도 면 코너에서 헤어나오지 못했고, 로라는 연기가 몽실몽실 솟아나는 차를 시음하고 있었다. 나는 계란처럼 생긴 커피를 발견하고 발걸음을 멈췄다.

"에그 커피?"

워치를 가져다가 제품 앞 바코드에 대자 안내 영상이 흘러나왔다. 하얀 알을 하나 꺼내 계란 깨듯 탁탁 깨니 계란처럼 보이는 것이 흘러나왔는데 노른자 층은 에스프레소, 흰자 층은 우유로 구성되어 있었다. 컵에 따르고 한번 휘저으니 묽어지면서 일반적인 커피와 같이 변했다. 처음 보는 신문물에 두 눈이 휘둥그레졌다.

"이거 메추리알 크기도 있는데 그건 에스프레소만 들어 있어."

어느덧 로라가 다가와 설명해 주었다. 나는 메추리알 커피 한 판을 구입했다.

"자! 다음은 코스메틱관이야. 여긴 꼭 가야 해."

로라가 말했다. 코스메틱이라는 말에 잠시 일랑이 떠올랐다. 넷이서 다 같이 왔으면 더 좋았을 테지만 셋이 함께 있다는 것만으로도 감사하다는 생각이 들었다. 처음 크루즈 객실 문을 열 때만 해도 지나, 로라와 이렇게 붙어 있게 될 거라고는 생각도 못 했다. 어려운 시험들을 헤쳐 나가자, 이들과 우정이 이어지리라는 믿음이 생겼다.

"자, 서둘러. 뿌릴 때마다 향이 바뀌는 카멜레온 향수 사러 가야 해. 요즘 최고 인기 아이템이야."

로라가 우리 손을 붙잡고 이끌었다.

신나게 쇼핑을 하다 보니 어느덧 사전에 안내받았던 결과 발표의 시간이 가까워졌다. 결과 발표 한 시간 전 알림 메시지를 받고 발랄하게 들떠 있던 우리는 다시 진지해졌다. 나는 되뇌듯 힘주어 말했다.

"드디어 결과 발표 시간이야."

✦ ✧ ✦

세미나 홀은 불 꺼진 영화관처럼 어두웠다. 가운데에 있는 단상은 가장 낮았고, 좌석은 계단식으로 마련되어 있었다. 그을린 듯 까맣게 칠해진 바닥에는 검붉은 조명이 나무뿌리처럼 얽혀 있었는데, 그 조명은 실제 용암이 흐르는 것처럼 두께와 속도가 바뀌며 액체의 울렁거림을 표현해 내고 있었다. 화산 폭발로 만들어진 센트 아일랜드의 태초 모습을 본뜬 것이라는 설명을 워치를 통해 읽을 수 있었다.

"천장에 오로라가 있어. 나 오로라 한 번도 실물로 본 적 없는데."

지나가 천장을 올려다보며 말했다. 천장에서는 초록색 빛줄기가 바람에 흩날리듯 움직이고 있었다. 실제 오로라처럼 시시각각 모양과 색깔이 바뀌었다.

"그거 내 이름인데."

로라가 뜬금없이 말했다.

"오로라가? 그러네, 김로라, 오로라. 로라야, 너 어렸을 때 별명 오로라였지?"

내가 장난스럽게 물었다. 지나는 자신의 별명이 생각난 듯

선수를 쳤다.

"내 별명은 묻지 마."

"별명이 오로라였던 건 맞아. 근데 오로라는 진짜 내 이름이나 다름없어. 내가 태어나던 날, 아빠가 퍼플산 위에 생긴 오로라를 보았대. 그래서 김오로라로 지으려고 했는데, 엄마가 극구 말려서 김로라가 된 거야. 그러니까 오로라는 내 이름이나 마찬가지야."

"그래? 좋아, 이제부터 김오로라라고 부를게."

지나가 장난기 가득한 목소리로 말했다.

"여기 진짜 넓다. 몇천 명은 들어올 수 있을 것 같은데?"

넓은 세미나 홀을 바라보며 내가 말했다. 이토록 큰 공간에 지원자 열 명만 앉아 있으니 뭔가 아주 작은 존재가 된 것처럼 느껴졌다.

우리는 오기석과 멀찍이 떨어져 앉았다. 대부분의 지원자들은 서로 친해진 탓에 첫날보다 훨씬 수다스러웠다. 세미나 홀 단상에는 마이크가 달린 연단과 다섯 개의 의자가 놓여 있었다.

"저기에 합격자가 앉는 건가?"

지나가 내 어깨를 두드리며 말했다.

"그런 것 같은데?"

로라가 말했다. 이윽고 누군가 올라오는 인기척이 느껴졌다. 조용히 하라고 한 것도 아닌데 세미나 홀 분위기는 금세 엄숙해졌다. 나는 마지막이니만큼 윤 소장님을 만나면 좋겠다는 생각이 들었는데, 내 생각을 읽은 것처럼 각 연구소 소장들이 무대로 걸어 나왔다. 구신섭, 윤소민, 연수혁, 이루리 소장이었다. 윤 소장은 러플 장식이 달린 검은색 롱 원피스를 입고 있어 기품이 느껴졌다.

네 명의 소장 뒤로 처음 보는 연구원이 걸어왔고, 다섯 명은 차례대로 자리에 앉았다. 의자는 합격자들이 아닌 그들을 위한 좌석이었다.

"저분들인가, 오늘 우리의 운명을 발표해 주실 분들이?"

지나가 소곤소곤 말했다.

"그런가 봐."

잠시 후 처음 보는 여자 연구원이 자리에서 일어나 단상으로 나왔다. 합격자들에게 수여하는 상장이나 메달이 있을까 싶어 살펴보았지만 그런 건 보이지 않았다. 연구원은 보라색 봉투 몇 장만 손에 쥐고 있을 뿐이었다.

"안녕하세요, 센트 그룹 연구원 시험 출제 위원장 하초원입니다. 만나서 반갑습니다. 여러분, 시험 보느라 진땀 많이 빼셨죠? 나흘간 정말 고생 많으셨습니다."

하초원 위원장은 눈썹 아래까지 내려오는 앞머리에 네모난 안경을 끼고 있었고 머리는 희끗희끗했다. 그녀의 목소리는 부드럽고 정겨운 느낌을 주었다.

"저희 출제 위원들은 시험뿐 아니라 다양한 프로그램들을 준비했는데요, 이 센트 아일랜드에서 보낸 시간이 책으로 비유하면 밑줄을 치거나 귀퉁이를 접을 만큼 의미 있는 시간이 되셨기를 소망합니다. 그리고 부디 경쟁자보다 친구로 서로를 알아가면 좋겠습니다."

어느새 나는 로라와 지나를 보고 있었다. 우리는 서로를 바라보며 흐뭇한 미소를 지었다.

"저에게도 그런 친구가 있습니다."

그때 어딘가에서 '삐삐' 하는 기계음이 들렸다.

"앗, 죄송합니다. 제가 또 말이 길어져서 그만 본론으로 돌아가라는 신호를 받았네요."

하 위원장은 엉뚱한 면이 있었다.

"여러분, 드디어 마지막 발표를 앞두고 있습니다. 아시는 것처럼 인턴 연구원은 단 다섯 명만 뽑히게 되는데요, 거두절미하고 최종 합격자를 호명하도록 하겠습니다. 발표는 성적순으로 하겠습니다. 호명된 분은 단상 위로 올라와 주시기 바랍니다."

마침내 합격자 발표 시간이 되었다. 어쩌면 이날을 위해 10여 년을 기다렸는지도 모르겠다는 생각이 들었다.

"꿈이 있는 자들에게는 꿈 냄새가 나. 꿈이 있는 한 내 몸에 밴 꿈 냄새는 절대 지워지지 않아."

나는 제일 좋아하는 문장을 낮은 목소리로 천천히 읊조렸다.

합격자는 네 번째 시험 성적을 토대로 결정이 난다고 했다. 우리는 마지막 시험에서 다른 지원자가 만든 향수의 향을 맡아 보지 못했기 때문에 누가 합격할지 감이 오지 않았다. 손에서 땀이 나기 시작했다. 바지에 손을 두어 번 닦아 내자 지나가 내 손을 붙잡아 주었다. 따뜻한 온기가 느껴졌다.

하초원 위원장이 보라색 봉투를 열어 첫 번째 합격자를 발표 했다.

"노규리 지원자."

하 위원장은 한 글자 한 글자 또박또박 이름을 불렀다.

"좋겠다……."

지나의 속마음이 새어 나왔다.

"에취."

노규리는 여전히 재채기를 하고 있었다. 마스크도 잘 쓰고 다녔고 약도 꼬박꼬박 챙겨 먹어서 괜찮을 거라고 말했지만, 시험 스트레스 때문인지 하나도 낫지 않은 것 같았다. 아니, 전 보다 더 심해진 것처럼 보였다. 하초원 위원장은 노규리에게 보라색 합격 봉투를 전달해 주었다.

"저렇게 감기에 걸렸는데도 1등? 진짜 대단하지 않아?"

로라가 믿을 수 없다는 듯 속삭였다.

"그러게, 천재인가 봐."

나도 고개를 끄덕이며 말했다.

"미리 말씀드린 것처럼 이번 시험에서 1등을 한 지원자에게는 이머징 쇼에서 향수를 소개할 기회를 드리기로 했죠? 그 혜택은 노규리 지원자가 차지했네요. 여러분들이 궁금하실까 봐 잠시 소개해 드리자면 노규리 지원자는 첫사랑인 남자친구에게 선물할 향수를 만들었습니다. 재채기가 나올 것처럼 간질거리는 마음, 구름 위를 걷는 듯한 사랑에 빠진 소녀의 마음을 은방울꽃과 복숭아 껍질, 튤립 향으로 달콤하면서도 파우더리하게 표현해 줬고요. 연유를 부은 듯 달콤한 잔향이 콧속 끝까지 간지럽혀서 저조차도 십 대 소녀로 돌아간 듯한 기분이 들었습니다. 향수병에 말린 꽃잎 조각을 넣어 마음이 살랑거리는 느낌까지, 모든 것이 완벽했습니다."

"저 향수 궁금하긴 하네."

로라가 입을 삐죽 내밀며 말했다. 맡아 보진 못했지만 듣기만 해도 1등을 하기에 손색없는 향수라고 느껴졌다.

"두 번째 합격자는 강리애 지원자."

강리애는 당연하다는 듯 당당하게 단상으로 걸어 나갔다. 하초원 위원장 옆에 선 그녀는 고개를 빳빳이 들고 있었다. 1등이 아니란 사실에 실망한 것처럼 보이기도 했다. 강리애는 봉투를 받아 들고 노규리 옆에 나란히 섰다.

이번에도 내 이름이 호명되지 않자 점점 불안해졌다. 그리고 다음 합격자가 발표되었을 때, 나는 인상을 찌푸렸다.

"오기석 지원자."

"말도 안 돼."

이 사실을 부정하고 싶었다. 로라는 믿을 수 없다는 듯 멍하니 입을 쫙 벌리고 있었다. 오기석은 자신의 이름을 듣자마자 탄력 있는 용수철처럼 부리나케 세미나 홀 단상으로 튀어 나갔다. 그는 단상 위에서 보란 듯이 우리를 보고 히죽거렸다. 오기석의 행동 하나하나가 거슬리고 기분 나빴다. 왜 인턴 시험에 인성 평가가 없는 것인지 한탄스러웠다. 뒤이어 하 위원장이 또 다른 이름을 부를 준비를 하고 있었다. 이제 남은 인원은 오직 두 명뿐이었다.

"정이안 지원자."

이번에도 내 이름은 불리지 않았다. 나, 로라, 지나 중에서 무조건 두 명은 탈락하는 것이 확정된 것이다. 세미나 홀 깊숙한 곳까지 정적이 흘렀다. 서로의 숨소리가 다 들릴 정도였다. 모두의 시선은 하초원 위원장 입술 끝에 가 있었다. 합격자를 제외한 모든 아이들이 자신의 이름이 불리기를 바라고 있었다. 나는 내 이름이 호명되기를 간절히 기도했다.

"여러분, 탈락하신다고 해도 너무 상심하지 마세요. 기회는 또 있기 마련입니다."

그녀가 보라색 봉투를 열면서 말했다.

"마지막 합격자가 누가 될지 저도 궁금한데요. 음, 여학생이네요."

하초원 위원장의 말에 여학생들은 엷은 미소를 보였고 우준은 탄식했다. 그는 유일하게 대기 자리에 남아 있는 남학생이었다.

"김로라 지원자."

하 위원장은 로라의 이름을 천천히 불렀다. 내 이름이 불리지 않았다는 사실에 좌절했지만 내색할 순 없었다. 나는 로라에게 축하의 인사를 건넸다. 옆에 앉아 있던 박세란과 김경아가 로라를 노려보고 있는 것이 보였다. 나는 로라가 회장 딸이라서가 아니라 순전히 자기 실력으로 여기까지 왔고, 합격자가되기에 마땅한 사람이라는 것을 알고 있었다.

"로라야, 올라가 봐!"

지나가 로라에게 손을 얹으며 말했다. 그녀는 긴장했는지 비틀거리며 단상 위로 올라갔다. 호명된 아이들이 단상에 일렬로 섰다. 노규리, 강리애, 오기석, 정이안, 김로라.

하초원 출제 위원장은 할 일을 다 한 듯 자리로 돌아갔다. 나는 공허한 마음을 감출 길이 없었다. 후회는 없었지만 실망감을 털어 낼 수가 없었다.

이제 마음 졸이던 시간들은 모두 끝났다. 결과는 탈락. 졸아든 냄비처럼 마음은 새까맣게 타 버렸다. 탈락한 채로 집으로 돌아가야 한다는 사실에 망연자실해졌다.

합격자 발표가 끝나고 잠시 쉬는 시간이 되었다. 하 위원장은 합격자들에게 뭔가를 이야기하고 있었다. 축하 인사를 나누고 있는 것이리라. 로라는 드디어 홀가분해졌는지 경직된 어깨가 사르르 풀려 있었다. 나는 합격자들과 그들을 기특하게 바라보는 하 위원장의 모습을 부러운 눈으로 바라보았다. 그러다가 주머니에 양손을 찔러 넣은 오기석을 보자 불쾌해졌다.

옆에 앉아 있던 지나는 우준과 이야기하고 있었다. 둘 다 센트 푸드를 꿈꾸던 아이들이었다. 둘은 앞으로 어떻게 인턴 시험을 준비할지 이야기를 나누는 듯했다. 청소년 전형과 달리 일반 전형은 연구소를 선택해서 지원해야 했다. 연구소별 경쟁률도 다 달랐다. 나도 돌아가면 얼른 시험을 준비해야겠다는 생각이 들었다. 그 생각을 하느라 내 옆에 그림자가 질 때까지 누군가가 다가오고 있다는 사실을 인지하지 못했다.

"이다린 지원자."

반사적으로 고개를 돌리자, 지난번에 나를 윤 소장이 있는 '기념의 방'으로 인도해 주었던 진행 요원이 서 있었다. 그가 나를 부른 이유는 오로지 하나라는 생각에 의심 없이 그를 따라나섰다. 그는 세미나 홀 복도로 나를 이끌었는데, 복도는 동굴처럼 거친 잿빛 외벽으로 이루어져 있어 어둡고 침침했다. 박쥐가 날아다닐 것 같은 스산함을 자아내는 공간이었다. 인공적으로 만들었다고 하기에는 너무나 자연스러운 석순과 종유석들도 보였다.

생각보다 오랜 시간을 걸어가자 눈앞에 근사한 카페가 보였다. 아름다운 점박이 버섯들과 넝쿨들이 천장에 길게 늘어뜨려져 있었다. 모든 의자와 테이블은 나무로 만들어져 있었는데, 군데군데 다락방처럼 만들어 놓은 방들도 보였다. 비밀의 숲에 들어온 기분이었다. 그리고 예상했던 것처럼 윤소민 소장이 있었다.

그녀는 나를 보더니 만감이 교차하는 듯한 표정을 지었다. 내가 탈락해서 아쉬운 것처럼 보이기도 했다. 그녀가 내게 따뜻한 홍차 한 잔을 건넸다. 동굴 복도를 지나는 동안 몸이 차가워진 터라 따뜻한 차를 마시자 몸이 녹는 듯했다.

"다린 양, 수고 많았어요. 많이 아쉽죠?"

"아쉽지만 괜찮습니다. 저 앞으로 일반 전형 준비하려고요. 한 번 실패했다고 포기할 얕은 꿈은 아니었어요. 열심히 준비하겠습니다."

나는 일부러 씩씩한 모습을 보였다.

"그래요, 아직 다린 양은 어리니까 얼마든지 도전할 수 있어요."

"감사합니다. 소장님 덕분에 더 힘을 얻게 되었어요."

"또 만나면 좋겠어요. 부담이 될 수도 있는 이야기이긴 한데, 저는 다린 양이 한 소장님의 못다 이룬 꿈을 이뤘으면 하는 바람이에요."

그녀는 내가 탈락해서 많이 안타까워하는 눈치였다.

"제가 그 정도 실력이 될지 잘 모르겠어요."

나는 찻잔을 손으로 감싸 쥐며 말했다. 자신감이 많이 떨어진 상태였다.

"다린 양은 충분히 능력 있는 학생이에요. 다린 양이 만든 향 저도 맡아 봤어요. 그 향을 맡고 나니 더 확실해지던데요? 사실 센트 월드에서 본 그날부터 확신했지만요."

"맡아 보셨어요? 와, 감사합니다."

윤 소장의 말에는 울림이 있었다. 뭐든 다 할 수 있을 것 같던 열 살 어린아이 시절로 되돌아간 심정이었다. 그러나 센트 월드에서의 만남처럼 오늘 이후의 만남도 기약할 수 없었다. 헤어져야 할 시간이었다. 탈락했다는 사실이 물씬 와닿았다. 문득 그동안 궁금했던 것들을 그녀에게는 물어봐도 되지 않을까 하는 생각이 들었다.

"저 소장님, 질문이 하나 있는데요."

"뭔가요?"

"혹시 ASB 루트로이드가 뭔지 아실까요?"

내 말에 윤 소장의 동공이 크게 흔들렸다.

"ASB 루트로이드요? 다린 양 그거 어디서 들은 거예요? 엄마가 말씀해 주시던가요?"

"아니요, 그냥 지나가다 들었는데 궁금해서요. 인턴 시험에 나올지도 모르고요."

몰래 엿들었다고 말할 수는 없었으므로 나는 대강 둘러댔다. 그녀는 반신반의한 얼굴로 망설이다가 말을 꺼냈다.

"시험에는 안 나올 거예요. ASB는 A Scent Barly예요. 연구진들끼리 공유하는 향보리 약칭이죠. ASB 루트로이드는 일종의 후각 증진제인데, 일반적으로 알려진 후각 증진제와는 결이 달라요. 마약성 후각 증진제인 데다가 불안정해서 현재 법적으로 생산이 중단된 제품이에요."

말을 하는 동안 윤 소장의 안색이 계속 굳어졌다.

"마약이요? 그게 엄마랑 어떤 관련이라도?"

그냥 호기심에 물어본 것인데 마약이라는 말에 나는 적잖이 당황했다.

"한 소장님이 임신했을 때 ASB 루트로이드를 흡입하셔서 눈이……."

그녀는 차마 말을 잇지 못했다.

"네? 그, 그 물질이 엄마의 눈을 멀게 했나요?"

"맞아요."

심장이 툭 내려앉았다. 나는 김윤기 회장이 했던 말을 떠올려 보았다. 전혀 예상치 못한 곳에서 들은 엄마의 이야기였으므로 그 대화를 뚜렷하게 기억하고 있었다.

'ASB 루트로이드를 분사했더니 그렇게 된 거였지?'

김 회장은 엄마가 시각을 잃게 된 그 사고를 말하고 있었던 것이다. 나는 윤 소장에게 되물었다.

"엄마가 왜 ASB 루트로이드를 흡입한 거예요? 연구 중이셨나요?"

"아니요, 소장님이 그 물질을 연구한 건 아니었어요. 그날 그 물질이 터지는 바람에……. 당시 경찰 조사 결과 기계 결함으로 사건이 종결 났었죠."

기계 결함? 그것은 나도 들은 바 있는 내용이었다. 엄마는 사고 이야기를 거의 하지 않았지만 아빠에게서 기계 결함 이야기를 들었었다.

"어? 이게 무슨 일이지? 다린 양, 미안해요."

윤 소장이 깜박거리는 워치를 보더니 말했다.

"잠시 회의가 소집되어서 가 봐야 할 것 같아요. 다린 양에게도 연락이 올 거예요. 쉬는 시간이 연장될 것 같은데요? 친구들과 마무리 잘하고 우리 앞으로도 연락하며 지내요. 이건 내 연락처예요."

"네? 네네……."

그녀는 내게 연락처를 전달해 주었다. 아직 혼란스러운 나를 두고 그녀는 또각또각 구두 소리를 내며 카페를 떠났다.

윤 소장의 말대로 대기 시간은 연장되었다.

"다린아, 너 어디 갔다 왔어?"

지나는 나를 보자마자 물었다.

"그냥 잠시 바람 쐬고 왔어. 마지막 순서만 남은 거지?"

나는 무대를 바라보며 힘없는 목소리로 말했다.

"그런가 봐."

그녀도 기운이 없기는 마찬가지였다. 단상 왼편에는 5인의 합격자를 위한 의자가 추가로 준비되어 있었고, 그들은 여유로운 표정을 지으며 담소를 나누고 있었다. 단상 앞에는 한 연구원이 발표 준비를 하고 있었다. 아무래도 그의 인사를 마지막으로 이번 센트 그룹 인턴 선발 시험은 종료될 것 같았다.

"안녕하십니까? 센트 그룹 연구원 시험 감독 위원장 조정식입니다."

그는 어느 지역의 것인지 모를 특이한 사투리 억양을 구사했는데, 굉장히 딱딱하게 느껴지는 말투였다. 그는 한 번도 웃어 본 적이 없는 것처럼 눈가가 잔주름 하나 없이 팽팽했고, 콧대가 휘어져 오른쪽 콧방울이 살포시 내려앉아 있었다. 다부진

근육들은 재킷을 팽팽하게 했다.

"앞서 호명되신 다섯 분 다시 한번 축하드립니다. 이 지원자들은 이번 2차 시험에서 가장 높은 성적을 받은 지원자들입니다."

우리들은 박수를 치며 합격한 아이들을 진심으로 축하해 주었다. 저들은 충분히 자격 있는 이들이었다. 모든 것이 끝났기 때문에 마음은 편했다. 돌아가면 엄마와 많은 이야기를 나누고 싶다는 생각뿐이었다.

"그런데 말입니다. 합격자 명단에 실격자가 한 명 포함되어 있습니다."

시험장은 웅성거리는 소리로 가득 차기 시작했다. 눈물을 흘리며 슬퍼하던 김경아는 울음을 뚝 그쳤다.

"오기석이 로라 폭로해서 떨어진 거 아니야?"

조정식 위원장이 침묵을 유지하는 동안 지나가 추측을 시작했다.

"그건 아닐 것 같아. 미안하지만 그게 합격자를 떨어뜨릴 만큼 큰일은 아니야. 채점 오류 아닐까?"

우준이 다른 의견을 말했다.

"그것도 아닐 것 같은데……."

나는 이 큰 기업에서 사소한 실수로 합격을 번복하지는 않을 것 같았다. 떨어진 아이들은 혹시나 하는 희망을 품으며 이런

저런 이야기를 나누느라 여념이 없었다.

우리에게는 기회의 시간이지만, 합격자들에게는 위기의 시간이었다. 로라는 불안한지 다리를 떨고 있었고, 강리애는 미어캣처럼 목을 길게 늘이고 심사 위원들의 동태를 파악하려 애썼다. 유일하게 태연한 아이는 오기석이었는데, 그는 좀처럼 초조해하는 기색이 없었다. 걷잡을 수 없이 소음이 커져 가는 동안 조정식 위원장은 합격자들을 곁눈질로 보았다. 잠시 후 그가 마이크 앞으로 다가왔다.

"하초원 출제 위원께서 능력이 좋은 지원자들을 찾는다면, 저희는 옥석을 가려내는 일을 합니다. 부당한 방법으로 성적을 낸 지원자들을 가려내는 일을 한다, 이 말입니다. 근 몇 년간 이런 일이 없었는데 또다시 이런 일이 발생하게 되어 유감입니다."

우리는 동요하기 시작했다. 부당한 방법이라고? 대체 무슨 일이지?

"에취."

노규리가 또 재채기를 했다. 조 위원장도 그녀의 재채기 소리를 들었는지 노규리를 바라보았다.

"노규리 지원자, 아직도 재채기를 하는군요?"

"네? 아, 괜찮습니다."

노규리가 갈라진 목소리로 말했다.

"아니요, 괜찮지 않을 겁니다."

조 위원장이 단호한 말투로 말했다.

"네? 무슨 말씀이세요?"

그녀는 느닷없는 관심으로 인해 얼굴이 벌게졌다. 우리 모두
는 노규리를 바라보았다.

"앞으로 일주일 동안은 더 기침이 나올 수 있어요. 노규리 지
원자가 약을 먹은 그 기간만큼이요."

조 위원장은 매우 의미심장한 말을 했다.

"약, 약이요? 아, 기침약이요?"

노규리는 잠시 놀란 듯하다가 태연히 웃으며 말했다.

"아니요, 노규리 지원자는 기침약을 먹지 않았잖아요?"

조 위원장의 눈빛이 매섭게 돌변했고, 말투는 날카로워졌다.

"그게 무슨……."

노규리가 난감한 표정을 지으며, 기어들어 가는 목소리로 말
했다.

"대체 왜 저러는 거야?"

우리는 왜 저런 말들이 오고 가는지 도통 알 수가 없었다.

"노규리 지원자가 먹은 그 후각 증진제는 향보리 추출물을
고분자로 압축해 알약으로 만들어 낸 것으로 단기간에 후각을
극대화하는 약이죠. 그래서 그만큼 예민해진 점막 때문에 기침
이나 재채기를 한다, 이 말입니다. 중독성 있는 약은 아니지만
장기적으로 복용 시 후각에 치명적입니다. 병원에서도 아주 극

소량만 투여하는 약이지요. 이 약은 환자가 아닌 일반인들에게 복용이 금지되어 있습니다."

조 위원장의 발언에 지원자들은 경악을 금치 못했다.

"후각 증진제?"

"어쩐지, 계속 기침을 하더라."

"마스크 쓰고도 귀신같이 냄새를 맡더라니까."

세미나 홀의 모든 아이들이 놀랐고 수군거리기 시작했다.

"아, 아니, 무슨 말도 안 되는 소리예요?"

노규리가 말했다.

"에취취, 전 그냥 에취, 감기에 걸린 것뿐이에요."

그녀의 재채기는 거세졌고 말끝마다 재채기가 새어 나왔다.

"노규리 지원자, 첫날 호텔에서 후각 검사했던 거 기억하시나요? 조금 전 그 검사 결과가 나왔습니다. 물론 일반적인 병원 검사로는 알아낼 수가 없어요. 아마 그 약을 제공해 준 누군가도 절대 들통나지 않을 거라고 말했겠지요? 생각보다 결과가 늦어지긴 했지만, 우리 연구소는 그리 허술한 곳이 아닙니다. 특히 후각에 관해선 단연코 세계 최고인 센트 그룹이니까요."

조 위원장이 날카롭게 말했다. 노규리는 움직임 없이 그 자리를 지키고 있었지만, 손에 쥔 합격 봉투가 잔뜩 구겨진 채 부들부들 떨리는 것이 보였다.

강리애가 후각 증진제를 먹었다는 소문을 듣기는 했지만, 그 뒤로 잊어버리고 지냈었다. 누군가가 진짜 약을 먹었으리라고는 생각도 하지 못했다. 오기석은 노규리를 아니꼽다는 듯 바라보았고, 나머지 합격자들은 자신들의 합격에 변동이 없자 가슴을 쓸어내렸다.

"사전에 공지한 바와 같이 저희는 약을 복용한 지원자를 받아들일 수 없습니다. 노규리 지원자는 당장 호텔로 돌아가 주시면 되겠습니다. 혼자서 이 센트 아일랜드를 떠나게 되실 겁니다."

우리들은 더더욱 놀랐다. 어차피 몇 시간 뒤면 같이 떠날 수 있을 텐데, 그 짧은 시간도 그녀에게 허용하지 않는 셈이었다. 빨리 감기를 하듯 사건은 급속도로 흘러가고 있었다. 센트 그룹은 매우 냉정하게 대처했다. 그녀는 떠나야만 했다.

"이렇게 여러 명이 있는 자리에서 이야기하는 이유는 여러분 모두에게 경고하기 위함입니다. 거듭 말씀드립니다. 후각 증진제는 지속적으로 복용 시 심각한 후각 손상을 야기할 수 있습니다. 이 점 꼭 새겨들으시기 바랍니다."

조 위원장은 제법 차분해진 목소리로 말했다. 노규리는 진행 요원의 손에 이끌려 세미나 홀 문 앞에 다다르고 있었다.

"잠시만요, 노규리 지원자. 마지막으로 한마디 더 하겠습니다."

문을 열기 전 조정식 심사 위원장이 뭔가를 놓쳤다는 듯 그녀를 붙잡았다.

"그 증진제의 효능이 없었더라도 노규리 지원자의 후각 능력은 상위권에 속했습니다. 그 후각 증진제가 아니었어도 합격을 했을지도 모른다는 말이지요. 기침이 심해지는 것 같은데 꼭 병원에 가 보시기 바랍니다."

조정식 위원장은 그 말을 마치고 자리로 돌아갔다. 노규리는 그렇게 떠났다. 부끄럽고 불명예스러운 퇴장이었다.

"왜 그랬을까?"

내가 읊조리듯 조용히 말했다,

"불안해서 그랬을 거야. 그만큼 붙고 싶으니까."

지나는 일말의 동정심이 생겼는지 그녀를 이해하고 있었지만, 나는 노규리의 행동을 옹호할 생각이 추호도 없었다.

"그래도 그러면 안 되는 거잖아."

나는 약을 먹지 않았어도 순위권 안에 들었을지 모른다는 조정식 위원장의 말이 노규리에게 앙금처럼 남길 바랐다. 다른 것에 의존하고 싶은 생각이 들 때마다 그 앙금이 둥둥 떠올라 쉽게 삼키지 못하도록, 그녀의 생각과 후각을 단호히 붙잡아 주기를 바랐다.

"그런데 이렇게 되면 한 명 더 뽑지 않을까?"

우준이 결정적인 한마디를 날렸다. 때마침 하초원 위원장이 보라색 봉투를 손에 들고 단상 앞에 섰다. 기대감과 간절한 소망으로 마음이 부풀었다.

"아아, 지원자 여러분, 유감스러운 일이 아닐 수 없습니다. 이 일로 방금 전 소장님들과 회의가 소집되었고요, 두 가지 안에 대해 다시 결정하기로 했습니다."

나는 아까 윤소민 소장이 이 일 때문에 급하게 자리를 떠났던 것이라는 걸 깨달았다.

"첫 번째 안은 이머징 쇼에 대한 것입니다. 상의 끝에 노규리 지원자가 만든 향수는 폐기 처분을 하기로 결정했습니다."

"헉."

센트 그룹은 냉정한 곳이었다.

"대신 강리애 지원자의 '포근한 비눗방울' 향수로 이머징 쇼 발표를 진행하겠습니다. 강리애 지원자는 돌아가신 할머니를 그리워하는 엄마를 위해 향수를 만들었는데요. 할머니의 빛바랜 빨간 스웨터와 목화솜 이불 냄새를 떠올리며 향을 조합했다고 합니다. 갈아 놓은 견과류처럼 구수한 향에 백단 향과 머스크 향을 가미해 마냥 가볍지 않게 조향했습니다. 시골에 계신 할머니의 미소가 떠오르는 향이었습니다. 추억이 방울방울 솟아나도록 향수가 비눗방울처럼 뿌려지게 만든 것도 인상 깊었습니다."

"감사합니다."

강리애가 소리쳤다. 그녀는 원하던 1등을 결국 쟁취한 것이다.

얼굴에 기쁜 마음이 여실히 드러났다.

"네, 이어서 두 번째로, 최종 합격자를 한 명 더 호명하겠습니다."

예상대로 심사 위원들은 합격자 한 명을 더 뽑기로 했다. 나에게 주어진 마지막 기회였다. 등줄기에 땀 한 방울이 또르르 내려오고 있었다. 나는 마지막 시험에서 호평을 받았었기에 충분히 기대할 만하다고 생각했다. 하초원 위원장이 보라색 봉투를 열었다.

"이번 인턴 시험에 합격한 마지막 지원자는……."

그녀는 한참 동안 뜸을 들였다. 나는 심장이 너덜너덜해지는 듯했다.

"이다린 지원자입니다."

나? 나라고? 정말 나라고? 나는 잠깐 넋이 나갔다.

"이다린 지원자, 단상 위로 올라와 주세요."

하 위원장이 나를 부르고 있었다.

"다린아, 축하해. 올라가 봐."

지나는 내 등을 떠밀어 주었다. 믿기지가 않았다. 내가 드디어? 드디어 꿈을 이룬 것인가? 아직 연구원이 된 것은 아니었지만 앞으로 1년간의 인턴 생활을 할 기회가 주어진 것이고, 꿈의 센트 아일랜드를 마음껏 경험할 수 있는 기회가 생긴 것이었다. 며칠간 겪었던 일들이 주마등처럼 스쳐 지나갔다.

단상에 오르자 배 속이 간질거렸다. 이게 진짜 행복인가? 반
대편에 마주한 윤소민 소장의 얼굴도 무척이나 밝아 보였다.
그녀는 내게 축하의 박수를 건네고 있었다. 하초원 위원장은
노규리가 있었던 자리에 앉으라며 나에게 손짓했다. 내가 자리
에 앉기도 전에 로라는 함박웃음을 지으며 다가와 기쁨의 포옹
을 했다.

"다린아, 축하해!"

어느덧 세미나 홀에 웅장한 음악이 울려 퍼졌다. 수많은 악
기들이 각자의 목소리로 나를 축하해 주는 듯한 느낌이 들었
다. 더 이상 그 긴장감 넘치는 북소리를 듣지 않아도 된다는 사
실도 기뻤다. 누가 휘저어 놓은 것처럼 요동쳤던 내 머릿속은
심해처럼 고요하고 잔잔해졌다. 합격을 하자 걱정도 의문도 모
두 사라졌다. 이 기분을 뭐라고 표현해야 할까? 시간을 잠시 되
돌려 놓은 기분? 무너진 다리가 재건된 기분? 그래, 내 세계가
힘차게 재탄생한 기분이었다.

집으로 가기 위해 우리는 짐을 쌌다. 로라와 나는 눈치를 보
며 지나에게로 갔다.

"지나야, 일반 전형 인턴 지원할 거지?"

내가 조심스레 지나에게 물었다.

"모르겠어."

"지나야, 너는 요리에 일가견이 있잖아. 도전해 봐."

나는 그녀를 응원해 주었다. 지나는 굼뜬 면이 있긴 해도 음식의 맛과 향에 관련된 능력이라면 누구보다도 뛰어난 아이였다. 내 말에 지나가 참아 왔던 눈물을 흘렸다. 같이 4박 5일을 보냈는데, 자신만 탈락했으니 더 아쉬울 것 같다는 생각이 들었다.

"유지나, 너랑 같은 방 써서 좋았어. 응원할게. 우리 센트 아일랜드에서 또 만날 수 있을 거야."

로라가 침착하게 말했다. 지나는 여러 감정이 교차하는지 눈물을 펑펑 흘렸다.

"고마워."

눈물을 닦은 지나가 가방에서 주섬주섬 뭔가를 꺼냈다. 향초였다.

"이거 선물이야. 아까 쇼핑센터에서 샀어. 스프라우트 로봇이 수집한 센트 아일랜드의 향이래. 무슨 향을 고를지 고민하다가 '센트 아일랜드의 바다'를 선택했어. 우리가 거기서 처음 만났으니까."

향초는 바다 위에 우뚝 솟은 퍼플산의 모양이었는데 분화구 위에는 하얀 심지가 꽂혀 있었다.

"와! 언제 이걸 산 거야?"

뜻밖의 선물에 가슴이 뭉클해졌다. 파스타만 잔뜩 산 줄 알았더니 그게 아니었다.

"나도 준비한 거 있는데. 자! 이건 내 선물. 뿌릴 때마다 향이 바뀌는 '카멜레온 향수'야."

로라가 상자 하나를 건넸다. 하얀 종이상자를 열자 카멜레온 색상의 독특한 향수병이 들어 있었다.

"로라야, 이거 언제 샀어? 우리 내내 같이 있었잖아. 시간 없어서 코스메틱관 못 가지 않았어?"

"다 방법이 있지. 내가 누구 딸?"

"아! 그렇지, 하하. 그나저나 나만 준비한 게 없네? 미안해서 어떡해."

나는 민망하고 부끄러워졌다. 뭐라도 주고 싶은데 줄 수 있는 게 아무것도 없었다.

"괜찮아, 다린아. 네가 나 얼마나 많이 도와줬는데."

지나의 눈에 눈물이 그렁그렁했다.

"아니야, 그럼 우리 카페라도 가자. 내가 음료랑 빵 살게. 먹고 싶은 거 다 골라."

내가 호기롭게 말했다.

"진짜야? 다린이 너 후회할 수 있어."

로라가 지나의 얼굴을 곁눈질로 바라보며 농담조로 말했다.

"뭐? 왜? 나 소식할 거야."

지나가 싱글벙글 웃으며 로라에게 대꾸했다.

여객 터미널로 돌아가는 버스 안에서 농사꾼 K가 마지막 인사를 하고 있었다.

—여러분, 센트 아일랜드에서의 시간 즐거우셨나요? 4박 5일간 고생 많으셨습니다. 그런 의미에서 선물을 드릴게요.

고도명 인솔자는 배지를 걷으면서 선물 상자를 하나씩 나눠주었다. 목에서 배지를 빼자 만감이 교차했다. 나는 아쉬운 마음에 친구들과의 다음 만남을 기약하고 싶었다.

"우리 다 같이 센트 월드 가는 거 어때? 일랑이까지 넷이서 다 같이!"

내가 지나와 로라에게 말했다.

"진짜? 너무 좋지. 가자, 가자."

날짜를 정하던 우리는 두근거리는 마음으로 선물 상자를 열어보았다. 상자 안에는 마지막 시험 때 만든 향수가 들어 있었다.

—선물 잘 받으셨나요? 여러분이 만든 향수입니다. 집에 돌아가셔서 사랑하는 사람에게 꼭 선물해 주세요! 그리고 특별한 선물을 하나 더 드리겠습니다. 버스에서 내리시면 이곳을 배경

으로 기념사진을 마음껏 찍으세요. 언제나 지금은 유일한 순간이니까요. 이 순간을 간직해 보세요.

그 말을 마치고 농사꾼 K는 양손을 흔들었다. 그의 머리에서 쏟아져 나오는 황금빛 분수 위로 보랏빛 폭죽이 터지고 있었다. 아름다운 피날레라는 생각이 들었다. 나는 손을 흔들어 농사꾼 K에게 화답해 주었다.

버스에서 내렸을 때, 나는 강리애와 이야기하고 싶다는 생각이 들었다. 그녀를 오해한 것이 마음에 짐처럼 남아 있었기 때문이다. 강리애는 친구들과 사진을 찍고 있었다. 머리 염색이 옅어졌는지 쨍한 보랏빛 머리가 연보랏빛으로 바뀌어 있었다.

"축하해, 강리애."

나는 그녀에게 다가가 축하해 주었다.

"이다린, 너도."

그녀는 그간 본 것 중 가장 밝은 얼굴이었다. 이번 시험에서 1등을 했으니 얼마나 좋을까. 기분이 좋아 보이는 만큼 한 번쯤 묻고 싶었던 질문을 하기로 했다.

"너 한 번도 1등을 놓친 적이 없다던데, 그게 사실이야?"

"몇 번 빼고. 지난번에도 네가 1등 했잖아."

그녀가 나를 살짝 흘겨보았다.

"그거야 뭐……. 그나저나 몇 번 빼고 다 1등을 했다고? 너 진짜 대단하다."

내 목소리가 절로 커졌다.

"난 지는 거 딱 질색이야."

능력도 좋고 똑똑한 아이지만 승부에 대한 집착이 강한 아이였다.

"어, 그래 보여. 근데 어떻게 매번 이기겠어."

"어떻게라니, 난 거의 늘 이겨 왔어. 안 된다고 생각하면 안 되고, 된다고 생각하면 되는 거야."

강리애는 자신의 가치관을 명확히 드러냈다. 어중간한 구석이란 없는 태도였다. 나는 하마터면 '너무 등수에 연연하는 거 아니야?'라고 훈수를 둘 뻔했다.

"그래, 인턴 때 보자."

담백한 인사로 그녀와 헤어졌다. 앞으로도 친해지기는 어려울 것 같다고 생각했지만, 그녀를 대하는 게 불편하다는 느낌은 사라져 있었다.

우리들은 삼삼오오 모여 사진을 찍었다. 마지막 단체 사진은 고도명 인솔자가 찍어 주었는데, 그가 찍어 준 사진은 특별한 것이었다.

"이건 제가 얼마 전에 구매한 '모멘트 카메라'인데요, 찰나의 향을 담을 수 있는 카메라입니다. 필름에서 지금 이 순간의 향이 풍길 거예요. 아무래도 여러분들에게 의미가 클 것 같아서 오늘 가지고 와 봤어요."

그는 우리를 배 타는 곳까지 배웅해 주었고, 모멘트 카메라로 찍은 사진을 액자에 담아 나눠 주었다. 감동적인 시간을 향기롭게 재현할 수 있는 의미 있는 선물이었다.

센트 아일랜드를 눈에 담기 위해 돌아보던 중, 먼발치에서 나를 바라보고 있던 윤 소장님과 눈이 마주쳤다. 그녀는 인자한 미소를 지으며 입 모양으로 "곧 봐요."라고 인사를 전했다. 나는 환한 미소를 지으며 고개 숙여 인사했다.

배에 올라타며 4박 5일의 여정에 마침표를 찍었다. 이날 이후 영원히 센트 아일랜드에 오지 못하는 이들도 있을 것이다. 그들은 10년이고, 20년이고 이곳을 추억 속에 간직할 것이다. 그리고 센트 아일랜드에 다시 오게 될 이들은 지금의 기억을 꿈의 첫걸음으로 간직할 것이다.

집으로 돌아가는 길은 평온했다. 불어오는 바닷바람에 향보리 향이 구름처럼 실려 왔다. 그 향은 아쉬움과 그리움, 슬픔과 기쁨 등 온갖 감정을 실어 날랐다. 그러나 내 콧방울은 기쁨, 환희, 행복만을 쏙쏙 집어 올렸다. 기대와 설렘이 마음 가득 채워졌다.

설레는 파도 향

"다녀왔습니다."

엄마의 첫마디가 궁금했다. 아직 서운해하고 있을지 아니면 반갑게 맞이해 줄지 모를 일이었다.

"고생했어."

엄마는 굳은 얼굴로 나를 기다리고 있었다. 나는 캐리어를 한쪽에 밀어 놓은 채 깊게 숨을 들이켠 후 엄마에게 다가갔다.

"엄마…… 인사도 없이 가서 죄송해요."

내 말에 엄마의 표정이 차츰 부드러워졌다.

"죄송하기는 해?"

"네, 거기서 엄마 생각 많이 했어요."

"어이구, 이다린. 그래서 합격은 하고 온 거야?"

엄마는 피식 웃으며 말했다. 나는 기쁜 나머지 두 팔을 벌려 엄마의 허리를 끌어안았다.

"나 합격했게요, 안 했게요?"

내 목소리는 한층 밝아졌다. 나는 집으로 오는 동안 일부러 합격 사실을 알리지 않았다. 엄마가 어떤 반응을 보일지 직접 보고 싶은 마음에서였다.

"합격했네?"

"와, 어떻게 알았어요?"

엄마는 대번에 내 합격 사실을 알아챘다. 합격 소식이 싫지 않은 눈치였다.

"네 목소리 처음 듣자마자 바로 알았지. 기쁨이 서려 있잖아."

"엄마는 모르는 게 없어."

나는 그렇게 말하고서 보랏빛 합격 봉투를 엄마의 하얀 손에 쥐여 주었다. 엄마는 왁스를 녹여 찍은 센트 그룹의 인장을 손끝으로 매만졌다.

"센트 그룹 로고가 찍혀 있네? 로고는 하나도 안 바뀌었어. 여전해."

"옛날이랑 똑같아요?"

"응, 향보리랑 퍼플산. 보고 싶다……."

엄마의 얼굴에 슬픈 빛이 떠올랐다. 나는 분위기를 바꾸기 위해 급히 다른 이야기를 꺼냈다.

"엄마, 나 이번에 센트 그룹에서 그분 만났어요. 윤소민 연구원님. 센트 스페이스 소장님이시더라고요."

"내가 소민이한테 연락했어. 우리 딸 시험 보러 간다고. 혹 말썽 안 피우는지 잘 좀 지켜봐 달라고."

엄마가 싱긋 웃으며 말했다.

"엄마! 내가 무슨 애도 아니고. 나 내년이면 스무 살이라니까요."

나도 모르게 볼멘소리가 터져 나왔다.

"엄마한테 넌 늘 애기야. 네가 쉰 살이 돼도 예순 살이 돼도 엄마한텐 애기일 수밖에 없어."

"으으으, 예순 살에 애기라니 징그러워. 근데 엄마, 난 엄마가 그렇게 대단한 사람인 줄 몰랐어요. 센트 스페이스를 창립하셨다면서요? 센트 스페이스 1대 소장님이셨고요. 왜 그동안 말 안 했어요?"

나는 엄마에게 가장 물어보고 싶었던 질문을 했다. 센트 그룹을 다녀온 뒤, 엄마에 대해 궁금한 것이 많아졌다.

"어머, 소민이가 얘기했구나. 내가 그렇게 말하지 말라니까. 다 지난 일이야. 그게 뭐 대단한 일이라고."

엄마의 입에서 한숨 섞인 말이 새어 나왔다.

"엄청 대단한 일이죠. 센트 스페이스 연구소에 기념의 방도 있었어요!"

"기념의 방?"

엄마는 고개를 갸웃했다. 처음 들어 보는 것 같았다. 엄마가 그곳을 떠난 후에 바뀐 것이 한두 가지가 아닐 터였다.

"네, 거기에 창립자님들 사진도 있었어요."

나는 엄마에게 새로운 소식을 전해 준다는 사실이 즐거웠다.

"그래? 그건 처음 듣는 얘기야."

"엄마가 자랑스러워요. 이제부터 내가 제일 존경하는 사람은 엄마예요."

나는 엄마를 살포시 안아 주었다. 콧속에 튤레 향이 깊숙이 들어왔다.

"아, 맞다! 선물."

"선물?"

나는 캐리어를 끌고 와 기념품을 뒤적였다. 해물 파스타와 메추리알 커피가 보였지만, 가장 먼저 꺼낸 건 '마스터 키' 향수였다.

"이건 마지막 시험에서 만든 향수인데, 엄마 거예요. 향 한번 맡아 보세요."

자물쇠 향수 버튼 세 개를 누르고 엄마의 가느다란 손목에 향을 분사했다.

"음, 유자랑 레드 오렌지, 재스민, 마지막으로 튤레랑 통카 빈이 들어가 있네?"

엄마는 뿌리자마자 향을 분석하기 시작했다.

"네, 엄마가 좋아하는 것들이죠?"

"우리 딸, 고마워. 향수에서 우물을 들여다보는 듯한 그윽한 깊이가 느껴지는데? 너무 마음에 든다. 엄마 앞으로 이것만 뿌릴게."

엄마는 '마스터 키' 향을 맡고서 흡족해했다. 향수 사용법에 대해 말해 줬을 땐, 어떻게 이런 기발한 생각을 했냐며 칭찬해 주었다. 무엇보다 향수에 점자를 새긴 것이 유독 마음에 든 듯했다.

"튤레꽃을 향수로 제조한 것이 엄마의 마지막 업적이라면서요? 기념의 방에 그렇게 쓰여 있더라고요."

"거기에 그런 것도 쓰여 있니?"

"네."

엄마는 잠시 망설이다 말을 꺼냈다.

"맞아, 튤레 향은 엄마가 센트 월드의 시그니처 향으로 만든 거였어. 센트 월드를 방문한 사람들에게 튤레꽃의 향기를 선사해 주고 싶었거든. 다루기 어려운 꽃잎이라 향수로 만들 엄두를 못 냈는데, 엄마가 성공했었어. 비록 세상에 알려지는 못했지만……."

"진짜요? 대단해요."

엄마의 이야기는 들으면 들을수록 놀라웠다. 이런저런 궁금증이 솟구치기 시작했다.

"엄마, 그럼 늘 뿌리는 툴레 향수는 누가 만들어 주는 거예요?"

"소민이. 다린이랑 센트 월드에 간 그 해부터 소민이가 툴레 향수를 선물해 줬어. 괜찮다고 하는데도 내가 좋아하는 거 알아서 그런지 계속 선물해 주더라고."

"정말요?"

나는 그녀에게 무척이나 고마우면서도 그녀가 그토록 오랫동안 엄마에게 지극정성인 이유가 무엇인지 궁금했다.

"응, 내가 존경스럽대. 그래서 자신이 해이해질 때면 나를 떠올린다고 하더라고."

"하지만 엄마 일 그만둔 지 20년 가까이 되지 않았어요? 너무 오래전 일인데……."

"그렇지, 근데 엄마 그때 진짜 독하게 일했어. 인정도 많이 받았고. 그래서 김윤기 회장이 나를 견제했던 것 같기도 해. 그는 능력 있는 사람이지만 우리 둘은 가치관이 하나도 맞지 않았어. 처음에는 센트 월드 건립도 반대했었지. 그래도 내가 고집스럽게 밀어붙였어. 그것 때문에 소민이도 진짜 고생 많았지. 센트 월드 프로젝트 팀이었거든."

"아, 소장님한테 들었어요. 엄마가 센트 월드도 기획했다고요. 진짜 깜짝 놀랐어요."

"맞아, 우여곡절 끝에 센트 월드를 개장했는데 기대한 것 이상으로 엄청난 성공을 거두었어. 단순히 향을 맡게 하는 것이 아니라, 향을 눈으로 보고 손으로 만질 수 있게 해 주니까 사람들이 더 열광했지. 그런데 그 성공의 영광을 채 맛보기도 전에 사고가 난 거야."

엄마는 덤덤히 이야기했지만 이렇게 이야기를 할 수 있게 되기까지 얼마나 오래 고통스러웠을지 나는 상상조차 하기 힘들었다.

엄마 얼굴에 붙은 잔머리를 떼어 주며 조심스레 물었다.

"그 사고가…… 왜 발생한 거예요?"

"모르지, 뭐. 기계 결함이라고 결론이 났는데, 그 기계 안에 어떤 물질이 들어 있었던 게 화근이었어. 그게 터지면서 실명이 된 거야. 그 뒤로 그 물질은 연구가 중단되었을 거야. 생각보다 너무 위험한 기체였으니까. 내가 사고를 당하기 전까지는 아무도 그 위력을 몰랐던 거지."

나는 김 회장과 윤 소장이 했던 말이 떠올랐다. 그 물질은 ASB 루트로이드였다.

"사고가 났지만 다들 내가 떠나지 않기를 바랐어. 일하려고 했으면 할 수 있었을 거야. 볼 수 없어도 얼마든지 아이디어를 내고, 업무를 지시하고, 결재하는 건 가능하니까. 그럴 만한 위치이기도 했고. 심지어 김윤기 회장도 계속 일해 달라고 했었어. 이런저런 애로 사항은 다 해결해 주겠다면서."

"근데 왜……."

"왜냐하면, 다린이가 여기 엄마 배 속에 있었거든. 엄마가 일 욕심 하나는 어느 누구 못지않은 사람인데 다린이 너를 잃을 뻔했다고 생각하니까 다른 건 하나도 중요하지 않더라. 그 후로 무조건 네가 먼저였어."

엄마는 그렇게 말하고서 더듬더듬 내 손을 잡았다. 엄마는 사고 때문이 아니라 결국 나 때문에 모든 것을 포기한 셈이었다. 나는 엄마의 깊은 사랑을 느끼는 한편 안타까운 마음에 가슴이 먹먹해졌다.

"엄마, 그래서 반대하신 거죠? 내가 혹시라도 다칠까 봐서?"

"아니야, 그건 순전히 엄마 욕심이야. 일하면서 힘들 때도 있었지만, 찬란할 만큼 눈부신 시간들이었거든. 다린이 네가 센트 그룹에 간다고 했을 때, 엄마는 그냥 그때를 떠올리고 싶지 않았던 것 같아. 그 시절을 떠올리면 한낮의 태양을 보는 것처럼 너무 눈이 부시거든. 엄마가 눈 뜨고 있던 마지막 장소는 센트 아일랜드였으니까."

엄마의 목소리에 그리움이 깔려 있었다.

당시 엄마는 센트 그룹에서 최고의 시간을 보내고 있었다. 태양이 중천에 떠 있을 때, 가장 햇볕이 따사로운 그 시각에,

엄마는 나락으로 떨어졌다. 한순간에 차가운 어둠을 맞이하고야 만 것이다. 그 기억을 떠올리는 것이 엄마에게는 얼마나 무서운 일이었을까. 얼마나 가슴 아픈 일이었을까.

"엄마, 툴레 향은 괜찮아요? 그거 뿌리면 센트 아일랜드가 더 생각나지 않아요?"

"음, 사고가 난 뒤로 한없이 비참한 기분이었어. 10년 정도 지나니까 트라우마가 많이 옅어지긴 했는데도 한 번씩 울컥할 때가 있었지. 그런데 희한하게 툴레 향을 뿌리면 마음이 가라앉는 거야. 이상한 일이지?"

"아아, 그랬구나."

엄마에게 툴레 향은 생각보다 더 큰 의미가 있었다. 나는 엄마가 우울해했던 날들을 떠올리며, 앞으로는 내가 만든 향수로 엄마를 위로해 주고 싶은 마음이 들었다.

"엄마, 내가 너무 엄마 생각을 못 한 것 같아요. 내가 센트 그룹에 들어가지 않는 게 좋겠지요? 엄마한테 아픈 기억이 계속 떠오를 테니까요."

나는 어렵사리 말을 꺼냈다. 내가 센트 그룹에 들어가는 것이 엄마를 상처 입히는 일이라면 진지하게 고민해 볼 생각이었다.

"아니야, 우리 다린이 어렵게 합격했는데 가야지. 엄마는 엄마고, 너는 너야. 너 시험 보러 간 동안 생각 많이 했어. 그동안 엄마가 반대해서 미안해. 앞으로 우리 다린이가 하고 싶은 대로 해. 우리 딸, 엄마가 제일 응원해. 엄마의 눈부신 날들을 다린이가 이어 갈 거라고 믿어."

"엄마, 고마워요."

처음으로 엄마가 내 꿈을 응원해 준다고 말한 순간이었다. 말할 수 없는 기쁨이 차올랐다. 나는 오랜 시간 엄마 옆에서 재잘거렸다. 크루즈 미션부터 마지막 시험까지 기상천외한 시험 이야기들, 룸메이트로 만나 친해진 친구들에 대한 이야기들, 아름다운 센트 아일랜드의 낮과 밤에 관한 이야기들을 낱낱이 들려주었다.

저녁 시간이 되어서야 나는 내 방에 들어갔다. 떠나온 지 겨우 몇 시간 지났을 뿐인데 벌써부터 센트 아일랜드가 눈에 아른거렸다. 나는 앞날을 계획해 보았다. 올가을이면 인턴 연구원이 되기 위해 센트 아일랜드로 떠날 것이다. 그렇게 한 해를 보내고 나면 내년에는 정식 연구원이 될 것이다. 그리하면 놀라운 후각적 경험을 많은 이들에게 제공할 수 있도록 내 능력을 마음껏 펼칠 것이다.

생각을 정리하고 뒤늦게 짐 정리를 시작했다. 빨랫감을 내놓고, 향기 나는 액자를 책상 위에 올리고, 카멜레온 향수를 진열장 맨 앞에 놓았다. 다 끝났다는 생각에 피곤이 몰려오기 시작할 때쯤, 지나가 준 향초를 보고 미소가 지어졌다. 고단한 몸과 마음에 향만큼 위로가 되는 것은 없었다.

심지에 불을 붙였다. 퍼플산 분화구 모양 위에 달린 하얀 심지에서 심장처럼 새빨간 불꽃이 피어났다. 그 빨간 불꽃은 나의 이런저런 사념들을 태워 주었다. 크루즈 갑판에서 맡았던 설레는 파도 향이 코끝을 간질였다. 내 꿈의 향기는 더욱 짙어지고 있었다.

기억의 원근법

김윤기 회장의 집무실 한가운데에는 화원처럼 조성된 연못이 있고, 그 속에 그가 가장 아끼는 향보리와 하얀색 장미가 자라나고 있었다. 뿌리에서 배어 나오는 청록빛 즙은 잔잔한 연못 위에 기름처럼 떠올랐다. 김 회장의 시선은 합격자 명단에 고정되어 있었다. 주름 잡힌 미간이 그의 기분을 보여 주는 듯했다.

"최 이사, 이러고도 당신이 이사라는 직함을 달고 있어! 어떻게 이런 작은 일 하나도 제대로 처리 못 해서 나한테 이 결과를 들고 와?"

김 회장은 손가락으로 스크린에 띄운 서류의 한 곳을 가리키며 고래고래 소리를 질렀다. 최 이사는 차마 고개를 들지 못했다. 그는 바람결에 흔들리는 촛불처럼 김 회장 앞에서 벌벌 떨고 있었다.

"그게…… 죄송합니다, 회장님. 예상치 못한 변수가 있었습니다."

최 이사가 굽신거리며 말했다.

"변수는 무슨 변수? 내가 적당히 6등으로 내보내라고 했어, 안 했어?"

"네, 그래서 6등이 될 수 있도록 조작을 했는데요……."

"그런데 왜 이다린이 합격자 명단에 버젓이 들어가 있어? 어?"

"그게, 1등을 했던 지원자가 후각 증진제를 먹었더라고요."

"후각 증진제? 하필이면 왜 이번 시험에서 그런 일이 생겨!"

"그만큼 센트 그룹이 오고 싶은 기업이라 그런 일도 벌어지는 거 아니겠습니까? 명실상부 최고의 기업이지 않습니까."

최 이사는 이때다 싶어 김 회장의 빈틈을 파고들었다. 그가 여태 버틸 수 있었던 이유는 회장에 대한 무조건적인 수용과 끊임없는 아부 때문이었다.

"최이창, 말 돌릴 때가 아니고. 왜 이 결과가 나온 건데?"

김 회장은 이 상황을 대충 넘어갈 생각이 추호도 없었다.

"죄송합니다. 그 지원자가 실격되는 바람에 6등이었던 이다린이 다섯 번째 합격자로 뽑히게 되었습니다."

최 이사가 눈치를 보며 목을 가다듬고 말을 이었다. 그는 김 회장의 눈을 똑바로 바라보지 못하고, 먼지 하나 없는 새하얀 테이블에 시선을 고정했다.

"그러면 그냥 합격자를 네 명으로 발표했어야지."

김 회장이 연거푸 마른세수를 했다. 그가 답답할 때마다 하는 습관적인 행동이었다.

"그게…… 시험 감독 위원, 출제 위원 그리고 연구소장들끼리 합의해서 한 명을 더 뽑았다고 합니다. 이럴 줄 알았으면 꼴등으로 조작을 했어야 하는데……."

최 이사가 안경 콧대를 매만지며 말했다.

"그래서, 내가 6등으로 조작하라고 지시한 게 잘못이라는 거야?"

"아, 아닙니다, 회장님. 그 아이, 한주혜를 닮았는지 실력이 좋더군요. 조작하는 것이 쉽지가 않았습니다. 특히 조아람 심사 위원이 6등은 말도 안 된다고 난리를 피웠고요."

"조아람? 전부터 자꾸 거슬리네. 그나저나 내 앞에서 그 아이 편드는 거야? 나도 그 애 향수 맡아 봐서 알아. 튤레꽃을 썼더군. 한주혜가 만든 그 향수 말이야. 설마 한주혜 딸이 뭐라도 알고 있는 건 아니겠지?"

"그럴 리가요. 20년 가까이 된 일입니다. 저와 회장님을 제외하고 누가 그 내막을 알겠습니까. 일단은 지켜보시죠. 인턴으로 들어오면 그때 어떤 조치를 취해도 늦지 않을 겁니다. 다만 로라 양이……."

"로라? 로라가 왜?"

김 회장은 최 이사 입에서 로라의 이름이 나오자 눈이 커졌다.

"로라 양이 이다린 지원자와 친하게 지내는 것 같습니다."

"그래서 뭐! 어차피 떨어지면 남인데. 로라한테는 아무 말도 하지 말고."

"알겠습니다. 전 이만 나가 보겠습니다."

최 이사가 밖으로 나가자 김윤기 회장은 한쪽 벽에 붙어 있는 커다란 금고로 다가갔다. 금고 앞 패드 모니터에서 농사꾼 K가 눈을 깜박였다. 김윤기 회장 곁에는 늘 농사꾼 K가 있었다. 그는 자신만큼이나 '농사꾼 K'라는 캐릭터를 아끼고 있었다. 그가 죽더라도 그 캐릭터만은 영원히 남아 이 센트 그룹을 지배해 주길 바랐다.

"문 열어 줘."

김윤기 회장이 패드를 터치하자 농사꾼 K는 빠르게 그의 얼굴과 지문, 음성을 인식한 뒤, 금고를 열어 주었다. 딸깍 소리와 함께 문이 열렸고, 김윤기 회장은 가장 위 칸에 놓인 조그마한 은빛 통 하나를 꺼내 들었다. ASB 루트로이드가 담겨 있는 통이었다. 김 회장이 이 은빛 통을 꺼낸 건 꽤 오랜만의 일이었다. 밀봉된 통이지만 그 안에 담긴 시큼한 냄새를 생각하자 몸서리가 쳐졌다.

김윤기 회장은 자기 자리를 위협받았기에 자신이 꾸며 내야 했던 그 일을 떠올렸다. 가까운 기억은 자세히 기억되고 오래된 기억은 희미하게 기억되는 기억의 원근법에 따라 그날의 기억은 그조차도 거의 잊고 있었다. 그의 생각 속에 작은 점 하나로 남아 있을 뿐이었다. 그러나 얼마 전 한주혜라는 이름을 들었을 때, 그 이름은 불씨가 되어 소멸해 가던 기억을 다시 타오르게 했다. 숨겨 왔던 일들이 머릿속에서 선명히 피어올랐다.

그는 다시 스크린에 띄운 합격자 서류로 시선을 돌렸다. 다린의 서류가 연못에 반사되어 잔잔하게 일렁였다. 인턴 시작일까지 3개월 남짓 남은 때였다.

〈끝〉

센트 아일랜드

초판 1쇄 발행 2024년 7월 25일
초판 4쇄 발행 2024년 8월 9일

지은이 　 김유진

총괄 　 김명래
책임편집 　 김명래
디자인 　 301페이지 이정현
책임마케팅 　 김서연, 김예진, 김소희, 김찬빈, 박상은, 이서윤, 최혜연, 노진현, 최지현

마케팅 　 유인철
경영지원 　 백선희, 권영환, 이기경
제작 　 제이오
교정·교열 　 이민영

펴낸이 　 서현동
펴낸곳 　 ㈜오팬하우스
출판등록 　 2024년 5월 16일 제2024-000141호
주소 　 서울특별시 강남구 테헤란로 419, 11층 (삼성동, 강남파이낸스플라자)
이메일 　 info@ofh.co.kr

ⓒ김유진 2024
ISBN 979-11-988099-9-5 (43810)

한끼는 ㈜오팬하우스의 출판브랜드입니다.